Mémoires parallèles

MOSELLE-ALSACE
DE 1940 À NOS JOURS

Remerciements

L'auteur tient à remercier le professeur François Cochet pour ses indispensables conseils pertinents et ambitieux qui auront permis que ce travail soit validé par l'Université de Lorraine. Un chaleureux remerciement pour la préface dont il a gratifié cet ouvrage.

Ses remerciements vont aussi aux personnels des différentes institutions et administrations qui lui ont facilité l'accès à des documents de première main : le personnel des *Archives départementales de la Moselle* et de *la Haute-Vienne*, le *Service des archives de l'Assemblée nationale*, les documentalistes du *Centre de la Mémoire d'Oradour-sur-Glane* et de l'*Agence Wast* à Berlin, l'adjointe au maire de Charly-Oradour, le maire de Montoy-Flanville, le président du *Cercle d'Histoire de Clouange*. Sans oublier l'*Ascomémo* à Hagondange, association dont il est le président, pour la mise à disposition de nombreux documents et photos.

Un grand merci à Cédric Neveu, professeur d'Histoire, spécialiste de la répression en Moselle, qui a communiqué le listing des Mosellans tombés avec l'uniforme *SS*, ainsi qu'au sergent Rohrbacher et à Georges Jérôme pour avoir transmis des documents venant respectivement du *Service historique de l'armée de l'Air* et des *Archives de Berlin*.

Des témoins ont donné de leur temps et ont puisé au plus profond de leur mémoire pour évoquer des souvenirs souvent difficiles. Un grand merci à eux : Claudine Conrad née Godfrin, René Godfrin, Louis Harig, Marie-Louise Linder née Godfrin, Alfred Pincemaille, Claude Puhl, l'abbé Tousch et René Zender.

Enfin pour leur aide, conseils et corrections les professeurs Jean-Noël Grandhomme, Jean-Luc Leleu, François Roth, Pierre Schill, Léon Strauss, ainsi que Joëlle Lombard.

Philippe Wilmouth remercie sa compagne, Christiane, pour sa relecture, son aide pour la réalisation des graphiques et surtout le sacrifice du temps passé à ces recherches.

Mémoires parallèles

MOSELLE-ALSACE
DE 1940 À NOS JOURS

L'annexion de 1940-45 / Les Malgré-Nous
Le procès de Bordeaux

Philippe Wilmouth

SERGE DOMINI ÉDITEUR

Préface

La « France de l'intérieur » connaît encore très mal aujourd'hui, la situation des deux départements alsaciens et de la Moselle à la suite de l'annexion de fait de 1940. Arc-boutés sur des images d'Épinal qui ont la vie dure, certains se refusent à voir la complexité des situations issues d'un coup de force du régime nazi et d'une des premières grandes compromissions de Vichy. Du jour au lendemain, en violation complète des conditions d'armistice du 22 juin 1940, entrées en vigueur le 25 juin, les Allemands imposent l'annexion au IIIe Reich, de la Moselle, du Haut-Rhin et du Bas-Rhin, au nom de la pseudo-germanité de ses populations.

Il s'en suit des spécificités terribles durant quatre années. Assimilés désormais au territoire du Reich, toutes les structures politico-militaires nazies s'appliquent aux trois départements français. Les jeunes Mosellans et Alsaciens sont enrôlés dans les organisations annexes au NSDAP, tout comme les jeunes Allemands. La nazification de la société tente de s'imposer en Alsace comme en Moselle. Par voie de conséquence à cette annexion de fait, des formes spécifiques de résistance se développent, comme celle des passeurs, entraînant, de la part de l'occupant, des formes de répression également spécifiques.

Mais le *Gauleiter* Josef Bürckel en Moselle n'a pas tout à fait la même politique de germanisation / nazification que son homologue alsacien Robert Wagner.

De ces différences de comportements datent des problématiques mémorielles qui s'ancrent dès la fin de la seconde guerre mondiale.

D'une part, méconnaissant les duretés de l'annexion de fait, les Français de l'intérieur ne comprennent pas les comportements alsaciens et mosellans. Ce fait est maintenant bien connu et s'exprime tout à fait bien au moment du procès de Bordeaux de 1953, organisé pour juger les criminels de guerre d'Oradour-sur-Glane. Le Limousin s'insurge contre le sort – jugé trop bienveillant – fait aux soldats issus des départements annexés de fait. Elu professeur des universités en 2000 à Limoges avant de rejoindre en 2002 l'université de Metz, j'avais pu, à l'époque encore, mesurer les incompréhensions profondes qui subsistaient entre le Limousin et la Moselle / Alsace.

Mais une seconde dimension est moins connue encore de la France de l'intérieur. C'est celle qui concerne le traitement des populations locales par les deux *Gauleiter*.

Les travaux d'Eugène Riedweg avait, en leur temps, bien cerné les comportements des Alsaciens face à la nazification imposée. Il nous manquait encore une approche scientifique pour la Moselle.

Désormais, le travail de Philippe Wilmouth vient combler un vide historiographique. Il nous projette dans des démarches historiennes, construites sur sa longue pratique de l'accumulation documentaire sur la question, et heureusement complétées par les réflexes de l'historien universitaire pour qui il n'est point de bon travail scientifique sans croisement du maximum de sources archivistiques. Il a compris aussi – et surtout peut-être – que les dimensions mémorielles, bien envahissantes dans nos sociétés surmédiatisées, n'avaient d'intérêt pour l'historien que dépouillées de leur dimensions polémiques et victimaires.

Les comportements mémoriels fonctionnent en mode binaire et décernent, *a posteriori*, des certificats de bonne ou de mauvaise conduite reconstruits à la lumière des convictions sociétales actuelles. Ce n'est pas là le rôle social de l'historien de métier. Son rôle scientifique devrait constamment être non pas de répéter *ad nauseam*, les mêmes antiennes sur le « devoir de mémoire », mais bien davantage, d'expliquer comment se construisent des mémoires rivales ou complémentaires.

Ainsi, l'ouvrage de Philippe Wilmouth, issu d'un travail universitaire, s'inscrit-il dans une vraie interrogation. La Moselle et les Mosellans sont appréhendés dans de multiples registres. Il ne s'agit pas de dresser un martyrologue comparé par rapport aux deux départements alsaciens. Il s'agit d'essayer de comprendre comment, à partir de comportements variés, des phénomènes mémoriels ont pu se construire et s'ancrer.

Toujours avec passion, souvent avec fougue, Philippe Wilmouth nous fait cheminer sur des sentiers scientifiques encore peu fréquentés.

François Cochet

Professeur d'Histoire contemporaine / Université de Lorraine

Sommaire

A SCHILTIGHEIM
Avant l'amnistie des 13 "MALGRÉ NOUS", les anciens combattants alsaciens ont défilé pour protester contre le verdict.

Elsäßer im Osten!

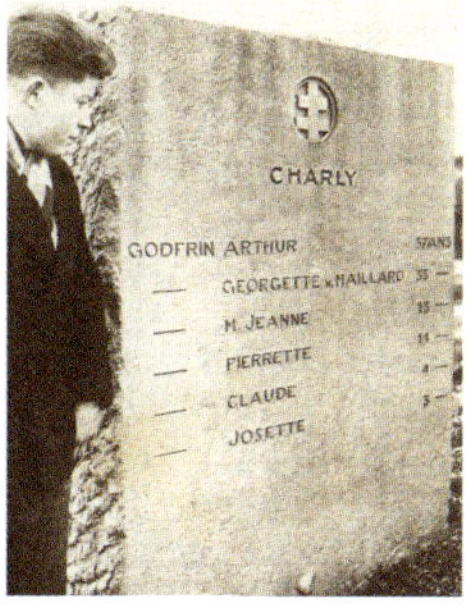

CHARLY
GODFRIN ARTHUR
GEORGETTE
M. JEANNE
PIERRETTE
CLAUDE
JOSETTE

Introduction

Le 10 juin 1944, à Oradour-sur-Glane (Haute-Vienne), une partie de la 3e compagnie du régiment *Der Führer*, 120 hommes environ, appartenant à la 2e Division *SS Das Reich*, massacre 642 civils, fusillant les hommes dans des granges ou des garages, asphyxiant et mitraillant 246 femmes et 213 enfants dans l'église. Après leur exaction, les *SS* mettent le feu au village. Ce crime de guerre condamné par le tribunal de Nuremberg a fait l'objet de très nombreuses publications dès 1944, car comme l'explique le chroniqueur judiciaire du journal *Le Monde*, Jean-Marc Théolleyre, « *Oradour était devenu un symbole. Le nom de ce village anéanti dans un seul après-midi de juin 1944 avait une résonnance telle qu'il retentissait à lui seul dans la France libérée avec la même charge d'émotion qui put s'attacher à des noms comme Verdun*[1]. »

Très rapidement s'est exprimée une volonté d'entretenir le souvenir de cette tragédie, la plus importante en nombre en France et l'une des plus importantes de la seconde guerre mondiale[2]. Charles de Gaulle, président du gouvernement provisoire de la République, fait une visite solennelle des ruines d'Oradour dès le 4 mars 1945.

À 750 kilomètres de la Haute-Vienne, la Moselle, directement concernée par le massacre puisque 44 de ses compatriotes figurent parmi les victimes, participe à la construction mémorielle autour d'Oradour car, selon le journal local, *Le Républicain Lorrain*, « *les Allemands ont perpétré à Oradour un des crimes les plus monstrueux de l'Histoire… Ce premier anniversaire du drame d'Oradour, que nous célébrons aujourd'hui dans la paix retrouvée ; ce premier anniversaire qui dévoila aux peuples civilisés encore crédules la barbarie des nazis ; ce premier anniversaire qui nous rappelle l'ennemi implacable qui voulait notre disparition, doit fortifier notre désir d'union et de fraternité parce qu'il est gravé en caractères de sang dans les cœurs de tous les Français… Du sang innocent coulait. Du sang, du sang encore du sang. L'Allemagne est couverte de sang de ses victimes. Jamais plus elle ne pourra prétendre à participer à la vie normale d'un monde car ce monde est honteux d'avoir enfanté un pays aussi cruel et aussi sanguinaire… Oradour-sur-Glane crie vengeance. Oradour ne doit et ne sera pas oublié. Treize cents innocentes victimes (sic) dont on n'a retrouvé que les ossements calcinés au milieu d'un village complètement rasé exigent que nous gravions à tout jamais dans notre mémoire et dans celle de nos enfants le manque d'humanité teuton, à la base de toutes les horreurs et atrocités que nous avons connues. Notre devoir est de veiller maintenant à ce que plus jamais les Allemands ne puissent renouveler leurs sanguinaires exploits*[3]. » Pour l'éditorialiste du quotidien mosellan, la barbarie nazie révélée à Oradour doit continuer à témoigner pour éviter qu'un tel crime ne se renouvelle.

Dans l'immédiat après-guerre, cette opinion est partagée par la plupart des Français. Aussi le gouvernement décide en 1946 la préservation des ruines du village martyr pour, selon l'historienne américaine Sarah Farmer, « *qu'elles témoignent des souffrances de la nation pendant l'occupation allemande*[4] ». Oradour devient « monument historique » et acquiert une dimension nationale, symbole de la barbarie absolue du régime nazi en France occupée. Un symbole qui appelle à l'expiation.

Lors de sa visite le 10 juin 1947, le président de la République, Vincent Auriol, promet ainsi que « *justice sera faite* ». Après enquête qui débute dès 1945, une liste de 51 Allemands toujours vivants présents à Oradour ce 10 juin 1944 est dressée. Mais, en zones britannique et soviétique, les participants au massacre, et notamment le général Lammerding, commandant de la division *Das Reich*, ne sont pas livrés à la justice française. En revanche, la cour de justice de Limoges condamne à mort un participant au massacre le 12 mars 1946, mais ce verdict est annulé par la cour d'appel de Limoges le 22 mars 1946, le condamné étant mineur au moment des faits et portant l'uniforme allemand, ce qui le fait relever de la justice militaire. Ce seul accusé est l'objet de onze jugements, renvois, suppléments, cassations et mises en accusation. Le dossier d'instruction est enfin clôturé le 22 octobre 1949. Il faut encore attendre trois ans pour que débute le procès de Bordeaux, le 12 janvier 1953. Vingt-et-un inculpés sont présentés devant le tribunal militaire. Le plus haut gradé est un sergent. Claude Puhl, envoyé spécial du *Républicain Lorrain*, se souvient : « *Le tribunal spécial installé sur la scène d'un théâtre de Bordeaux accentuait le décalage sensible entre la monstruosité des faits évoqués et les personnages falots accusés rejetant la responsabilité de la tuerie sur leurs supérieurs*[5] ».

Sur les bancs des accusés, au côté de sept Allemands, des Français d'Alsace : un volontaire et treize incorporés de force. Deux fois plus d'Alsaciens que d'Allemands ! En France, dans la mémoire collective, le procès de Bordeaux reste le procès des Alsaciens ayant participé au massacre d'Oradour. « *La supériorité en nombre sur le banc des accusés a fait que ce sont ces derniers qui ont été présentés jusqu'à aujourd'hui comme les principaux assassins d'Oradour-sur-Glane* », écrivent en 2008 Nicolas Mengus et André Hugel[6]. Encore plus en Limousin.

Cet « *affrontement de deux mémoires* »[7] victimaires qui fit du procès de Bordeaux « *le deuxième drame d'Oradour* »[8], a fait l'objet lui aussi de nombreuses analyses. Pendant tout le procès, l'Alsace se sent accusée, outragée et incomprise. Solidaire de « ses treize », elle avance pour sa défense un autre crime de guerre condamné également par le tribunal de Nuremberg : l'incorporation de force née de l'annexion.

Le département voisin, la Moselle, a partagé avec elle cette histoire devenue mémoire particulière des territoires annexés. On aurait pu s'attendre à une solidarité mémorielle des deux provinces sœurs, à une « *sympathie de cœur avec les accusés*[9] », d'autant plus, qu'à priori, l'Alsace et la Lorraine[10] ont eu une communauté de destin depuis le traité de Francfort en 1871, une communauté qui les lierait et les rendrait « naturellement » solidaires comme deux « sœurs » unies, image bien ancrée dans la mémoire collective. En réalité, la réaction mosellane est tout autre. Guillaume Javerliat la qualifie d'« *attitude atypique de la Moselle* »[11].

Peu d'historiens se sont questionnés sur cette attitude.

En 1983, Pierre Barral est le premier à « *s'interroger sur l'attitude de la Moselle* » et consacre une vingtaine de lignes à la « *désolidarisation* » des groupements patriotiques mosellans, la réserve de certains élus et le silence des Malgré-Nous. Le mot est dit : désolidarisation mémorielle ! Une attitude qu'il explique par l'absence de Mosellans dans la compagnie ayant perpétré le massacre et la présence de Mosellans parmi les victimes[12]. Depuis, dans les ouvrages sur le procès, les positions d'élus mosellans se retrouvent parfois en filigrane, se bornant à ne citer que des extraits de leurs interventions pour souligner « *la différence d'appréciation entre Lorrains et Alsaciens*[13] », sans jamais l'analyser et la comprendre.

Il est fait également état des dépositions de Roger Godfrin, rescapé de Charly, et de René Tousch, secouriste mosellan, sans autres commentaires.

Il faut attendre 2004 pour qu'un jeune historien, Guillaume Javerliat, se penche sur l'attitude de la Moselle et lui consacre dix-huit pages dans son mémoire de maitrise à l'université de Limoges. Il lance des pistes intéressantes que nous avons approfondies, mais aussi des arguments qu'il nous faudra contredire[14]. Il n'empêche que Guillaume Javerliat pose clairement le sujet : « *À aucun moment ne s'est créée une solidarité importante et générale en rapport les attentes alsaciennes*[15] ».

Pourquoi ?

C'est l'objet de ce livre[16].

Mais pour prendre la mesure des « *attentes alsaciennes* », il nous faut au préalable décrire les réactions de l'Alsace pendant le procès et essayer de comprendre pourquoi, dans l'imaginaire collectif, le concept « Alsace-Lorraine » semblait lui assurer la solidarité de sa voisine mosellane. Cette solidarité qu'elle était en droit d'attendre, n'a-t-elle pas subi les affres du temps et les politiques successives ? Cette désolidarisation mémorielle, n'est-elle pas une conséquence directe des mesures d'annexion de 1940 qui a créé, en Alsace et en Moselle, non pas une mémoire de l'annexion mais bien des mémoires parallèles ?

A SCHILTIGHEIM

Avant l'amnistie des 13 "MALGRÉ NOUS", les anciens combattants alsaciens ont défilé pour protester contre le verdict.

L'Alsace mobilisée autour de ses treize incorporés de force

L'affrontement entre deux mémoires victimaires, l'une en Limousin « *qui ne voit dans les accusés* – du procès de Bordeaux – *que les hommes coupables d'un crime et qu'il fallait condamner* » et l'autre en Alsace « *qui considérait que les incorporés de force sont les victimes du nazisme au même titre que les habitants d'Oradour* »[17] a fait l'objet de plusieurs publications et analyses. Ces publications ont souvent décrit avec forces détails « *le cri de l'Alsace* »[18] qu'il nous faut ici décrire pour le confronter à la réaction mosellane. La mobilisation alsacienne s'explique par la mise en accusation de treize de leurs incorporés de force.

DES ALSACIENS SUR LE BANC DES ACCUSÉS

L'enquête judiciaire identifie assez rapidement le régiment responsable du massacre, à savoir la 3e compagnie du régiment *Der Führer* de la division *Das Reich*. En même temps, elle établit que : «… *sur 120 hommes* – ayant participé au massacre –, *il y avait une vingtaine d'Alsaciens qui, à part un, avaient été incorporés de force dans les rangs de l'armée allemande…*[19] » Les recherches de la police pour identifier et localiser les participants au massacre d'Oradour commencent dès l'été 1945.

Ainsi, le 12 septembre 1945, Paul Graff, de Strasbourg, est arrêté dans la capitale alsacienne pour intelligence avec l'ennemi et assassinat. Son audition permet de connaître les noms des officiers et sous-officiers présents à Oradour ainsi que les noms et prénoms de 19 Alsaciens présents le 10 juin 1944. L'acte d'accusation du 13 mars 1946 expose qu' « *il ne ressort pas du dossier que les SS alsaciens se soient distingués des autres soldats allemands. Ils ont coopéré aux manœuvres et aux actes… L'incorporation de Graff dans la Wehrmacht est un fait pénible qui ne peut lui être reproché. La carence du gouvernement de la France à cette époque donnait aux actes des Allemands à cet égard une apparente légitimité. Graff était déclaré « allemand » et il a été traité comme tel. Il ne pouvait réagir que très difficilement par des actes d'un héroïsme peu commun et qu'on ne peut demander à un jeune garçon de son âge. Graff a été SS… Il semble qu'il n'a été pour rien dans cette affectation due aux résultats de son examen physique… C'est volontairement que Graff est resté dans les rangs SS et qu'il n'a pas déserté. En juin 1944, la débâcle allemande lui permettait de le faire sans risque sérieux… Graff est Français*

Manifestation à Schiltigheim. Pendant le procès, le secrétaire de mairie de cette ville bas-rhinoise déclare : « *Dans ma commune, il y a eu 862 incorporés de force dont 420 seulement sont revenus. Nous déplorons aussi la perte de 8 compatriotes à Oradour.*[41] *C'est dire que nous sommes deux fois frappés* ». *Détective*, 23 février 1953.

Tribunal de Bordeaux, les accusés. Sur la gauche : les Allemands. Derrière eux et à droite : les Alsaciens. Les amalgamer aurait été considéré comme une provocation par l'Alsace. *Paris-Match,* 17 janvier 1953.

incorporé contre son gré dans l'armée allemande à une formation SS… Graff Français a coopéré aux crimes de guerre commis par les Allemands[20] *.* » La qualité d'incorporé de force lui est reconnue et non reprochée, ni même son affectation dans la *SS*. Il est un « *des bourreaux malgré eux* », comme l'explique l'historien Jean-Luc Leleu car « *dès leur baptême du feu, le 28 juin 1944, une vingtaine d'Alsaciens du 1*er *bataillon de la 3*e *Compagnie du Regiment Der Führer désertent auprès des Anglais*[21]*. Que ce soit par peur de représailles contre eux-mêmes ou leurs familles ou tout simplement pour remplir leurs obligations militaires, ces hommes avaient en réalité mis le doigt dans l'engrenage en répondant à l'appel sous les drapeaux. Bon gré, mal gré, ils ont de facto accepté le système et se sont soumis à son autorité en se présentant sur le quai de la gare pour rejoindre leur unité. Tout retour en arrière était par la suite sinon impossible du moins mentalement très difficile…*[22] ». Mais l'acte d'accusation est clair : on lui reproche de n'avoir pas déserté et d'avoir « *coopéré* » au crime d'Oradour d'autant plus que Graff avoue avoir tiré sur une femme.

Un autre Alsacien est également arrêté le 15 octobre 1946, Georges Boos, de Keskastel (Bas-Rhin). Engagé volontaire dans la *Waffen SS* le 1er août 1941, nommé sergent en mai 1943, il est poursuivi pour trahison[23].

Les douze autres Alsaciens identifiés encore vivants sont laissés en liberté car français, presque tous mineurs au moment des faits[24], ils ne peuvent être jugés ni pour crime de guerre conformément à la circulaire du 4 novembre 1944[25], ni pour trahison car enrôlés de force. Seule la loi dite

Le procès d'Oradour s'est ouvert à Bordeaux

LE JOUR DE LA JUSTICE

Il est enfin venu ce jour tant attendu, ce jour que des hommes ont appelé en serrant les dents, ce jour que réclame le petit monticule de cendres humaines dans l'église d'Oradour !

Le tribunal saisi d'une demande de disjonction du cas des prévenus alsaciens : décision aujourd'hui

Les Alsaciens impliqués dans l'affaire photographiés à Bordeaux avant l'ouverture du procès.
Transmis de Bordeaux sur notre poste belino.

BORDEAUX (de notre corresp. part.)

Le procès de l'Hitlérisme

Le Républicain Lorrain
13 janvier 1953.

« *de responsabilité collective* » votée le 15 septembre 1948 permettant de juger un membre d'une organisation jugée criminelle permet de les juger. Or le massacre d'Oradour a été reconnu comme crime de guerre par le tribunal international de Nuremberg. L'incorporation d'Alsaciens est incontestable mais les preuves de leur non-participation au crime ne sont pas apparues. La loi indique dans son article premier que « *lorsqu'un des crimes prévus par l'ordonnance du 28 août 1944 sur la répression des crimes de guerre est imputable à l'action collective d'une formation ou d'un groupe faisant partie d'une organisation déclarée criminelle par le Tribunal militaire international agissant en vertu de l'acte du 8 août 1945, tous les individus appartenant à cette formation ou à ce groupe peuvent être considérés comme coauteurs à moins qu'ils n'apportent la preuve de leur incorporation forcée et*[26] (souligné par l'auteur) *de leur non-participation au crime* ». Une loi rétroactive, contraire au droit français, votée à l'unanimité, même par les élus alsaciens et mosellans ! Une loi qui permet de juger les Français ayant participé au crime de guerre d'Oradour.

Aussi, lorsque s'ouvre le procès de Bordeaux le 12 janvier 1953, douze Alsaciens sont sur le banc des accusés, rejoints par Graff et Boos. Pour Sarah Farmer, « *Oradour devint brusquement la cause d'une amère guerre franco-française, entre deux régions qui avaient des expériences et des souvenirs très différents du temps de guerre*[27] ». Pour Guillaume Javerliat, le procès de Bordeaux devient « *le deuxième drame d'Oradour* », celui qui oppose deux régions, le Limousin à l'Alsace, deux mémoires également, celles de deux crimes de guerre condamnés par le tribunal de Nuremberg en 1946. « *La convergence de ces deux iniquités* – le massacre et l'incorporation de force de ressortissants français dans l'armée allemande – *commises par le totalitarisme nazi provoque une crise brève mais grave dans la vie politique française car deux fidélités tout aussi légitimes l'une que l'autre s'y trouvent tragiquement affrontées*[28]. »

CONTESTATIONS ALSACIENNES

Dans l'ouvrage de Jean-Laurent Vonau et le mémoire de Guillaume Javerliat, il est fait état des nombreuses contestations et manifestations en Alsace avant, pendant et après le procès, ainsi que des interventions virulentes des élus alsaciens à l'Assemblée nationale et au dehors. Sans en refaire l'inventaire, il est nécessaire de décrire dans ses grandes lignes la réaction alsacienne et ainsi la confronter à la réaction mosellane.

En Alsace, « *chaque famille de Malgré-Nous comprend que son propre enfant pourrait être aujourd'hui sur le banc d'infamie, voué presque sans défense et sans compréhension aux effets d'une loi inique*[29] ». Le conseiller de la République du Haut-Rhin, Paul Kalb, crie à l'injustice : « *le procès d'Oradour-sur-Glane mettra en cause tous les incorporés de force… et suscitera une émotion douloureuse dans nos provinces, terres de fidélité, qui était en droit d'attendre autre chose qu'une intolérable humiliation*[30] ». Pour Pierre Barral, « *chaque survivant s'identifie aux accusés*[31] ». Solidaires de ses incorporés de force, les associations, la presse et les élus alsaciens organisent la contestation dès l'annonce de l'ouverture du procès. Dans un premier temps, le combat est mené pour disjoindre le procès des Allemands et celui des Alsaciens.

Ainsi, toute la presse alsacienne publie le 10 décembre 1952, soit un mois avant l'ouverture du procès, la déclaration de Georges Bourgeois, président de l'Association des déserteurs, évadés et incorporés de force (ADEIF) du Haut-Rhin, député et conseiller général RPF : « *avec l'affaire d'Oradour, le problème des incorporés redevient d'une actualité brûlante et il nous appartient de défendre une fois de plus nos membres et la mémoire de ceux qui sont tombés au front et reposent en terre étrangère, sans que nous oublions pour autant la douleur des familles des victimes de l'horrible boucherie d'Oradour. Dissocier les nôtres des Allemands dont ils sont les co-inculpés, voilà quels sont notre but et notre ardent désir… en espérant que, pour avoir connu la tragique situation de l'Alsace-Lorraine, vous épouserez notre point de vue et ne nous refuserez pas votre appui afin que l'ambiance de ce procès et une certaine polémique ne fassent perdre de vue à beaucoup de Français notre drame alsacien des années 1940 à 1945*[32] ».

15 janvier 1953.
Les drapeaux en berne à Thann.
Dimanche-Magazine
24 février 1953.

Georges Bourgeois associe la Lorraine[33] à la « tragédie » de l'annexion. Ce combat se poursuit au tribunal dès l'ouverture du procès, notamment par les avocats alsaciens. « … *C'est l'Alsace qui recevra le souffle de la condamnation ou le bouquet de l'espérance… Rappelez-vous que derrière les cris des 642 suppliciés limousins retentissent et retentiront éternellement les clameurs des milliers de suppliciés d'Alsace, morts pour une même cause*[34] ». Après plusieurs refus pour disjoindre Alsaciens et Allemands, Thann met les drapeaux tricolores en berne le 15 janvier et des manifestations autour des monuments aux morts sont organisées par l'ADEIF le 18 janvier, réunissant 400 personnes à Colmar, 1 000 à Mulhouse, 3 000 à Strasbourg. Ces réactions sont rapportées en pages intérieures dans les journaux mosellans, dans de petits encarts, sans commentaires.

18 janvier 1953, à Strasbourg.
Le président de l'ADEIF du Bas-Rhin, Robert Baillard, dépose une gerbe au monument aux morts.
Revue *Radar,* 1er février 1953.

Le 27 janvier 1953, les députés alsaciens réussissent à faire modifier la loi de la responsabilité collective de 1948. L'incorporation forcée suffit désormais à la déresponsabilisation collective. Elle devient absolutoire d'un crime collectif.

Les 14 Alsaciens et leur condamnation. *Détective,* 23 février 1953.

Le verdict est prononcé dans la nuit du 12 février 1953 : les Alsaciens reconnus incorporés de force écopent de cinq à douze ans de travaux forcés ou de cinq à huit ans de prison. Quant au seul Alsacien engagé volontaire dans la *Waffen-SS*, il est condamné à mort pour trahison. Pour le commissaire de la République : « *Volontaires ou non, ils ont du sang sur les mains*[35] ». « *Un jugement de compromis* » explique *Le Républicain Lorrain* qui « *ne satisfait personne* » renchérit *Le Lorrain*[36], ni les Alsaciens qui espéraient l'acquittement, ni les Limousins qui trouvent les peines trop clémentes.

Le verdict déclenche de très vives protestations en Alsace orchestrées par l'ADEIF et les élus. Les cloches sonnent le tocsin. Les drapeaux tricolores sont en berne. Une grève administrative est décidée. Des élus démissionnent. L'Association des maires du Haut-Rhin fait placarder le texte suivant dans toutes les communes du département : « *Nous n'acceptons pas. Toute l'Alsace se déclare solidaire avec ses treize enfants condamnés à tort à Bordeaux et avec les 130 000 incorporés de force. Elle restera avec eux dans la peine. L'Alsace française s'élève avec véhémence contre l'incompréhension dont ses fils sont les malheureuses victimes* ». Des manifestations se déroulent dans toutes les villes alsaciennes ; la plus importante numériquement ayant lieu à Strasbourg où le monument aux morts est drapé de noir.

Ces réactions violentes effraient certains milieux politiques parisiens et notamment le président Vincent Auriol qui voit « *derrière toutes les manifestations, l'autonomisme*[37] ». Si effectivement de nouveaux partis

Après le verdict d'Oradour

L'ALSACE A PLEURÉ

L'ALSACE tout entière a pleuré et a grondé le vendredi 13 au matin lorsque la nouvelle du verdict de Bordeaux a couru de Strasbourg à Colmar. La condamnation qui a frappé ses treize enfants (Boos non compris) l'a unie dans une immense et douloureuse protestation. Les maires et conseillers municipaux des 561 communes du Haut-Rhin et du Bas-Rhin se sont réunis pour tenter de faire échec à ce que toute l'Alsace n'appelle plus que « le Jugement de Bordeaux ». A Saverne, Mr Heyl, ancien bâtonnier et capitaine de réserve a renvoyé son livret militaire « afin, a-t-il dit, de ne pas se trouver un jour dans le cas de juger des soldats dont le seul tort est d'avoir obéi aux ordres. » A Landersheim, village natal d'Albert Och (condamné à cinq ans de travaux forcés) le maire a voulu déposer son mandat. Mardi matin des délégués des deux départements sont venus demander à M. Mayer une amnistie pleine et entière pour les condamnés. L'Assemblée nationale s'est prononcée : l'Alsace retrouvera les siens.

Paris-Match, 21 février 1953.

autonomistes apparaissent[38] pendant le procès, « *cette menace est alors brandie comme un épouvantail qui s'est avéré efficace* », mais reste « *éphémère* » [39]. L'ampleur de la mobilisation alsacienne demeure néanmoins considérable.
En réponse à ces manifestations et craignant pour l'unité nationale avec le spectre de l'autonomisme de l'entre-deux-guerres, le gouvernement soutient une proposition d'amnistie à l'Assemblée nationale, votée le 18 février. L'Alsace est soulagée, le Limousin en colère, l'unité nationale sauvegardée. Les treize rentrent chez eux deux jours plus tard, discrètement. « *Redde m'r nem devun* » (N'en parlons plus)[40].

De l'autre côté des Vosges bossues, l'Alsace aurait pu espérer une solidarité de la Moselle. Pourquoi ? Dans l'imaginaire collectif, la Moselle et l'Alsace partagent une histoire commune depuis 1871.

15 février 1953, à Strasbourg.
Le monument aux morts de la guerre de 1914-18 drapé de noir. Il représente une mère tenant dans ses bras ses deux enfants l'un tombé avec l'uniforme français, l'autre avec l'uniforme allemand.
Bimensuel *La Lorraine Illustrée* imprimé à Mulhouse 1er mars 1953.
Une photo similaire est également en une du *Républicain Lorrain.*

L'amnistie des incorporés de force votée par 344 voix c. 206

Les 13 condamnés alsaciens de Bordeaux seront libérés aussitôt après le vote des sénateurs

Les victimes d'Oradour seront citées nommément à l'Ordre de la Nation

Le Républicain Lorrain
19 février 1953.

Communauté de destin ?

Le 28 janvier 1953, au tribunal militaire de Bordeaux, après sa déposition concernant l'assassinat d'Octavie Dastein de Charly et de sa nièce Françoise Bertrand de Clouange en Moselle par une patrouille à Oradour-sur-Glane, le président Nussy Saint-Saens lance à Paul Graff, incorporé de force alsacien dans la *Waffen SS* :
« *un Français d'Alsace tirant sur une Française de Lorraine !* »
Le lendemain, *Le Républicain Lorrain* met en relief cette remarque par un sous-titre dans son article sur le témoignage de Godfrin.
Pourquoi le président Nussy Saint-Saens a-t-il mis en relation l'Alsace et la Lorraine ? De toute évidence, cela a une charge émotionnelle importante car dans l'opinion publique l'Alsace et la Lorraine semblent intimement liées. Pourquoi l'imaginaire collectif perçoit-il une unité territoriale entre Alsace et Moselle ? En 1953, cette supposée unité qui aurait dû rendre la Moselle solidaire de sa voisine existe-t-elle réellement ?

CRÉATION D'UNE ENTITÉ
LE *REICHSLAND ELSASS-LOTHRINGEN*

Après la défaite contre la Prusse, puis l'Allemagne, la France est amputée de territoires. Le traité de paix signé à Francfort le 10 mai 1871 ratifie les dispositions prises lors du traité préliminaire du 26 février 1871 décidées à Versailles, elles-mêmes officialisant une situation de fait, celle du *Gouvernement Général de l'Alsace et de la Lorraine allemande* créé le 26 août 1870. Son article premier prévoit que « *la France renonce en faveur de l'Empire allemand à tous ses droits et titres sur les territoires* » cédés, soit 1 447 000 hectares, 1 694 communes et 1 597 000 habitants[42].

Le traité de Francfort crée donc une communauté de destin entre des territoires jusque-là séparés historiquement[43] et administrativement[44], voire même antagonistes[45]. Aujourd'hui encore, la répression de la révolte des paysans alsaciens en 1524 par le duc Antoine de Lorraine est toujours évoquée avec ressentiment dans certains milieux alsaciens[46]. L'historien François Roth souligne que, jusqu'en 1870, « *des relations humaines et économiques – entre l'Alsace et la Lorraine – étaient si restreintes qu'on n'avait point encore éprouvé le besoin de relier par voie ferrée Metz à Strasbourg.* »[47]

Première fête française à Drulingen en 1919. Entre Jeanne Maire-Frantz en Alsacienne et Ernan Magler en Lorraine, Louis Wolff en soldat français. Cette représentation personnifiée de l'Alsace-Lorraine en costume traditionnel est un classique de l'imagerie populaire et des cartes postales de 1914-1920. Elle est cependant plus rare en Alsace qu'en Moselle. (coll. Ascomémo-Hagondange)

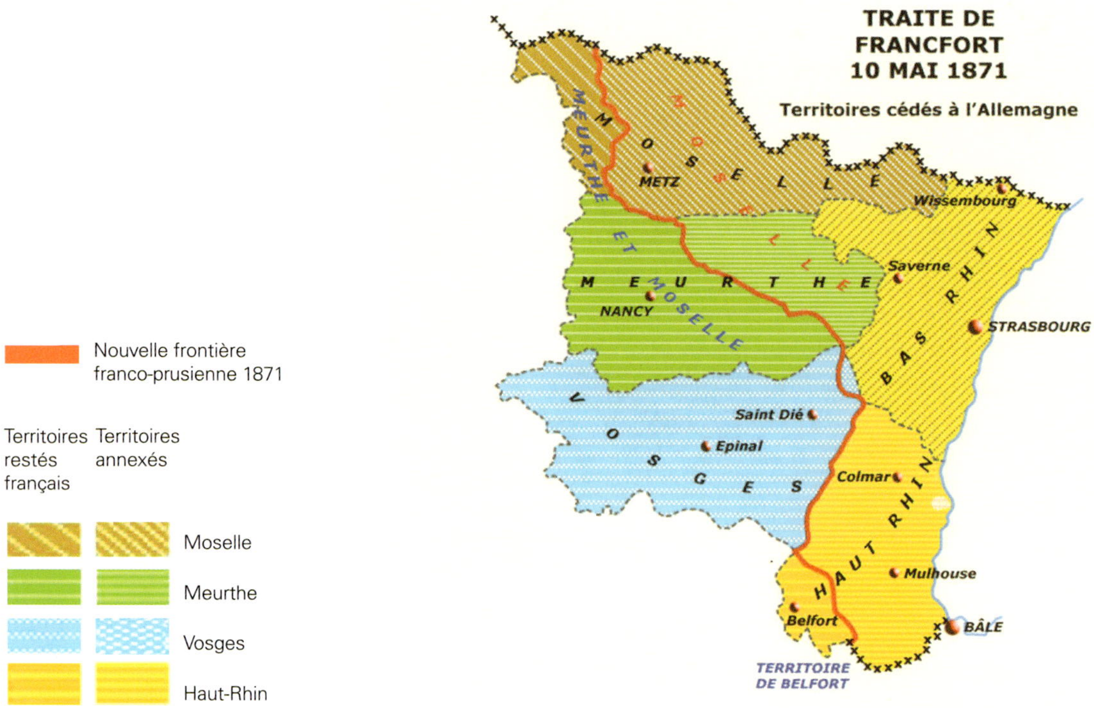

Vignette postale vers 1900 représentant les armoiries du *Reichsland Elsass-Lothringen* adoptées officiellement en 1891[48] qui combinent les armoiries de Haute et Basse-Alsace (à gauche) avec celles de Lorraine. (coll. Ascomémo-Hagondange)

Les Allemands les réunissent pourtant dans un *Reichsland*, une terre d'Empire, dénommé « *Elsass-Lothringen* » incorporé au Reich le 9 juin 1871. Selon le traité de Francfort, l'*Elsass « coïncide avec la frontière occidentale des départements du Bas-Rhin et du Haut-Rhin »* auquel sont greffés les cantons de Schirmeck et de Saales, jusque-là vosgiens, et amputés de ce qui devient le Territoire de Belfort. Cette quasi-unité géographique, linguistique et politique facilitera la future construction mémorielle de l'Alsace annexée.

Par contre, le *Lothringen* est un territoire artificiel, façonné par les tractations franco-prussiennes : amputé de l'arrondissement de Briey et du canton de Chambley, il se voit rattacher la presque totalité des arrondissements de Château-Salins et Sarrebourg, auparavant territoires du département de la Meurthe.

À l'inverse de l'Alsace, cette construction arbitraire complique la construction d'une mémoire mosellane consensuelle, à cause des différences linguistiques entre roman et alémanique, qui vont elles-mêmes entraîner des différences de traitement par les Allemands, surtout pendant la deuxième annexion.

Dès 1943, dans la brochure clandestine de *Témoignage Chrétien*, le prêtre-résistant alsacien, Pierre Bockel, donne une analyse pertinente de la situation des deux provinces : « … *Au moment de sa réunion à la France,*

Limites des arrondissements avant 1871

Département de la Meurthe avant 1871

Département de la Moselle avant 1871

Nouvelle limite de la Moselle après 1871 et maintenue depuis 1918

l'Alsace est riche d'un long passé de civilisation ; elle est fière de ses créations culturelles et de ses grands hommes ; elle a sa personnalité sinon politique du moins spirituelle... Jusqu'au traité de Westphalie en 1648, la vie politique de l'Alsace avait participé au devenir historique du Saint-Empire germanique. L'Alsace formait une unité linguistique et culturelle, économique aussi... Le changement d'allégeance de 1648 fut accueilli par le gros de la population avec indifférence, voire avec hostilité... L'Alsace, juridiquement assimilée à la France ou à l'Allemagne continue malgré l'absence de cadres institutionnels à garder lucide une conscience de soi originale et à se sentir un « être » à soi, réfractaire à toute assimilation qui porterait sur ses mœurs, sa langue, son style de vie... Les raisons de cette originalité se trouvent d'abord dans le tempérament même du peuple alsacien..., puis dans ses mœurs... La langue est, sans conteste, le facteur le plus essentiel de la personnalité alsacienne... Or la langue de l'Alsacien, dialecte germanique, n'offre aucune parenté avec les langues françaises...

La Moselle annexée de 1871 à 1918 et de 1940 à 1945.

Carte postale, vers 1915, éditeur inconnu. Curieusement, pour illustrer l'Alsace-Lorraine, l'éditeur utilise le drapeau de 1912 proposé par le *Landtag*. Il n'a jamais officiellement existé : le « *Rot und Wiss* » (rouge et blanc) alsacien avec une croix de Lorraine jaune. La carte véhicule un mythe : « *la réunion de l'Alsace-Lorraine à la France* » n'est pas un motif de la guerre déclarée le 3 août 1914, mais elle devient un objectif de guerre après la bataille de la Marne. (coll. Ascomémo-Hagondange)

Le problème lorrain est en partie différent du problème alsacien… La Lorraine mosellane n'est pas, comme l'Alsace, un monde fermé, une unité historique vivante… Cette absence d'unité s'explique pour deux raisons : d'abord la Lorraine mosellane n'est qu'un morceau de l'ancien duché de Lorraine coupé en deux par les frontières de 1870. D'autre part coexiste un pays de langue, de mœurs et de traditions germaniques avec des cités et des bourgades où l'influence française prédomine… Jusqu'en 1870, la Lorraine ne connaît aucune communauté historique avec l'Alsace. Tout change en 1870. La Lorraine mosellane est désormais intimement unie à l'Alsace… Il en résulte un lot de souvenirs historiques communs, qu'il est difficile d'effacer de la mémoire du Lorrain[49] ».

L'*Elsass-Lothringen* vit une communauté de destin pendant 48 ans. Séparée de la France, « *l'Alsace-Lorraine a une histoire commune (…) qui a laissé un héritage administratif, juridique et culturel ainsi qu'une empreinte dans l'espace public, l'urbanisme et les mentalités*[50] ». D'abord administré depuis Berlin avec un président supérieur installé à Strasbourg, l'administration civile du nouveau *Reichsland* est transférée en 1879 à Strasbourg où elle est placée sous l'autorité d'un *Statthalter*, un gouverneur. Strasbourg devient la capitale administrative pour l'Alsace et la Lorraine annexées. En 1911, le *Reichstag*, le Parlement allemand, accorde un début d'autonomie avec le vote d'une constitution qui installe un *Landtag*, un Parlement régional, qui siège à Strasbourg et dont la chambre basse est élue au suffrage universel. Le parlement propose même un drapeau le 26 janvier 1912, sans qu'il obtienne l'accord de Berlin.

Carte postale, vers 1911, éditeur inconnu. Elle représente un drapeau pour l'Alsace-Lorraine qui n'a jamais existé mais qui correspond à l'étude d'Albert Unlhorn, notaire à Sarre-Union. Se fondant sur les règles héraldiques, il ressort que les couleurs à prendre en compte sont pour la Basse-Alsace le blanc et le rouge, pour la Haute-Alsace, le jaune et le rouge et pour la Lorraine le rouge et le jaune. (coll. Ascomémo-Hagondange)

Pour autant, comme l'explique l'historien américain Philipp Bankwitz, la nouvelle loi de 1911 « *ne définissait pas une nationalité, d'autant plus qu'elle continuait à associer Alsace et Lorraine*[51] ». Mais Strasbourg développe ses fonctions de capitale politique et administrative. Dans des domaines aussi variés que l'agriculture, l'artisanat, la vie scolaire, les chemins de fer, la vie des partis politiques, … c'est à Strasbourg que s'élaborent les solutions et se prennent les décisions.

Toutefois, avec raison, François Roth s'interroge sur l'existence réelle d'une *Heimat* alsacienne-lorraine, une petite patrie. « *On pouvait écrire dans les livres, enseigner à l'école que l'Alsace-Lorraine était une Heimat, une petit patrie, pour ses habitants. Pouvait-on faire entrer cela dans les esprits et dans les cœurs ?… L'idée d'une Heimat alsacienne-lorraine se heurtait au fait que les identités respectives de l'Alsace et de la Lorraine étaient distinctes et qu'elles s'étaient même renforcées. Le principal lien entre l'Alsace et la Lorraine était l'administration allemande et la législation commune qu'elle avait pour mission d'appliquer*[52] ».

En même temps, en France, l'esprit de revanche s'exprime dans des discours, dans des chansons, dans le décor d'objets usuels et fixent, un temps, l'idée d'une communauté de destin, celles des « provinces perdues ». C'est à l'école que l'idée de cette Alsace-Lorraine perdue est certainement le plus présent avec des cartes de France amputée des territoires de l'Est, des livres comme *Le Tour de France de deux enfants*, des chants… Mais avec les années, le souvenir de l'Alsace-Lorraine s'estompe.

Plaque de rue antérieure à 1919 (cf. le *Trait d'union*), origine inconnue. (coll. Ascomémo-Hagondange)

Il n'empêche que dans l'opinion publique les « deux sœurs perdues » sont devenues indissociables même si la Lorraine est souvent en second plan. Dans de nombreuses grandes villes existent toujours des rues et avenues d'Alsace-Lorraine[53] qui fixent dans l'imaginaire collectif une entité géographique. Dans la conscience nationale, les « provinces perdues » sont un élément sentimental resté fort entretenu par les livres d'Émile Erckmann et Alexandre Chatrian[54], de René Bazin[55] ou de Maurice Barrès[56], les chantres de la Revanche.

Le 27 janvier 1953, le député messin, Raymond Mondon, au cours de sa longue intervention à l'Assemblée nationale dans le débat sur la disjonction du jugement entre Alsaciens et Allemands, brosse un vaste tableau de l'attachement de la Moselle et de l'Alsace à la France depuis l'annexion de 1871 : « ... *Il convient de rappeler le martyre de nos populations de Moselle et d'Alsace et le geste de leurs représentants qui, en 1871, élevaient à Bordeaux une protestation solennelle contre l'annexion de nos provinces au Reich Allemand. Il importe de rappeler que quarante-huit années d'annexion vécues par la Moselle et l'Alsace dans l'esprit des protestataires de Bordeaux car cette annexion fut dans le deuil l'une des périodes les plus magnifiques de l'histoire de notre pays par la fidélité et l'attachement de nos provinces à la France...*[57] ».

Son discours s'inscrit dans une idéalisation mémorielle. Les arguments donnés par le député sont ceux avancés par la propagande française pendant la guerre de 1914-18 pour justifier du retour à la France des terres recouvrées et pour refuser d'organiser un plébiscite en Alsace-Lorraine[58]. Il rappelle aux députés le destin commun des trois départements annexés, « *la Moselle et l'Alsace* » pendant 48 années. Pour autant, il n'utilise pas le concept « Alsace-Lorraine » pour sa démonstration alors qu'il se définit lui-même comme « *Français et Lorrain* »[59].

Après un demi-siècle d'annexion, le concept « Alsace-Lorraine » paraît désormais bien établi tant du côté allemand que du côté français et semble perdurer jusqu'au procès de Bordeaux et au-delà. Ce destin commun, le temps de deux générations, crée forcément une solidarité entre les deux provinces. A-t-elle résisté à la départementalisation au moment du retour à la France ?

SOLIDARITÉ APRÈS LEUR RETOUR À LA FRANCE ?

Le 12 novembre 1918, lendemain de la signature de l'armistice mettant fin à la première guerre mondiale, le *Landtag* d'*Elsass-Lothringen* à Strasbourg s'érige en *Nationalrat*, un Conseil national d'Alsace-Lorraine, qui réclame initialement l'autonomie intégrale de l'Alsace-Lorraine, frappant même à la hâte une monnaie qui n'a jamais servi.

Carte postale, non datée, éditeur inconnu. Selon sa légende, elle veut mettre en évidence le germanisme de l'Alsace et la francophilie de la Moselle. À quelle fin est éditée cette carte postale ? Une unité mise à mal et surtout un comportement vis-à-vis de la France supposé naturellement opposé. (coll. Ascomémo-Hagondange)

Mais les députés lorrains s'opposent à cette revendication et réclament le rattachement des provinces à la France. Cette divergence illustre les différences de vues entre Alsaciens et Mosellans, différences qui s'affirment pendant l'entre-deux-guerres. Finalement, sous la pression des Lorrains, le *Nationalrat*, déclare le 5 décembre qu'il « *estime comme un devoir avant de s'ajourner de proclamer la rentrée de l'Alsace et de la Lorraine dans le droit, leur rattachement à la France indiscutable et définitif*[60] ». Le *Nationalrat* est dissous le 14 janvier 1919 et n'est pas remplacé par une institution française équivalente.

Dès le 16 novembre 1918, des commissaires de la République sont nommés pour les trois départements recouvrés. La Troisième République est centralisatrice et par conséquent, le gouvernement français crée par décret du 26 novembre 1918 un Service général d'Alsace-Lorraine rattaché au sous-secrétariat à la présidence du Conseil. La République française conserve provisoirement l'entité Alsace-Lorraine, consciente qu'une unité de destin avec un « patrimoine » commun nécessite un traitement conjoint. Le 21 mars 1919, un Commissariat général de la République qui fonctionne jusqu'en 1924 est installé à Strasbourg pour administrer l'Alsace et la Lorraine. La pesanteur de Strasbourg est maintenue[61]. La Moselle connaît ainsi en 1919-1920 une brève flambée anti-alsacienne qui s'abrite derrière le slogan « *Strasbourg n'est pas notre capitale* » pour demander le retour rapide au statut départemental.

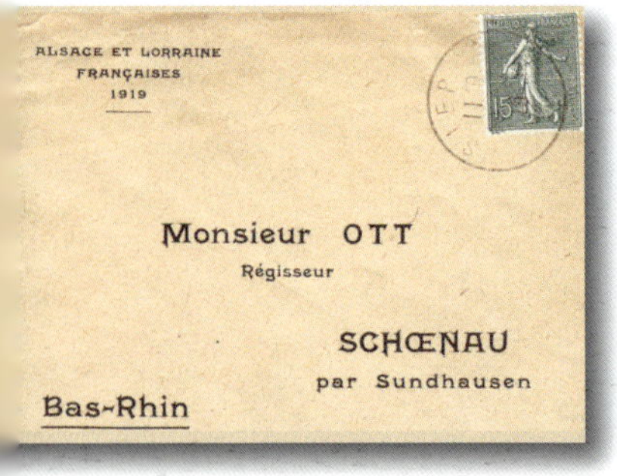

Lettre envoyée depuis Sierck-les-Bains (Moselle) en 1919 : l'entête est « Alsace et Lorraine françaises ». Le trait d'union a disparu. Le cachet postal est provisoire : aucune mention de département. À cette époque, le devenir administratif des provinces recouvrées n'est toujours pas décidé. (coll. Ascomémo-Hagondange)

Aussi, dès le 28 décembre 1918, le préfet de Moselle ordonne de faire disparaître de toutes les pièces officielles la dénomination « Alsace-Lorraine », remplacée par « Alsace et Lorraine » pour qu'il n'y ait plus de référence au *Reichsland Elsass-Lothringen*.

Fini ce trait d'union qui rattache les deux provinces. Le traité de Versailles du 28 juin 1919 entérine une situation de fait : l'*Elsass-Lothringen* réintègre légalement la France pour devenir l'Alsace et la Moselle.

Le 17 octobre 1919, les autorités maintiennent les limites de la Lorraine et de l'Alsace annexées qui deviennent les départements de la Moselle, du Bas-Rhin et du Haut-Rhin. Contours toujours actuels. François Roth estime qu'à partir de 1919, l'Alsace-Lorraine est bien « *un pays perdu* ». Administrativement, c'est certain. Mais qu'en est-il de l'identité, notamment politique ?

Quarante-huit ans de vie commune créent des liens forts et des intérêts communs. Quarante-huit ans de séparation créent des différences importantes entre la France devenue républicaine et laïque et les provinces qui ont gardé des lois françaises et intégré des lois allemandes, socialement plus avancées. Quarante-huit ans d'annexion laissent des institutions,

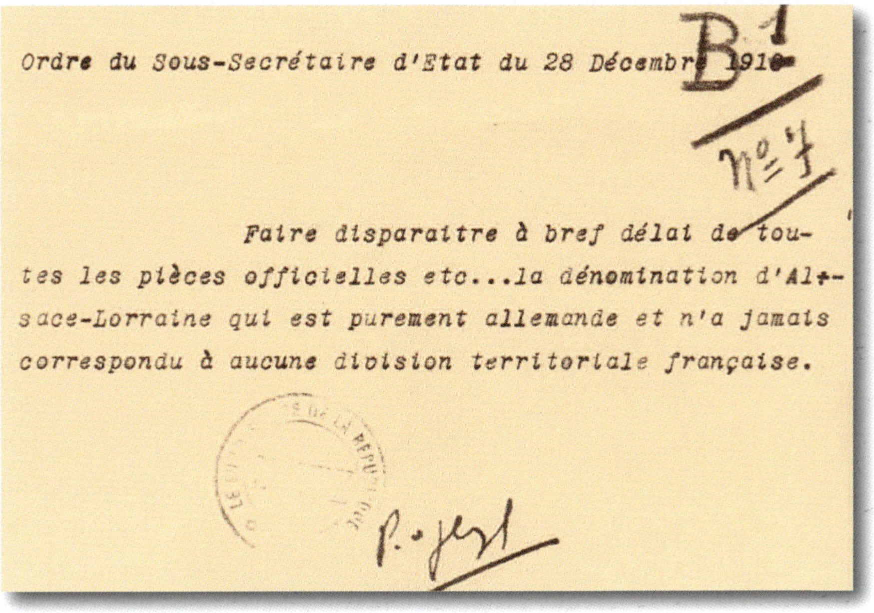

Ordre du Sous-Secrétaire d'Etat du 28 Décembre 1918

B 1

N° 7

Faire disparaitre à bref délai de toutes les pièces officielles etc...la dénomination d'Alsace-Lorraine qui est purement allemande et n'a jamais correspondu à aucune division territoriale française.

Directive du sous-secrétaire d'État du 28 décembre 1918 mettant fin à la dénomination « Alsace-Lorraine ». (coll. ADM)

des lois, des habitudes, un « statut local » que la population locale désire conserver et que les Mosellans vont défendre avec les Alsaciens, car « *les provinces désannexées étaient très réalistes pour nier les avantages des assurances sociales par exemple ou l'heureux développement des cités obtenu grâce à une politique d'urbanisme et d'hygiène clairvoyante et souvent hardie. La Lorraine et l'Alsace n'étaient pas assez sottes pour demander l'abolition de certaines lois ou de règlements administratifs sous le seul prétexte qu'ils étaient d'origine allemande*[62] ». La seule législation française inchangée en Alsace-Lorraine depuis 1871 est précisément celle qui a été modifiée le plus complètement en France. En France, l'école est devenue laïque alors que les Allemands ont maintenu l'école confessionnelle. L'État français en prend acte et maintient l'école confessionnelle par la loi du 17 octobre 1919, un des éléments phare du statut particulier alsacien et mosellan[63]. Malgré ces intérêts communs, les nouveaux partis d'Alsace et de Moselle sont désunis. L'Union Républicaine Lorraine (URL), principal mouvement politique de l'entre-deux-guerres en Moselle, refuse de s'associer à l'Union Populaire Républicaine (UPR), principal parti alsacien, dans une même fédération et repousse l'idée d'un groupe commun au Parlement. L'URL est dominée par l'idée religieuse catholique et défend les particularismes locaux contre la laïcisation de l'État français[64], tout en réclamant une intégration progressive de la législation française dans les autres domaines. L'URL est nationaliste et patriote tant et si bien qu'en 1929, des autonomistes germanisants opèrent une dissidence et créent leur propre parti.

En cela, l'expression politique mosellane est fort différente de l'expression politique alsacienne de l'entre-deux-guerres.
Pourtant, en novembre 1924, la volonté annoncée du gouvernement Herriot d'intensifier sa politique d'assimilation des provinces recouvrées exacerbe les sentiments antifrançais des Alsaciens et des Mosellans. Cette union est de circonstance car finalement l'expression politique se différencie radicalement dans les deux provinces. C'est à partir de cette crise que le mouvement autonomiste se développe en Alsace, alors qu'il reste confiné à quelques cantons de l'Est en Moselle. Le nationalisme mosellan l'emporte sur l'autonomisme. Pendant l'entre-deux-guerres, on évoque « *le malaise alsacien* », jamais le « *malaise lorrain* ». En juin 1926, 102 signataires dénoncent dans le *Manifeste du Heimatbund*[65] l'assimilation et revendiquent l'autonomie dans un cadre légal français. Seulement 27 signataires sont mosellans, essentiellement issus de l'Est du département, dialectophone. Ce « *malaise alsacien* » est sanctionné par l'état jacobin : des leaders autonomistes alsaciens sont jugés à Colmar en 1928 et à Besançon en 1929. Aucun Mosellan ne se trouve sur les bancs des accusés, ce qui démontre bien que le mouvement est insignifiant en Moselle par rapport à l'Alsace et jugé comme tel par Paris. Le *Christlische soziale Volkspartei Lothringen*, le parti populaire chrétien-social de Victor Antoni, multiplie les déconvenues aux différentes élections législatives et n'obtient que quelques sièges au conseil général dans les cantons de Sarralbe, Phalsbourg, Fénétrange et Grostenquin. Faute de lecteurs, ce parti éprouve beaucoup de difficultés à publier son journal, le *Lothringer Journal.*
Au contraire, en Alsace, l'autonomisme prolifère et les publications abondent. Pourquoi ? Des éléments d'explication ont déjà été donnés précédemment. L'élément fondamental est la défense de la langue, l'*Elsässisch* ou l'*Elsässerdeutsch/Elsässerditsch*, soit « allemand d'Alsace », un ensemble de dialectes alémanique et francique. Philipp Bankwitz avance que « *le refus de Paris d'adapter la législation aux critères de la province, son refus de décentralisation et son aversion pour les autonomistes, tout cela pourrait constituer des éléments de réponse... Le regain d'intérêt et l'aide financière du côté allemand, surtout par les émigrés de 1919 constitués en association ont joué aussi*[66] ».
À l'inverse de la Moselle, les partis autonomistes alsaciens réussissent à faire élire des députés en nombre, onze en 1928 et 1932, douze en 1936 et de nombreux élus locaux. Malgré ces différences, l'Alsace et la Moselle se retrouvent opportunément une seconde fois.
En 1937, les catholiques et les autonomistes alsaciens et mosellans s'opposent en effet triomphalement au gouvernement Blum lorsqu'il veut

Les codétenus du docteur Charles Roos à Nancy.
Le seul Mosellan est Victor Antoni de Fénétrange, en haut à gauche.
(brochure *Der Aufbruch des deutschen Elsass*, éditions Alsatia, Colmar, 1940)

prolonger de façon insidieuse la scolarité dans les départements de l'Est à cause du bilinguisme. Mais l'avènement d'Hitler au pouvoir attire les plus séparatistes d'entre eux. La déclaration de guerre en septembre 1939 est l'occasion de stigmatiser les autonomistes et de les neutraliser en les accusant d'intelligence avec l'ennemi. Quinze d'entre eux sont arrêtés et internés à Nancy. Parmi eux, un seul Mosellan, Victor Antoni ; une preuve supplémentaire attestant que le mouvement autonomiste est peu influent en Moselle. Marie-Joseph Bopp estime que « *l'influence des autonomistes pèsera lourdement sur notre pays. Mauvais conseillers du Gauleiter, ces autonomistes ont une lourde responsabilité dans les malheurs qui s'abattront en Alsace*[67] ». Mais le souvenir, voire la peur, de l'autonomisme des années 1924-1940, ce « malaise alsacien », on l'a vu, a pesé dans le vote de l'amnistie en 1953.

L'Alsace et la Moselle sont donc séparées administrativement et réagissent politiquement fort différemment. Avec un goût amer, l'autonomisant Pierri Zind parle de « *Elsass-Lothringen, Alsace-Lorraine, nation interdite* » pour la période 1870-1940. Pour le moins, un désamour est palpable entre la Moselle et l'Alsace à la veille de la seconde guerre mondiale. La solidarité héritée entre 1870 et 1918 s'effrite et ne se manifeste que ponctuellement. La nouvelle annexion de 1940 les réunit une seconde fois. Va-t-elle créer une unité de destin qui appellerait à une nouvelle solidarité ?

UNITÉ DE DESTIN AU TEMPS DES NAZIS ?

Le nazisme est au cœur du procès de Bordeaux comme l'annonce solennellement le président Nussy-Saint-Saëns en préambule : « *le véritable procès qui se juge est et demeure le procès de l'hitlérisme*[68]. » La politique d'Hitler a-t-elle engendré une nouvelle solidarité entre l'Alsace et la Moselle ?
En 1997, le « *Que sais-je* » de Pierre Rigoulot, chercheur à l'Institut d'Histoire sociale, s'intitule « *L'Alsace-Lorraine pendant la guerre 1939-45* ». Même si l'expression « Alsace-Lorraine » paraît inappropriée pour la seconde guerre mondiale[69], le seul fait que cette publication à destination des étudiants évoque les deux régions françaises dans un même volume illustre qu'il y aurait bien une communauté de destin entre l'Alsace et la Moselle pendant la seconde guerre mondiale. En 2010, l'historien François Roth écrit qu'« *avec parfois quelques décalages et nuances, ce fut la même politique qui fut appliquée aux deux territoires*[70] ». Pour Guillaume Javerliat, « *les Mosellans ont une histoire indissociable des Alsaciens*[71] ».

L'Histoire de l'Alsace et la Moselle est-elle réellement indissociable pendant la deuxième annexion ?

En 1953, au tribunal de Bordeaux, à l'exception d'un témoin, toutes les personnes présentées par la défense alsacienne sont alsaciennes. Toutes brossent un pan de l'histoire de l'Alsace en guerre : l'annexion, la germanisation, l'embrigadement de la jeunesse, l'incorporation de force dans la *Wehrmacht* et dans la *Waffen SS*, le sacrifice de ses jeunes, la quasi-impossibilité de déserter, l'abandon de la France…[72]. La défense alsacienne ne présente aucun témoin mosellan. Aucun des témoins alsaciens n'associe d'ailleurs la Moselle à l'Alsace. Pourtant la Moselle partage bien une nouvelle fois un destin particulier avec sa voisine pendant la seconde guerre mondiale : l'annexion par l'Allemagne nazie. En 1985, à l'occasion du 40e anniversaire de la Libération, le ministère de la Défense chargé des anciens combattants[73] a voulu une exposition itinérante pour « *faire apparaître combien la situation en Alsace-Moselle et de ses habitants a été en tout point originale et différente de celle des concitoyens des autres départements* ».

En quoi la situation de l'Alsace-Moselle est originale et différente de celle du reste de la France ? Y a-t-il une nouvelle communauté de destin entre l'Alsace et la Moselle pendant cette deuxième annexion ?

Communauté de destin

Après la défaite contre l'Allemagne, alors que le reste de la France continue à être administré par l'autorité française, même en zone occupée, conformément à l'armistice du 22 juin 1940, très rapidement, sans attendre une

Carte postale allemande vers 1919 indiquant toutes les marches du Reich perdues dont l'Alsace-Moselle où se trouveraient, selon les Allemands, des minorités germaniques. (coll. Ascomémo-Hagondange)

hypothétique signature de traité qui aurait dû entériner une situation de fait, les vainqueurs annexent au Reich, contre toutes les règles du droit international, ce qu'ils considèrent comme leurs *Verloren*, leurs provinces perdues. Cette idée de provinces perdues apparaît immédiatement avec la signature du Traité de Versailles le 28 juin 1919. Elle est cultivée par la communauté allemande expulsée en Allemagne qui anime une université d'Alsace-Lorraine à Frankfurt / Main, par une association des immigrés d'Alsace-Lorraine présidée par Robert Ernst et animée par de nombreux auteurs comme Ernst Moritz, Mungenast, Angelika Merkelbach-Pinck, Alfred Pellon,...

Nur für den Dienstgebrauch!

Merkblatt Elsaß-Lothringen.

1. **Zahlen.**

Das ehemalige Reichsland Elsaß-Lothringen ist 14 521,82 qkm groß, es zählte 1910 1705 Gemeinden mit zusammen 1 874 014 Einwohnern (1931: 1 898 376). Davon entfielen

auf den Bezirk Unterelsaß 700 938
auf den Bezirk Oberelsaß 517 865
auf den Bezirk Lothringen 655 211

Von den Einwohnern sprachen 1910

deutsch als Muttersprache 1 634 260 = 87,2%
französisch 204 262 = 10,9%

der Rest, der in der Industriebevölkerung zu finden war, sprach andere fremde Sprachen (italienisch, polnisch).

In den einzelnen Bezirken ergab sich folgende Verteilung:

Das Unterelsaß hatte 671 425 (95,8%) Einw. mit deutscher Muttersprache
26 394 (3,8%) mit franz. Muttersprache.
Das Oberelsaß hatte 481 375 (93%) Einw. mit deutscher Muttersprache
31 711 (6,1%) mit franz. Muttersprache.
Lothringen hatte 481 460 (73,5%) Einw. mit deutscher Muttersprache
146 097 (22,3%) mit franz. Muttersprache.

Es besteht eine scharfgezogene Sprachgrenze, die seit Jahrhunderten festliegt und nur im lothringischen Industriegebiet durch eine Zone mit gemischter Bevölkerung etwas verwischt ist. Wer diesseits der Sprachgrenze nicht deutsch spricht oder versteht, ist in dem Lande ein Fremder und darf nicht erwarten, daß man sprachlich sich nach ihm richte. Es ist eine Selbstverständlichkeit, **daß der deutsche Soldat im deutschen Sprachgebiet nur die deutsche Sprache gebraucht.**

Der **Verlauf** der Sprachgrenze: Sie beginnt im äußersten Nordwest-Zipfel Lothringens und verläuft in südöstlicher Richtung durch den Bezirk Lothringen bis zum Donon. Diedenhofen, Bolchen, Saarburg liegen im deutschen Sprachgebiet. Vom Donon aus folgt die Sprachgrenze in südlicher Richtung im Wesentlichen dem Kamm der Vogesen, überquert dann die burgundische Pforte, bis sie die Schweizer Grenze südlich Oberlarg und westlich Lützel erreicht. In einigen Vogesentälern trifft man jedoch Menschen, die eine französische Mundart sprechen. Im Unter-Elsaß ist dies der Fall im hinteren Breusch- und im hinteren Weilertal. Im Oberelsaß ist das hintere Kaysersbergertal (bei Schnierlach und bei Urbeis) französischsprachig. Die südlichen Vogesentäler (angefangen mit dem Münstertal) sind bis zur Kammlinie rein deutschsprachig.

O/1497

Feuille d'information sur l'Alsace-Lorraine, 1940 : descriptif géographique, économique, historique pour les soldats de la *Wehrmacht*. Sur la carte figure la frontière linguistique. (coll. Ascomémo-Hagondange)

Sans que des revendications territoriales ne soient inscrites dans la convention d'armistice, l'Alsace et la Moselle redeviennent allemandes de fait et par conséquent ont une histoire et donc une mémoire spécifiques, différentes de celle du reste de la France, même occupée.

En effet, dès le 20 juin 1940, Hitler exclut l'Alsace-Moselle du domaine de la compétence du commandement militaire de la France[74].

Une note du secrétaire d'État au ministère de l'Intérieur Wilhelm Stuckart datée du 1er juillet 1940 indique que le chef de la Chancellerie, Hans Lammers, l'informe que : « *le Führer a finalement décidé qu'il fallait instaurer l'administration allemande en Alsace-Lorraine* ».

Très rapidement, des mesures sont prises concernant la « défrancisation » des provinces perdues désormais retrouvées. L'autorité de l'État français y est gommée : les préfets de la Moselle et du Bas-Rhin sont arrêtés au moment de l'arrivée des troupes allemandes les 18 et 19 juin 1940 ; celui du Haut-Rhin en exode est destitué le 21 juin. Les sous-préfets sont démis

Été1940, en Alsace (lieu non identifié), sur le chemin du retour de troupes allemandes, banderole : « *Alsaciens, soyez les bienvenus en Alsace libérée* ». (coll. Ascomémo-Hagondange)

Été 1940, Thionville devenue *Diedenhofen*, banderole à l'intention des évacués qui rentrent au « *Heimat* » :« *Bienvenue dans Thionville allemande* ». (coll. Ascomémo-Hagondange)

Enveloppe du 30 août 1940 du journal *L'Écho de Thionville* avec affranchissement mixte français-allemand. Les timbres à l'effigie du maréchal Hindenburg, chancelier allemand, sont surchargés « *Lothringen* » et « *Elsass* » et non « *Elsass-Lothringen* » comme avant 1914. Même la philatélie intègre la dislocation de l'ancien *Reichsland*. (coll. Ascomémo-Hagondange)

de leurs fonctions. Le 4 juillet[75], Stuckart demande « *à faire coïncider la frontière douanière avec les anciennes frontières du Reich de 1870 à 1914 afin d'assurer les mesures économiques indispensables ainsi que les travaux de construction dans ces régions*[76] ». Le 6 juillet 1940, des bataillons de policiers en uniforme prennent position le long de l'ancienne frontière de 1871. Le courrier avec la France y est d'abord suspendu avant d'être limité et censuré. Les lignes ferroviaires d'Alsace et de Moselle sont rattachées à celles de l'Allemagne. Les élus nationaux, sénateurs et députés[77], les élus locaux, maires, conseillers généraux et d'arrondissement sont révoqués.

Livres de propagande de 1940-41 du ministre d'État, Otto Meissner, né à Bischwiller (Bas-Rhin) en 1880, justifiant l'appartenance de l'Alsace-Lorraine à la communauté allemande par son histoire, sa langue, son architecture, sa culture. (coll. Ascomémo-Hagondange)

DEUTSCHES ELSASS
DEUTSCHES LOTHRINGEN
Ein Querschnitt
aus
Geschichte,
Volkstum
und Kultur.
Verlagsanstalt Otto Stollberg, Berlin W 9

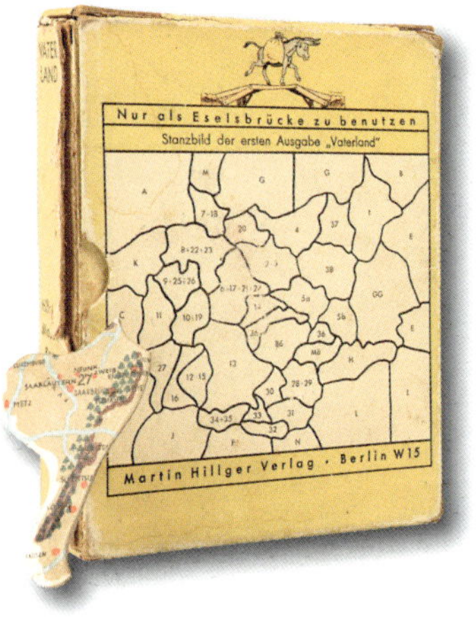

Pièce n°27 du puzzle de la collection *Raum und Grenze* édité à Berlin vers 1941. Cette pièce du *Grossdeutschland* représente la Moselle, la Sarre, le Palatinat (soit le *Gau Westmark*) et l'Alsace. Association ne correspondant à aucune réalité administrative ou politique. Par contre, l'Alsace et la Moselle sont bien intégrées à l'Allemagne, même dans un jeu. (coll. Ascomémo-Hagondange)

La mise en place de l'administration civile allemande en Alsace est terminée dès le 16 juillet 1940. Elle est plus rapide qu'en Moselle. Wagner s'installe à Strasbourg. En Moselle, les conseils municipaux, d'abord maintenus par l'autorité militaire[78], sont évincés au profit d'une administration civile allemande en août-septembre 1940.

À la tête de l'Alsace et de la Moselle, à partir du 2 août 1940, un *Chef der Zivilverwaltung*, chef de l'administration civile, légifère par ordonnances et règlements publiés dans les *Verordnungsblatt*, lui conférant une relative autonomie après que le Führer lui ait tracé leur ligne de conduite générale. *Le Chef de la Zivilverwaltung* nomme à la tête de l'arrondissement, un *Landrat* ; à la tête d'un regroupement de communes pour une zone urbaine, un *Stadtkommissar*, puis un *Bürgermeister* ou *Oberbürgermeister* et, pour une commune rurale, un *Bauernführer*[79].

Progressivement, le système judiciaire allemand est introduit dans les trois départements. Le 30 septembre 1941 en Alsace et le 6 octobre en Moselle, l'organisation judiciaire civile allemande est définitivement instaurée. À partir du 5 décembre 1941, le droit commercial allemand est progressivement introduit. Le 30 janvier 1942, c'est au tour du code pénal allemand en son entier. Les prisonniers de guerre alsaciens-mosellans sont libérés au titre de leur « *deutschstämmig* », leur appartenance à la souche allemande. Les Allemands réclament à la Commission d'armistice de Wiesbaden le retour des « *Alsaciens-Lorrains de race allemande* », leurs *Volksdeutsche*, se trouvant encore dans les régions non occupées.

Cette administration civile se double d'une administration politique puisqu'à terme, les chefs de l'administration cumulent leurs fonctions avec celle de *Gauleiter der NSDAP* à compter du 18 octobre 1940. À chaque échelon apparaît un *Leiter*, un responsable chargé de surveiller la population : *Kreisleiter* pour l'arrondissement, *Ortsgruppenleiter* pour la commune, *Zellenleiter* pour un quartier et *Blockleiter* pour quelques maisons. Pour les autochtones considérés comme *Volksdeutsche*, les Allemands créent en août 1940 une organisation spécifique calquée sur le parti nazi : *la Deutschen Volksgemeinschaft* (DVG) en Moselle et l'*Opferring Elsass* en Alsace.

Cette annexion de fait s'accompagne d'une germanisation systématique, rapide et brutale. En effet, le 25 septembre 1940, les dirigeants des territoires annexés reçoivent l'ordre d'Hitler de germaniser en une dizaine d'années les provinces retrouvées. La langue française y est proscrite. Elle est considérée comme langue étrangère enseignée uniquement à l'*Oberschule*, le lycée.

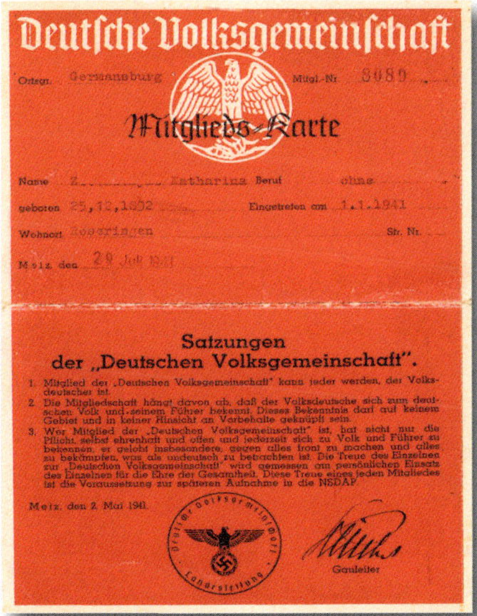

Cartes et insignes de membres de l'*Opferring Elsass* et de la *Deutschen Volksgemeinschaft* : deux organisations pour Alsaciens et Mosellans de souche. (coll. Ascomémo-Hagondange)

À l'école élémentaire, à la rentrée d'octobre 1940, les livres français ont disparu et sont remplacés par des livres et des revues pédagogiques en allemand élaborés spécifiquement pour les jeunes Alsaciens et Mosellans. Confronté au problème de la langue, Bürckel institue le 24 avril 1941 des cours du soir d'allemand obligatoires pour les jeunes de 14 à 21 ans qui ne sont allés qu'à l'école française. En Alsace, le dialecte alsacien étant considéré comme germanique ne nécessite pas cette mesure.

DIALECTES PARLÉS EN ALSACE-LORRAINE AU XIXe SIÈCLE

La carte des dialectes met en évidence la quasi-unité linguistique de l'Alsace alémanique soudant le « peuple » alsacien. La Moselle, elle, est divisée à part presque égale entre le francique et le roman. L'Organisation Civile et Militaire (OCM) souligne en 1944 qu'« *il existe en Alsace une homogénéité presque parfaite en ce sens que tous les Alsaciens, à quelques rares exceptions près, s'expriment en un dialecte d'origine germanique… En Moselle, la moitié environ étant de langue française, les autres parlant des patois d'origine germanique, mais, qui, à la différence du dialecte alsacien, ne se prêtent que difficilement à l'expression des idées abstraites, de sorte qu'ils ne sauraient en aucun cas être considérés comme une langue autonome pouvant entrer en concurrence avec la langue nationale. Pratiquement, l'usage en est restreint aux échanges oraux de la vie familiale* »[80]. Ce poids de la frontière linguistique et la différence entre l'Alsace et la Moselle sont des explications fondamentales des constructions mémorielles divergentes de ces territoires de l'Est.

Les noms de communes[81], de rues[82], d'enseignes de magasins, les prénoms voire les patronymes[83], la presse limitée et contrôlée politiquement [84] sont germanisés. Les monuments à la gloire des héros français sont déboulonnés ou dénaturés[85]. Le béret basque[86] est interdit. Les fonctionnaires, en particulier les enseignants, mais aussi les postiers, les cheminots, doivent faire des stages de rééducation en Allemagne, les *Umschulung* à Kaiserslautern (Palatinat) pour les Mosellans et à Karlsruhe (Bade-Wurtemberg) pour les Alsaciens[87].

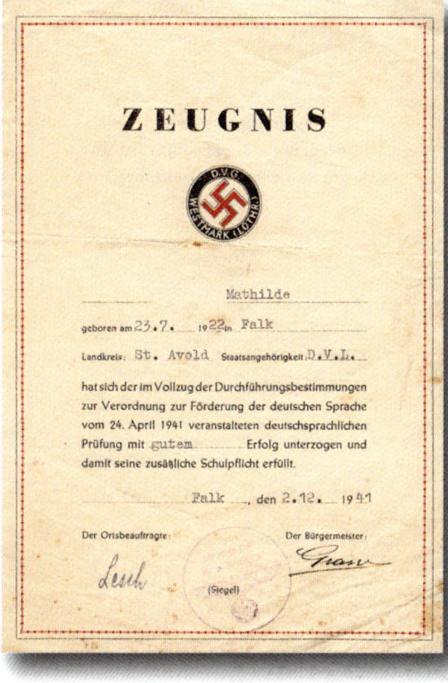

ZEUGNIS

D.V.G. Westmark (Lothr.)

Mathilde

geboren am 23.7. 1922 in Falk

Landkreis: St. Avold Staatsangehörigkeit: D.V.L.

hat sich der im Vollzug der Durchführungsbestimmungen zur Verordnung zur Förderung der deutschen Sprache vom 24. April 1941 veranstalteten deutschsprachlichen Prüfung mit gutem Erfolg unterzogen und damit seine zusätzliche Schulpflicht erfüllt.

Falk, den 2.12. 1941

Der Ortsbeauftragte: Der Bürgermeister:

(Siegel)

Certificat de réussite – « *gut* » – aux cours du soir de langue allemande pour les jeunes qui n'ont pas fréquenté l'école allemande. Celui-ci est attribué à une habitante de Falk en décembre 1941. Cette mesure est spécifique à la Moselle. (coll. Ascomémo-Hagondange)

Ci-dessus : Moyeuvre-Grande, plaque germanisée de la rue de la Marne qui devient *Karl Roos-Strasse.* Les nazis intègrent à leur panthéon le nom de cet autonomiste alsacien, fusillé à Champigneulles (Meurthe-et-Moselle) le 7 février 1940 par les autorités françaises.
Ci-contre : Metz, 17 juin 1941. Passage des restes de Charles Roos, *Platz des Führers* (place de la République), lors de leur rapatriement à la Hunebourg, près de Saverne, transformée en haut lieu du germanisme par l'autonomiste alsacien Friedrich Spieser. (coll. Ascomémo-Hagondange)

Après la « dénaturalisation » du pays et des gens, les Allemands imposent aux terres annexées les organisations du parti nazi. À tous les niveaux de la société, adhérer à une organisation nationale-socialiste devient obligatoire : les ouvriers au *Deutsche Arbeitsfront* (DAF), les enseignants à la NS *Lehrerbund*,… Le *Sturmabteilung* (SA), la *Allgemeine SS*, la *Nazionalsozialistisches Kraftfahrtkorps* (NSKK), formation motorisée du parti ou le *Nazionalsozialistisches Fliegerkorps* (NSFK) [88], formation à voile du parti, créent leurs sections en Alsace et en Moselle. La *Hitlerjugend*, la jeunesse hitlérienne, pour les jeunes de 10 à 18 ans est introduite en Alsace en juillet 1940, en Moselle en septembre. Son adhésion devient obligatoire en janvier 1942. Le parti nazi, le NSDAP, est fondé le 22 mars 1941 en Alsace, mais c'est seulement le 25 janvier 1942 que sont admis les 400 Alsaciens et Alsaciennes qui se sont distingués dans la lutte en faveur du *Volkstum*, la « *nationalité allemande* ». En Moselle, si les premières sections du NSDAP sont créées dès octobre 1940, elles sont réservées aux ressortissants allemands avant qu'elles n'acceptent à partir du 30 janvier 1943 les membres de la *Deutsche Volksgemeinschaft* (DVG).

En août 1942, l'introduction du service militaire obligatoire et l'octroi de la nationalité allemande en Alsace et en Moselle finalisent aux yeux des idéologues nazis l'adhésion des régions perdues à l'Allemagne nazie. Bürckel déclare le 29 août 1942 à l'Hôtel des Mines à Metz : « … *Le moment est venu pour la jeunesse lorraine de se lever aux côtés du soldat allemand, son frère…* [89] ». L'Alsace et la Moselle partagent donc seuls en France ce destin commun de terres annexées par l'Allemagne nazie.

Ci-dessus et page de droite : Revues *Schulungsbrief* pour les responsables d'organisations du parti nazi 1941 : un numéro différent pour l'Alsace et la Moselle qui est associée au Luxembourg. (coll. Ascomémo-Hagondange)

Brochure n°1 d'une série sur l'Alsace-Lorraine publiées par la France Libre, éditée à Ottawa au Canada en 1944 sous l'égide de maître Kalb qui reçoit ses informations par les réseaux de renseignements, notamment via la Suisse. Ces différentes brochures sont réunies dans *Les Allemands en France à Oran* publié en 1944 aux éditions du Désert. (coll. Ascomémo-Hagondange)

BERLIN, VIII. JAHRGANG
11./12. FOLGE, 1941
Der Schulungsbrief
Herausgeber: Der Reichsorganisationsleiter der NSDAP.
Aufbau und Werk der Partei
im deutschen Westen + 2. Heft
Deutsche Größe

Londres. Manifestation des l'Association Alsace et Lorraine Libres, parrainée par le général de Gaulle. (coll. Ascomémo-Hagondange)

Ce destin commun est d'ailleurs reconnu par la France Libre qui crée un service d'information de l'Alsace et de la Lorraine en 1943 sous la direction de maître Kalb de Mulhouse connu sous le pseudonyme « Jacques Lorraine ». Des associations réunissent des « Alsaciens et Lorrains libres » à Londres, en Afrique du Nord, au Levant…

Pendant les débats du 27 janvier 1953, le député messin Raymond Mondon affirme ainsi que si « *la période fut tragique pour tous les Français, elle fut particulièrement dramatique pour la Moselle et l'Alsace* ». Il « gradualise » les souffrances de la seconde guerre mondiale. Pour lui, les territoires annexés ont plus souffert que le reste de la France, s'inscrivant dans cette mémoire victimaire, argument mis en avant par les avocats de la défense alsacienne. Mais l'Allemagne ne conserve pas l'ancienne unité administrative bismarckienne et finalement l'Alsace et la Moselle sont séparées et connaissent une histoire certes similaire, mais toutefois parallèle et sur certains points fort différente.

Communautés séparées

Unies dans un même destin entre 1871 et 1918 au sein d'un même *Reichsland*, la Lorraine annexée devenue Moselle en 1919 et l'Alsace sont en 1940 séparées par l'Allemagne nazie.

Après des discussions entre experts, notamment Friedrich Metz de Fribourg, auteur de L'*Unité des provinces du Rhin supérieur* et directeur du *Alemannisches Institut*, et une proposition opportuniste d'un protectorat de l'émigré alsacien Otto Meissner, chef de la Chancellerie, et de

Juillet 1940 : réception par le *Gauleiter* Wagner à Strasbourg des quinze « *Nanziger* » et de la veuve de Charles Roos. Le seul Mosellan (2e à partir de la droite) est Victor Antoni.
(revue *Der Volksdeutsche*, Berlin, 2 août 1940)

Robert Ernst, chef des émigrés d'Alsace-Lorraine en Allemagne[90], c'est Hitler et lui seul qui tranche. Le Führer a déjà critiqué dans son livre-programme, *Mein Kampf*, la constitution de l'entité *Elsass-Lothringen* bismarckienne : « *Au lieu d'écraser une fois pour toutes d'une poigne brutale la tête de l'hydre française et ensuite d'accorder à l'Alsace des droits égaux à ceux des autres États du Reich, on ne fit ni l'un ni l'autre*[91] ». Dès le 15 juin 1940, Joseph Bürckel, futur *Chef der Zivilverwaltung* et *Gauleiter* de la Moselle, lui présente une proposition au sujet de la délimitation et de l'organisation territoriales de l'Alsace-Moselle. Pour Bürckel, il faut briser l'unité politique de l'ancien *Reichsland* dont la notion ne doit plus être ressuscitée. « *En séparant la Lorraine de l'Alsace pour rattacher chacune d'elle à un Gau voisin*, explique l'historien allemand Eberhard Jäckel, *Hitler coupait court à toute évolution centrifuge comme celle de la Terre d'Empire autrefois et facilitait grandement l'assimilation effective. En outre, la Lorraine avec la Sarre-Palatinat et l'Alsace avec le pays de Bade se complétaient mieux que la Lorraine et l'Alsace entre elles. Dans ces considérations, la géographie et l'articulation des communications ont pu jouer un rôle mais aussi les données ethniques, car les Alamans du pays de Bade et d'Alsace, les Francs de Lorraine et de Sarre Palatinat seraient ainsi réunis. Quant à l'aspect économique, il dut être au tout premier plan, les industries lorraines et sarroises tombant ainsi dans la même main*[92]. » Aussi, le 17 juillet 1940, Robert Ernst peut annoncer aux « *Nanziger* »[93] la dislocation de l'Alsace-Lorraine et l'interdiction de former un gouvernement autonome. Le lendemain, les « *Nanziger* » signent un manifeste demandant à Hitler de rattacher l'Alsace-Lorraine au Reich[94].

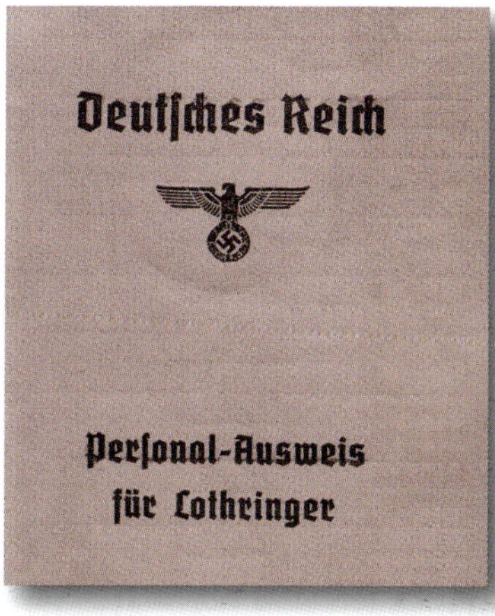

Personal-Ausweiss délivrés en 1941 par le *Polizeipräsidium* ou le *Landrat* : deux « ethnies » reconnues sur les papiers personnels.
(coll. Ascomémo –Hagondange)

Livres de propagande associant l'*Elsass* au *Lothringen* 1940-1941. (coll. Ascomémo-Hagondange)

Mais selon une directive du 24 août 1940, l'usage de la formule « *Elsass-Lothringen* » est interdite. Désormais, on parle d'*Elsass* et de *Lothringen* et d'*Elsässer* et de *Lothringer* pour les habitants.

Aussi, la propagande nazie ne martèle pas le concept « *Elsass-Lothringen* ». Quelques publications comme « *Elsass und Lothringen, deutsches Land* » et « *Deutsches Elsass, Deutsches Lothringen* » du ministre d'État Otto Meissner[95] ou « *Unser Elsass, unser Lothringen* » de Friedrich Lange, publié par le parti nazi NSDAP à Munich en 1940 et réédité en 1943, qui cherchent à justifier du caractère germanique de ces provinces par leur histoire, leur langue et leur culture tout comme un numéro spécial pour l'école de l'*Ordnungspolizei* « *Elsass-Lothringen, deutsches Land* ». Un autre livre « *Schönes Elsass, Schönes Lothringen* », publié à Ludwigshafen-am-Rheim en 1941, reprend les illustrations de Raymond Reimech. Enfin, un petit livre touristique « *Elsass-Lothringen* » associe les deux provinces. À notre connaissance, ce sont les seuls ouvrages parus sous l'annexion nazie associant Alsace et Moselle. Ils paraissent tous en 1940-41, au début de l'annexion. De même, seulement deux affiches communes à l'Alsace et à la Moselle ont été recensées. L'une concerne le *National-Sozialistische-Kriegs-Opfer-Versorgung* (NSKOV), le service des victimes de guerre, parce que le siège régional de Strasbourg couvre l'Alsace et la Moselle. L'autre concerne l'engagement des Allemands d'Alsace-Moselle et de Luxembourg dans la *Wehrmacht*, la *Hilfspolizei* et la *Waffen SS*. Cette dislocation sournoise dans la propagande s'accompagne d'actes significatifs.

Affiche du NSKOV, 1941-44 : l'Alsace et la Moselle sont clairement associées avec la symbolique des monuments emblématiques de Metz et Strasbourg, respectivement la porte des Allemands et la cathédrale. Illustration de Busch. (coll. Ascomémo-Hagondange)

Josef Bürckel (1895-1944). Il adhère au NSDAP dès 1925 et devient *Gauleiter* de Sarre en 1934, chargé de la réintégration de ce *Land* au Reich. En 1938, il est nommé *Gauleiter* de Vienne (Autriche), puis *Reichsstatthalter* d'Autriche. (coll. Ascomémo-Hagondange)

Le 2 août 1940, Hitler nomme *Chef der Zivilverwaltung im Lothringen et Gauleiter* de Sarre-Palatinat Joseph Bürckel et *Chef der Zivilverwaltung im Elsass* Robert Wagner. L'administration civile pour l'Alsace et la Moselle est donc séparée. Pour la Moselle, la capitale administrative est Sarrebruck (Sarre), et pour l'Alsace, Karlsruhe (Bade-Wurtemberg). Bürckel entre en grande pompe dans Metz déjà « épurée » d'une partie de sa population[96] le 21 septembre 1940. Il se fait remettre les clés de la ville par Roger Forêt, l'ancien maire de la ville de 1911 à 1918. Wagner est *Gauleiter* depuis 1925 du *Gau Baden* et est nommé *Reichsstatthalter*, gouverneur, de cette même région en 1933. Il cumule dès sa nomination la double fonction de chef des administrations politique et administrative. L'intégration de l'Alsace au *Gau* voisin se fait sans manifestation triomphale, presque « naturellement ». Wagner s'installe à Strasbourg dès juillet 1940. Alors que pendant la première annexion, les lois étaient communes à l'Alsace-Lorraine et diffusées dans *Gesetzblatt für Elsass-Lothringen*, en 1940-44, les deux *Gauleiters* légifèrent indépendamment l'un de l'autre et publient leurs ordonnances dans des *Verordnungsblatt*, bulletins d'ordonnance.

Le 18 octobre 1940, cette séparation administrative est doublée d'une séparation politique avec la création du *Reichsgau Oberrhein* avec pour capitale Strasbourg regroupant l'Alsace et le Pays de Bade et du *Reichsgau Westmark* (Marches de l'Ouest) regroupant la Moselle, la Sarre et le Palatinat avec pour capitale Neustadt-am-Weinstrasse (Palatinat). Ce regroupement politique prend effet le 30 novembre. Bürckel et Wagner deviennent donc respectivement *Gauleiter* du Westmark et de l'Oberrhein.

Les deux *Chef der Zivilverwaltung* légifèrent indépendamment l'un de l'autre et publient chacun leurs ordonnances dans des *Verordnungsblatt*, des bulletins d'ordonnance différents et indépendants. (coll. Ascomémo-Hagondange)

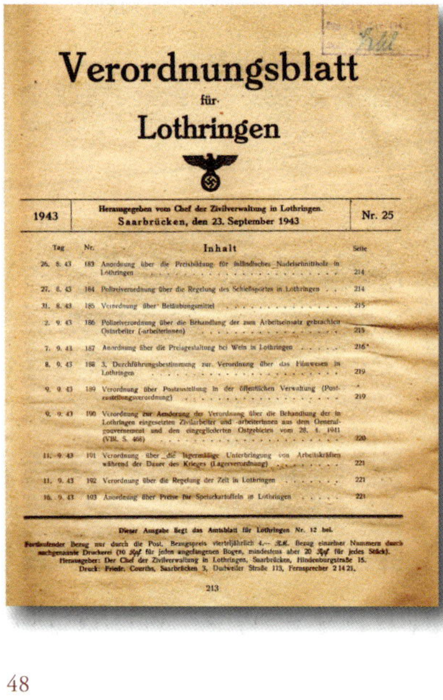

Verordnungsblatt
für
Lothringen

1943	Herausgegeben vom Chef der Zivilverwaltung in Lothringen. Saarbrücken, den 23. September 1943	Nr. 25

Tag	Nr.	Inhalt	Seite
26. 8. 43	183	Anordnung über die Preisbildung für [illegible] Nadelschnittholz in Lothringen	214
27. 8. 43	184	Polizeiverordnung über die Regelung des Schießsportes in Lothringen	214
31. 8. 43	185	Verordnung über Betäubungsmittel	215
2. 9. 43	186	Polizeiverordnung über die Behandlung der zum Arbeitseinsatz gebrachten Ostarbeiter (-arbeiterinnen)	215
7. 9. 43	187	Anordnung über die Preisgestaltung bei Wein in Lothringen	216
8. 9. 43	188	3. Durchführungsbestimmung zur Verordnung über das Filmwesen in Lothringen	219
9. 9. 43	189	Verordnung über Postzustellung in der öffentlichen Verwaltung (Postzustellungsverordnung)	219
9. 9. 43	190	Verordnung zur Aenderung der Verordnung über die Behandlung der in Lothringen eingesetzten Zivilarbeiter und -arbeiterinnen aus dem Generalgouvernement und den eingegliederten Ostgebieten vom 28. 4. 1941 (VBl. S. 466)	220
11. 9. 43	191	Verordnung über die lagermäßige Unterbringung von Arbeitskräften während der Dauer des Krieges (Lagerverordnung)	221
11. 9. 43	192	Verordnung über die Regelung der Zeit in Lothringen	221
16. 9. 43	193	Anordnung über Preise für Speisekartoffeln in Lothringen	221

Dieser Ausgabe liegt das Amtsblatt für Lothringen Nr. 12 bei.

Fortlaufender Bezug nur durch die Post. Bezugspreis vierteljährlich 4.— [illegible]. Bezug einzelner Nummern durch nachgenannte Druckerei (10 [illegible] für jeden angefangenen Bogen, mindestens aber 20 [illegible] für jedes Stück). Herausgeber: Der Chef der Zivilverwaltung in Lothringen, Saarbrücken, Hindenburgstraße 15. Druck: Friedr. Courths, Saarbrücken 3, Dudweiler Straße 113, Fernsprecher 2 14 21.

213

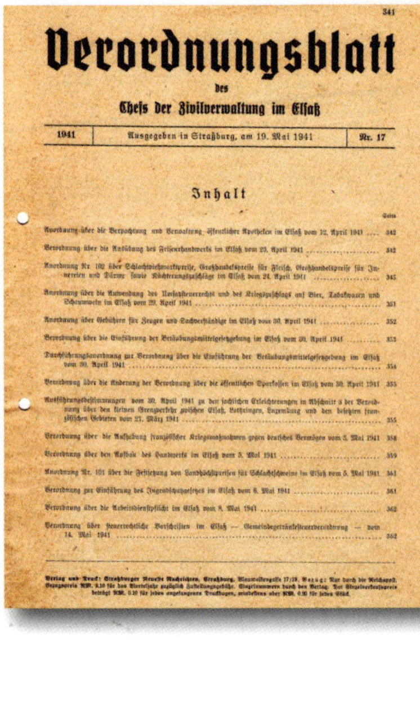

341

Verordnungsblatt
des
Chefs der Zivilverwaltung im Elsaß

1941	Ausgegeben in Straßburg, am 19. Mai 1941	Nr. 17

Inhalt

Inhalt	Seite
Anordnung über die Verpachtung und Verwaltung öffentlicher Apotheken im Elsaß vom 12. April 1941	342
Verordnung über die Ausübung des Friseurhandwerks im Elsaß vom 23. April 1941	342
Anordnung Nr. 102 über Schlachtviehmarktpreise, Großhandelspreise für Fleisch, Großhandelspreise für Innereien und Därme sowie Rückerungszuschläge im Elsaß vom 24. April 1941	345
Anordnung über die Anwendung des Umsatzsteuerrechts und des Kriegszuschlags auf Bier, Tabakwaren und Schaumwein im Elsaß vom 29. April 1941	351
Anordnung über Gebühren für Zeugen und Sachverständige im Elsaß vom 30. April 1941	352
Verordnung über die Einführung der Betäubungsmittelgesetzgebung im Elsaß vom 30. April 1941	353
Durchführungsanordnung zur Verordnung über die Einführung der Betäubungsmittelgesetzgebung im Elsaß vom 30. April 1941	354
Verordnung über die Änderung der Verordnung über die öffentlichen Sparkassen im Elsaß vom 30. April 1941	355
Ausführungsbestimmungen vom 30. April 1941 zu den sachlichen Erleichterungen im Abschnitt 3 der Verordnung über den kleinen Grenzverkehr zwischen Elsaß, Lothringen, Luxemburg und den besetzten französischen Gebieten vom 27. März 1941	355
Verordnung über die Aufhebung französischer Kriegsmaßnahmen gegen deutsches Vermögen vom 5. Mai 1941	358
Verordnung über den Aufbau des Handwerks im Elsaß vom 5. Mai 1941	359
Anordnung Nr. 101 über die Festsetzung von Landhöchstpreisen für Schlachtschweine im Elsaß vom 5. Mai 1941	361
Verordnung zur Einführung des Jugendschutzgesetzes im Elsaß vom 6. Mai 1941	361
Verordnung über die Arbeitsdienstpflicht im Elsaß vom 8. Mai 1941	362
Verordnung über steuerrechtliche Vorschriften im Elsaß — Gemeindegetränkesteuerverordnung — vom 14. Mai 1941	362

Verlag und Druck: Straßburger Neueste Nachrichten, Straßburg, Blauwolkengasse 17/19. Bezug: Nur durch die Reichspost. Bezugspreis RM. 3.10 für das Vierteljahr zuzüglich Zustellungsgebühr. Einzelnummern durch den Verlag. Der Einzelverkaufspreis beträgt RM. 0.10 für jeden angefangenen Druckbogen, mindestens aber RM. 0.20 für jedes Stück.

Le titre de *Reichsstathalter*, gouverneur, est finalement attribué le 11 mars 1941 à Bürckel pour le *Westmark*. Bürckel et Wagner cumulent donc les deux fonctions, administrative et politique.

Les deux *Gauleiter*, anciens instituteurs, vieux compagnons de route d'Hitler, ont des caractères bien différents. Joseph Bürckel est robuste et brutal. Spécialiste des annexions, représentant du NSDAP en Sarre, il est un des fers de lance de la réussite allemande du plébiscite sarrois en janvier 1935. Commissaire du Reich en Autriche où il se fait haïr de tous, il facilite l'*Anschluss*. Eberhard Jäckel le qualifie de « *baron féodal qui n'obéit qu'à son suzerain, mais aveuglement* ». En revanche, Wagner semble plus intelligent, plus réfléchi, plus subtil et finalement plus mou. Il était « *convaincu qu'Hitler avait raison, alors que la sagesse et le bon sens lui donnaient tort sur tous les points*[97] ».

Cette séparation administrative et politique existe également militairement puisque, selon le décret d'Hitler du 12 octobre 1940, la Moselle dépend du commandement de la XIIe région militaire allemande basée à Wiesbaden (Hesse) et l'Alsace de celui de la Ve région basée à Stuttgart (Bade-Wurtemberg).

Robert Wagner (1895-1946). Nazi convaincu, antimarxiste et antisémite, c'est un vieux compagnon de route d'Hitler, participant au putsch de 1923. Il cumule les responsabilités politiques, *Gauleiter* du NSDAP dès 1925 et les responsabilités administratives, *Reichsstatthalter* dès 1933, du *Gau Baden*. (photo publiée in *Der Aufbruch des deutschen Elsass*, éditions Alsatia, Colmar 1940)

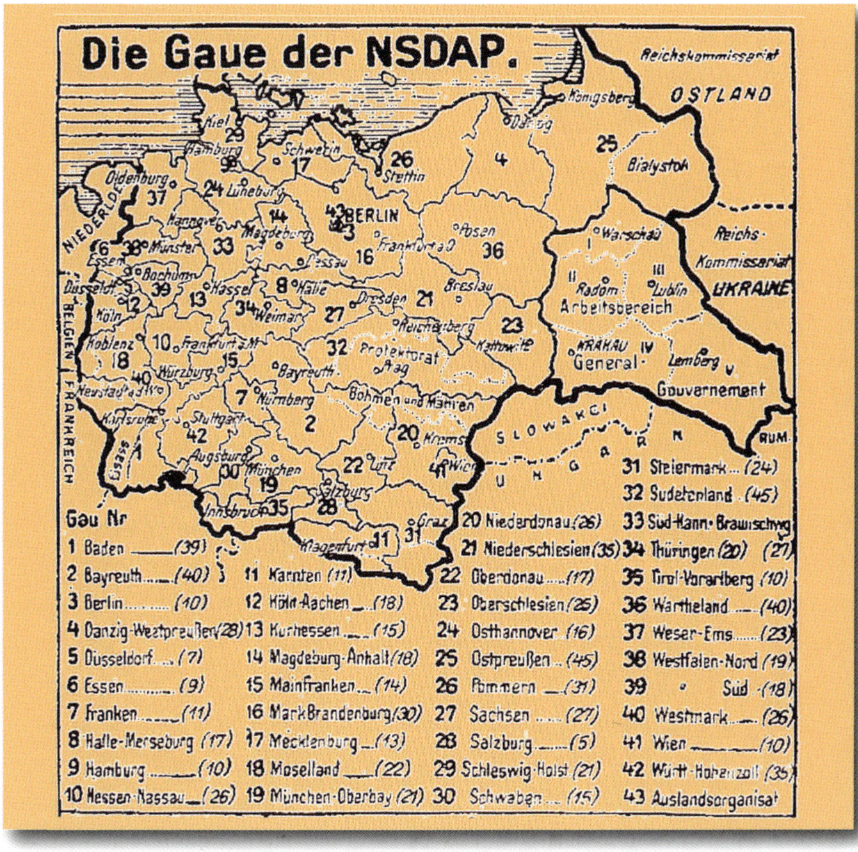

Carte des *Gaue* du parti nazi 1941. L'Alsace est dans le *Gau* n°1 (*Baden*) et la Moselle dans le *Gau* n°40 (*Westmark*). (coll. Ascomémo-Hagondange)

Séparées l'une de l'autre, les deux provinces vont subir deux politiques différentes. L'historien Pierre Rigoulot, indique ainsi que même « *si une communauté de destin a effectivement existé entre l'Alsace et la Moselle,... des différences sont indéniables*[98] ».

Deux politiques différentes

Pour Bürckel, la Moselle, « *...cette province-ci doit devenir allemande à tout jamais. C'est pourquoi j'ai fait savoir dans mon discours à Metz qu'on ne peut absolument pas renoncer à un rapatriement de la zone linguistique. Car dans la zone en question il y a un certain nombre de lieux dont les habitants ont été au cours des temps complètement francisés. Il s'agit avant tout de la population paysanne qui habite cette région. Or il n'est pas possible de pacifier immédiatement la frontière qu'au moyen d'un rapatriement... Il est indispensable une fois pour toute de résoudre le problème afin que nos enfants et les enfants de nos enfants puissent désormais vivre en paix...*[99] ». Pour lui, l'appartenance à la communauté allemande est étroitement liée à la langue et à la culture. Aussi, dans son discours du 21 septembre 1940 à Metz, Bürckel indique qu'« *un transfert de la population est inévitable... Il n'y a pas deux solutions : Français ou Allemand. Que celui qui aura à se décider le sache. On ne mendiera pas son adhésion à un Lorrain. C'est une grâce et un honneur d'être allemand*[100] *!* »

Cette politique d'épuration est vivement critiquée par des dignitaires allemands. Le ministre de l'Intérieur, Wilhelm Frick, se fait l'avocat des Lorrains et fait savoir à Bürckel par une lettre du 10 décembre 1940, « *qu'il ne pouvait pas prendre la responsabilité d'expédier en France contre leur gré des familles appartenant au peuple allemand... alors que parallèlement, nous nous efforçons de faire rentrer des quatre coins du monde les Allemands dans leur patrie* ». Bürckel répond à Frick le 20 décembre, en lui indiquant qu'« *il ne prenait pas de décisions si importantes sans obtenir au préalable l'accord du Führer* ».

En outre, il ne considère pas les Lorrains expulsés comme des Allemands mais comme « *des Français introduits là par erreur. Les expulsés sont des gens qui se reconnaissent dans la France, qui se sont toujours refusé à parler l'allemand, qui ne sont pas Allemands de race et avec lesquels nous avons combattu durant des siècles sans jamais obtenir la paix. De toute manière,* reconnaît avec cynisme le *Gauleiter, les réponses des expulsés et leur façon de prendre congé en chantant pour la plupart la Marseillaise, en criant « Vive la France », en brandissant des drapeaux tricolores et en lançant des injures contre l'Allemagne prouvent que ce problème ne pouvait trouver d'autre solution* ».

Moselle 1940, affiche reprenant un extrait du discours de Burckel à Metz le 21 septembre 1940 : « *C'est un honneur et une gloire que d'être allemand* ». (coll. Ascomémo-Hagondange) Ci-dessous, on la voit placardée sur la porte d'un café à Marange-Silvange (Moselle). (coll. Cercle d'Histoire de Marange)

L'*Obergruppenführer* de la *Höhere SS* Theodor Berkelmann critique surtout le fait que « *du côté du chef de l'administration civile, on n'ait pas accordé de valeur à la sélection raciale des personnes à déplacer si bien que des personnes possédant les caractéristiques du précieux sang allemand ont dû quitter le pays tandis qu'une grande partie de la population de moindre valeur raciale était restée dans les villes et les quartiers industriels*[101] ».

Pour Wagner, le *Volkstum* est plus fidèle à la conception national-socialiste : l'appartenance à la race allemande est liée au sang. Wagner déclare en décembre 1940 à Mulhouse : « *Peut-être y a-t-il quelqu'un parmi vous qui dit : Je ne suis pas allemand, je suis français. Comment tu es français ? Qui étaient tes ancêtres, tes pères, tes mères ? Ils étaient allemands. Quelle est ta langue maternelle ? L'allemand. D'où as-tu ton nom de famille ? De pays allemand. Quels sont donc les noms des villes et des villages de ton pays ? Ils portent des noms allemands. Comment, tu es français ? Alsacien, ne te trompe pas toi-même ! Reconnais ce que Dieu a fait de toi. Reconnais ton caractère allemand, ne nie pas le peuple allemand*[102] ».

Il considère qu'en Alsace, il y a du sang allemand mais que les 20 ans de séparation d'avec l'Allemagne ont forcément éloigné certains de ses habitants de la Mère-Patrie. Pour lui, le combat des autonomistes prouvent notamment l'attachement de cette région à l'Allemagne. Il faut donc juste « *rééduquer* ».

Ces deux conceptions du *Volkstum* vont conduire les deux *Gauleiter* à mener deux politiques différentes. Bürckel va s'attacher à épurer la Moselle alors que Wagner va tenter d'éduquer l'Alsace.

Pour autant, les deux *Gauleiter* vont mener tous deux une vague d'épuration de ce qu'ils considèrent comme des indésirables. Dans un tract émis le 14 juillet 1940, Wagner indique que : « *Si tu dois quitter ce pays, ce n'est pas une vengeance mesquine de l'Allemagne. Ce pays est allemand depuis son origine. Tu es un étranger dans ce pays. Enfin ce pays doit revenir à ses habitants allemands. L'ordre et la sécurité exigent une séparation entière entre les Allemands et leurs ennemis*[103] ». Aussi, les critères initiaux pour opérer les premières vagues d'épuration de l'été 1940 sont quasiment identiques en Alsace et en Moselle : « *les Juifs, les Français de l'intérieur, les francophiles (membres du Souvenir Français, de la Renaissance Française, de l'Action Française et des Jeunesses Patriotes, déserteurs de l'armée allemande de 1914 à 1918, propagandistes français par profession,…), les anciens combattants de l'Espagne rouge, les romanichels, les personnes de race étrangère, c'est-à-dire les personnes d'Afrique, d'Asie, d'Australie n'exerçant pas une situation stable, notamment les Chinois, les condamnés de droit commun, les éléments antisociaux…*[104] »

Mais sous couvert de régler définitivement la situation du point de vue linguistique, Bürckel envisage de coloniser la Moselle par des Sarrois et des Palatins. À l'issue d'un interrogatoire sur la langue parlée et les origines familiales, des commissions de recensement, *Erfassungskommandos*, sont chargées de trier la population mosellane. La langue est le critère retenu pour expulser en novembre 1940 environ 57 000 Mosellans, soit 8,35%

11 novembe 1940, à Lyon (Rhône). Dépôt de gerbes au monument aux morts par les Messins Henri Chavet, notaire, et Henri Navel, directeur des promenades. Le 21 août 1940, ils créent le Groupement des Expulsés de la Moselle (GEM) qui est en concurrence avec le Groupement d'Entr'aide des Réfugiés d'Alsace et de Lorraine (GERAL) constitué en novembre 1940 à Vichy par le Strasbourgeois Félix Carré de Malberg, premier président honoraire de la Cour d'Appel de Colmar. Le GERAL est soutenu par l'État français. Le GEM lui reproche sa suprématie alsacienne alors que les réfugiés et expulsés mosellans sont de loin les plus nombreux. Un antagonisme qui perdure après la guerre jusqu'à l'effacement du GEM. (coll. Ascomémo-Hagondange)

de la population de 1936, essentiellement des zones francophones des arrondissements de Metz-campagne et de Château-Salins. Certains qualifieraient aujourd'hui cette opération d'« *épuration ethnique* ».
Bürckel la poursuit en permettant aux Mosellans se reconnaissant français de déposer une demande d'émigration pour « *garantir la paix définitive entre France et Allemagne en édifiant devant le Westwall de béton et de fer un Westwall de sang germanique*[105] ». Au printemps 1941, 6 700 Mosellans optent ainsi pour la France dans les mêmes conditions que les expulsés. Parmi eux de nombreux Mosellans de langue allemande qui ont échappé à l'expulsion de novembre et qui profite de cette occasion pour fuir le Reich, d'autant plus qu'au même moment, Bürckel introduit le *Reichsarbeitsdienst,* le service du travail du Reich. Puis, à partir de juin 1941, l'épuration de la population se fait essentiellement par des reconduites individuelles à la frontière avec quelques grosses opérations comme celle du 28 juillet 1941 qui concerne 99 prêtres, du 3 octobre 1941 pour 137 Dieuzois et celle de décembre 1942 avec 1 342 dernières émigrations acceptées vers la France[106].
À l'inverse, Wagner considère que la langue parlée en Alsace est la langue allemande, la *Muttersprache*, la langue maternelle. Il n'expulse même pas en masse la population de certaines vallées vosgiennes où est parlé le patois lorrain, le « *welsche* », ou le franc-comtois. Wagner ne veut pas cautionner une émigration renforçant la nation française par un « *apport sanguin* ». Il est d'avis qu'il serait facile d'inculquer aux enfants de ceux qui penchent pour l'émigration l'attitude qu'il convient d'avoir envers l'Allemagne après une éducation politique « *appropriée* ».

Petite carton de propagande : « *Alsaciens, parlez votre langue maternelle allemande* ». (coll. Ascomémo-Hagondange)

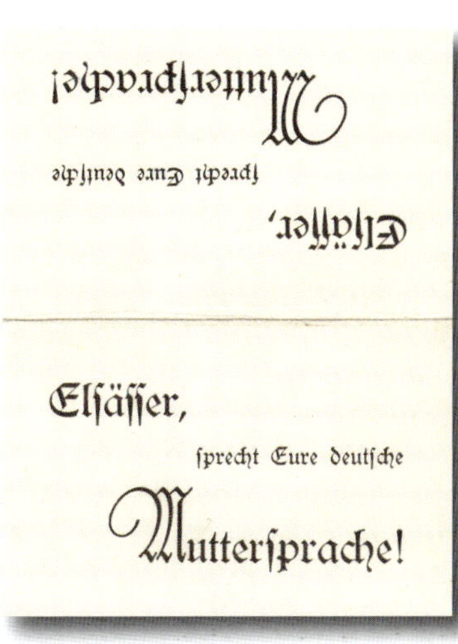

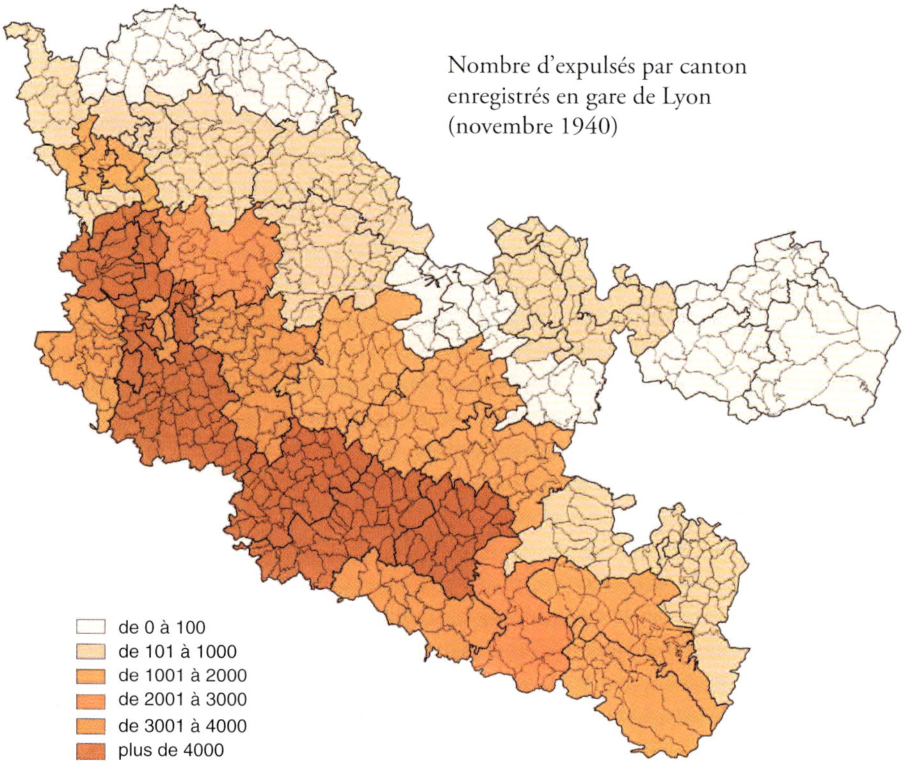

Carte mise en forme par Luc Dufrene des AD 57, catalogue de l'exposition *De Gré ou de Force*. Chiffres calculés par Philippe Wilmouth (*50 kilos de bagages, 2000 F, Mémorial des expulsés mosellans en 1940-45*, Hagondange, 2003), d'après les listes conservées dans arch. dép. Moselle, 3W70.

Au final, numériquement, l'épuration en Moselle est bien plus considérable qu'en Alsace : 95 000 expulsions en Moselle, soit 14,2% de la population de 1936 ; 22 000 expulsions en Alsace, soit 1,8% de sa population. Si l'on ajoute la population évacuée en 1939-40 non rentrée, on peut considérer qu'environ 25% de la population mosellane a vécu la guerre en France, alors que seulement 13% de la population alsacienne est dans cette même situation.

Bürckel ne s'arrête pas à ce transfert de population vers la France. Il annonce en août 1942 que « *le jour est venu de l'ultime épuration… Il s'agit de garantir du point de vue racial la frontière occidentale du Reich… Seuls les ressortissants allemands qui ne suscitent aucun soupçon peuvent fixer leur domicile en Lorraine. Il en résulte qu'il faut faire un tri de la population vivant à la frontière sur le critère de la sécurité politique qu'on doit pouvoir exiger d'elle*[107] ». Aussi, après des enquêtes des *Blockleiter* sur le comportement politique de la population qui continuerait à manifester ses sentiments français, environ 8 000 Mosellans sont déplacés en janvier 1943 dans des camps spéciaux « *pour la consolidation de la race* » dans les Sudètes (Tchécoslovaquie) et en Silésie (Pologne). Pour réprimer les familles de réfractaires, une telle opération vers la Sarre avait déjà touché environ 1 500 Mosellans en 1942.

Mars 1943, groupe d'habitants de la vallée de la Fensch devant la porte d'entrée du camp 122 de Striegau (Pologne). Par arrêté du 29 août 1959, ils obtiennent le titre de Patriotes Résistants à l'Occupation. (fonds Dautel, coll. Ascomémo-Hagondange)

Son homologue alsacien opère également une opération de ce type, mais elle a bien moins d'envergure. Un camp est installé dans la région d'Ulm (Bade-Wurtemberg).

Au contraire, le *Gauleiter* Wagner veut faire venir de France des *Volksdeutche* intègres sur le plan politique, essentiellement des évacués alsaciens non rentrés. Il fonde à Strasbourg le 21 avril 1941 un service chargé de l'installation des *Volksdeutsche* (*Ansiedlungstelle*)[108]. De même, il promulgue le 20 avril 1942 l'ordonnance sur le retour des réfugiés alsaciens par laquelle il menace d'exproprier tous ceux qui n'auraient pas manifesté d'ici le 31 juillet 1942 leur volonté de retourner dans leur terre natale. Pour Eugène Schaeffer, Wagner « *pratiquait une politique d'accroissement de la population* ». Selon l'ordonnance du 23 août 1942, les anciens ressortissants allemands qui ont demandé leur naturalisation dans une autre nationalité sont à considérer à nouveau comme allemands. À l'inverse, Bürckel « *craignait de contaminer le Volk, le Peuple, en y introduisant des éléments peu sûrs*[109] ». Ainsi, Bürckel refuse de réintégrer dans la nationalité allemande des anciens ressortissants allemands du Reich ayant réclamé une autre nationalité : « *La reconnaissance du peuple ne se fait qu'une seule fois et ne peut pas être rendue dépendante du cours des évènements historiques, car cette reconnaissance comporte les sentiments les plus profonds du cœur*[110] ».

Au cours de la guerre, plus du quart de la population mosellane[111] est expulsé ou part volontairement en France* et ne subit que partiellement l'annexion et généralement pas l'incorporation de force dans l'armée allemande. À l'inverse, environ 85% de la population alsacienne se trouve en Alsace et, pour la faire adhérer à l'idéologie nazie, elle subit une politique d'éducation forcée dont l'incorporation de force est un élément fondamental.

**Voir tableau et graphique pages 172 et 173*

Épuration en Moselle. Éducation par la force en Alsace

Là, une intense propagande se développe à tous les niveaux. Le professeur Léon Strauss indique que « *jusqu'à la dernière minute, les Alsaciens annexés ont été soumis à un incessant lavage de cerveaux mettant au service de fantasmes barbares sortis de la nuit des temps des techniques raffinées de communication à la pointe de la modernité*[114] ». Par exemple, pour le *Winter-hilfswerk*, le service de secours d'hiver, des collections locales sont diffusées avec les monuments alsaciens ou les armoiries des villes d'Alsace ou même des petits livres sur les personnes qui ont combattu pour le *Volkstum* comme Charles Roos. Il n'y a pas d'équivalent en Moselle. Le seul insigne connu en rapport avec la Moselle est un insigne d'une série autrichienne représentant les villes perdues en 1918. Il représente le blason de Metz.

Autre exemple, en Alsace de grandes expositions sont organisées. En janvier 1941, à Strasbourg, « *Das deutsche Gold* » a pour but de présenter la production d'ambre de la manufacture de Königsberg et de renforcer les liens entre le nord et le sud de l'Allemagne. En septembre 1941, à Strasbourg, une exposition « *Deutsche Wirtschaftskraft* » a pour vocation de présenter la puissance économique allemande, de mettre en valeur la reconstruction de la région et de donner un nouvel essor au commerce et à l'industrie. Pendant l'été 1942, l'exposition itinérante « *Deutsche Grösse* » fait étape à Strasbourg. Elle est complétée par une présentation de l'histoire régionale « *2000 Jahre Kampf am Rhein* ». Elle vise à prouver la germanité de l'Alsace. Cette exposition devait également être présentée à Mulhouse et Colmar, mais la guerre interrompt cette itinérance. À l'automne 1942, une exposition est proposée à Strasbourg et à Mulhouse par le ministère de la propagande : « *Das Sowiet Paradies* ». Elle présente le « paradis soviétique » vu par les nazis au moment où la jeunesse alsacienne est mobilisée dans l'armée allemande. En même temps, l'exposition « *Die Schöne Stadt* » traite des beautés et des triomphes de l'architecture et de l'urbanisme allemands. En juin 1943, une dernière grande exposition « *2000 Jahre Wissenschaft und Kultur am Oberrheim* » fait l'apologie de la culture et du savoir germaniques.

Affiches d'expositions en Alsace. (coll. BNUS).

Ci-contre : dans le cadre du *Winterhilfswerk*, des collections spécifiques en Alsace (monuments, blasons, monographies…)
Ci-dessous : un seul insigne sur la Moselle, et encore, vendu en Autriche dans une série concernant les villes perdues en 1918 et retrouvées pendant la seconde guerre mondiale.
(coll. Ascomémo-Hagondange)

Il semble que cette politique de propagande à travers de grandes expositions n'ait pas d'équivalent en Moselle. Une seule exposition a pu être recensée. Elle est tardive puisqu'inaugurée en juin 1944 à Metz, au musée de la fortification dans la Porte des Allemands : « *Vom Ringwall zum Bunker, 3000 Jahre Geschichte des Festung* » faisant l'apologie de la forteresse « Europe »[115]. La propagande qui cherche à convaincre les autochtones du bien-fondé du régime nazi semble bien plus intense en Alsace qu'en Moselle[116]. Mais c'est surtout par l'éducation que Wagner veut imposer l'idéologie nazie, une éducation par la force.

Affiche d'exposition sur la reconstruction en Alsace (coll. Ascomémo-Hagondange)

Affiche d'exposition sur l'histoire de la fortification en Moselle. *De la muraille au bunker, 3000 ans d'histoire de la fortification* (coll. Ascomémo-Hagondange)

Le symbole le plus pertinent de la politique de rééducation est certainement le *Erziehungslager* (camp de rééducation)[117] installé dès juillet 1940 à Labroque, près de Schirmeck, dans l'ancien centre de recueil des évacués implanté là par les Français en septembre 1939. Il n'a pas d'équivalent en Moselle. À tort, le camp de Metz-Queuleu est parfois comparé au camp de Labroque-Schirmeck. Metz-Queuleu est un *Sonderlager* dépendant de la Gestapo permettant d'interner les suspects pendant leur instruction avant d'être envoyés la plupart du temps vers des camps de concentration[118].
Sa vocation première est de convertir au nouveau régime les Alsaciens récalcitrants au national-socialisme au moyen d'une détention sévère mais limitée dans le temps. Selon Olga Wormser-Migot, il devait « *faire de bons Allemands avec des Allemands pas mauvais mais abusés par des propagandes étrangères*[119] ». Rien de comparable donc initialement avec un camp de concentration. C'est le chef de la police de sécurité (*Sicherheitspolizei*) de Strasbourg qui décide de ces internements administratifs. À l'issue de la peine comprise entre trois et six mois, il peut soit remettre l'intéressé en liberté si le commandant donne son accord, soit prolonger la détention jusqu'à complète rééducation par période de trois à six mois[120]. Plus de la moitié des internés sont libérés*.

*Voir tableau page 173

On dénombre sur un total d'environ 10 000 internements pour toute la guerre 3 543 Alsaciens et quelques Mosellans[122] arrêtés essentiellement pour leur attitude anti-allemande : parler en langue française, porter le béret basque, refuser de germaniser son nom, critiquer le parti nazi, franchir la frontière, déposer des gerbes le 14 juillet notamment à Hochfelden, Saverne et Niederbronn, diffuser des propos pessimistes… Lors de son procès, Wagner se vante de l'aspect humain du système. Il serait maladroit, selon lui, d'assujettir trop brutalement la population alsacienne à la législation allemande plus draconienne que le régime libéral français. Le *Gauleiter* juge préférable de remplacer les procédures pénales allemandes et les lourdes peines prévues par la loi par des internements administratifs à Labroque-Schirmeck. Selon lui, l'envoi au camp évite aux récalcitrants de comparaître devant les tribunaux et de courir le risque de peines plus longues et des séjours en camps de concentration.
La population internée à Labroque-Schirmeck concerne également les condamnés de droit commun, *asociaux, clochards, vagabonds, bohémiens, homosexuels*… ainsi que des personnes faisant l'objet d'une enquête de la Gestapo. Le régime sévère entre travaux, interrogatoires, éducation et mauvaise alimentation imposé par le commandant *SS* Karl Buck[123] doit en principe convertir les opposants à l'idéologie nationale-socialiste. Les Allemands espèrent mater la population par la terreur.

1941, camp de rééducation de Labroque-Schirmeck (Bas-Rhin). (coll. Ascomémo-Hagondange)

Autre symbole de la rééducation par la force imposée en Alsace : le *Sondergericht*, le Tribunal spécial. Il siège à Strasbourg et prononce plusieurs dizaines de condamnations à mort[124]. Le *Gauleiter* Wagner choisit lui-même la sentence à la place des tribunaux dans le cas des délits politiques. Il prend connaissance des dossiers de l'instruction et a l'habitude avant chaque séance du *Sondergericht* de s'entretenir avec le président Huber et le procureur Simon du déroulement du procès. Lorsqu'il est absent de Strasbourg, il fait ajourner les séances. La première est celle d'un jeune Strasbourgeois de 17 ans qui a déposé une bombe à retardement dans la voiture du *Gauleiter* Wagner. Il est condamné le 31 mars 1942 et décapité le 14 avril 1942 à Stuttgart. Wagner intervient et modifie parfois les sentences que peut prononcer le tribunal. C'est le cas du jeune Alsacien ci-dessus qui est initialement condamné à six ans de prison. Wagner intervient aussi pour que soient condamnés 13 des 14 évadés de Ballersdorff[125] qui au moment de passer la frontière vers la Suisse pour éviter la conscription assassinent un garde-forestier. Le 17 février 1943, ils sont exécutés dans une carrière du Struthof. La presse strasbourgeoise en fait sa une.

Wagner est investi du droit de grâce pour l'Alsace, la Lorraine et le Luxembourg par décret du Führer du 29 mai 1941[126]. Il n'use cependant de ce droit que dans deux cas. Il trouve que les recours en grâce prennent trop de temps tout comme le délai séparant la sentence de l'exécution capitale. Selon lui, la situation politique de l'Alsace exige que l'exécution ait lieu le plus vite possible pour ne pas perdre le bénéfice de l'intimidation produit par les condamnations à mort.

Jahrgang 1943 / Folge 48

STRASSBURGER

Hauptausgabe

NEUESTE NACHRICHTEN

AMTLICHE TAGESZEITUNG DER NSDAP.

REGIERUNGSANZEIGER FÜR DAS ELSASS

Verlag: Oberrheinischer Gauverlag und Druckerei GmbH., Straßburg, Blauwolkengasse 17/19. / Fernruf für Orts- u. Ferngespräche: 2 59 00 bis 2 59 04. / Postscheckkonto: Straßburg Nr. 159 76. / Die „Straßburger Neueste Nachrichten" erscheinen 7mal wöchentlich als Morgenzeitung.

Mittwoch, 17. Februar

Bezugspreis: Durch unsere örtlichen Vertriebsstellen monatlich 1,90 RM. zuzügl. 30 Rpf. Trägerlohn. Durch die Post zugestellt monatl. 2,20 RM. zuzügl. 42 Rpf. Zustellungsgebühren. Einzelpreis: wochentags 10 Rpf., sonntags 15 Rpf. Anzeigenschluß 15 Uhr am Vortage des Erscheinens.

Wer seinem Volk in den Rücken fällt, ist des Todes!

13 Todesurteile des Sondergerichts Strassburg gegen Verräter — Blitzschnelle Vernichtung einer oberelsässischen Bande — Vergeblicher Versuch, den Grenzübertritt mit Waffengewalt zu erzwingen — Feige Flucht vor dem Arbeits- und Wehrdienst — Ein Beamter des Grenzschutzes bestialisch ermordet — Drei der Banditen im Feuergefecht getötet — Die Todesurteile sind bereits vollstreckt

Une du *Journal de Strasbourg* du 17 février 1943 : « *Celui qui tire dans le dos de son peuple doit mourir !* » Il annonce la condamnation à mort des 13 jeunes de Ballersdorff.

Le bourreau de Stuttgart ayant du retard du fait de la surcharge de travail, Wagner publie le 17 février 1943 une ordonnance permettant de fusiller les condamnés à mort[127]. Tous les délits politiques sont exclus de la mesure d'amnistie du 15 novembre 1942 décrétée par Wagner. Cette intransigeance et cette sévérité voulues par Wagner sont des mesures d'intimidation visant à faire plier la population. La terreur est pour lui une arme de rééducation. Ainsi, le Tribunal du Peuple présidé par Roland Freisler et qui siège tour à tour dans les différentes provinces s'installe plusieurs fois à Strasbourg, notamment début 1943 pour le jugement de onze scouts qui ont aidé à l'évasion de prisonniers de guerre. Cinq d'entre eux sont condamnés à mort[128].

Bürckel ne comprend pas cette politique de répression sévère et intransigeante : « *C'est une preuve d'impuissance d'être obligé de gouverner à grand renfort d'exécutions et de camps de concentration ; c'est tout simplement une déclaration de faillite politique… Je ne sais vraiment que faire des condamnations à mort*[129] ». Bürckel ne veut pas faire de martyrs mosellans de la répression nazie. Si un Tribunal spécial prononce à Metz des peines de prison notamment contre des passeurs, le Tribunal du Peuple présidé par Roland Freisler n'a aucune activité. Le *Gauleiter* Bürckel prétend qu'il a « *flanqué Freisler dehors pour avoir voulu siéger dans son pays à l'occasion d'une affaire de bêtises commises par de jeunes Lorrains en état d'ébriété*[130] ». Bürckel fait condamner les affaires difficiles à l'extérieur de la Moselle. Par exemple, le Tribunal populaire qui condamne à mort l'instituteur Krommennacker d'Audun-le-Tiche en 1943 siège à Strasbourg. C'est à Zweibrücken que les révoltés du RAD du train Sarrebourg-Sarreguemines sont condamnés par le Tribunal du Peuple. C'est à Bayreuth que le

Tribunal du Peuple prononce des condamnations contre les membres du groupe gaulliste Dehran. Bürckel ne donne jamais de publicité à ces condamnations lourdes de Mosellans, craignant les réactions d'hostilité de leur part. Dans la presse n'apparaissent que quelques entrefilets mentionnant de légères condamnations[131].

En août 1942, le *Gauleiter* Wagner voit dans l'incorporation de force dans l'armée allemande un autre moyen d'éduquer la jeunesse alsacienne à l'idéologie nazie. C'est un véritable tournant de l'annexion. Il entraîne avec lui les *Gauleiter* Bürckel et Simon qui sévit au Luxembourg.

L'incorporation de force

Le procès de Bordeaux, on l'a vu, s'il n'est pas directement le procès de l'incorporation de force met en cause treize d'entre eux et révèle aux Français un drame déclaré « *crime de guerre* » au procès de Nuremberg.

L'incorporation des Alsaciens et des Mosellans dans l'armée allemande n'est pas automatique avec l'annexion, puisqu'il s'agit d'une annexion non légale et qu'en théorie, selon le droit international, Alsaciens et Mosellans sont toujours citoyens français[132]. Mais, après les revers de l'armée allemande et les médiocres résultats des différentes campagnes de recrutement de volontaires et sur les insistances du *Gauleiter* Wagner, le haut-commandement allemand, l'OKW, devient plus disposé à accepter des Alsaciens et des Mosellans dans les rangs de l'armée allemande. Hitler donne son accord le 28 mai 1942. Le *Gauleiter* Wagner espère trouver un nouveau moyen « *capable à la fois d'affermir la germanisation de l'Alsace et de prouver à l'extérieur, l'appartenance définitive de celle-ci au Reich. La conscription, puissant facteur d'assimilation sociale, idéologique et culturelle permettrait d'atteindre ces objectifs*[133] ». Mais, au préalable, il faut régler le problème de la nationalité.

L'entrevue de Winniza au quartier général du Führer en Ukraine qui réunit les *Gauleiter* Bürckel, Simon et Wagner, ainsi que Hitler, Bormann, Himmler, Keitel, Lammers, von Ribbentrop et Stuckart le 8 août 1942 règle ce problème. Le ministère de l'Intérieur veut uniformiser le processus pour l'Alsace, la Moselle et le Luxembourg alors que des divergences apparaissent entre les deux *Gauleiter*. Même si à Winniza, Hitler laisse à chaque *Gauleiter* pleine et entière liberté pour l'application de la mesure en déclarant qu' « *entre ces trois régions, il existe de si grandes différences que les Gauleiter ont prouvé, par la diversité de leurs solutions, qu'ils ne manquaient pas de compréhension pour une juste manière d'administrer*[134] », l'ordonnance du 23 août 1942 est identique pour l'Alsace, la Moselle et le Luxembourg. Elle confère la nationalité allemande aux « *Alsaciens,*

Lorrains et Luxembourgeois de souche allemande qui ont été enrôlés ou qui seront enrôlés dans les forces armées ou les formations armées des SS peu importantes que ce soit en vertu d'un engagement volontaire ou par appel au service militaire obligatoire… Acquièrent en outre la nationalité sans réserve les Alsaciens, Lorrains ou Luxembourgeois de souche allemande qui étant reconnus comme s'étant comportés en bons Allemands… En règle générale sont à considérer comme étant de souche allemande quiconque peut justifier d'avoir eu moins deux grands-parents allemands[135] ».

En Alsace, Wagner veut limiter l'attribution de la nationalité allemande à quelques éléments de la population[136]. Wagner déclare : « *L'appartenance à la nationalité allemande du Reich n'est pas accordée à quiconque mais ce pas décisif ne s'accomplit qu'à l'égard de ceux qui en sont mûrs et dignes*[137] ». Elle est restrictive et s'applique à des cas très précis[138]. Elle est acquise de plein droit aux dix-huit autonomistes internés à Nancy en 1939-40, aux membres du NSDAP, aux Alsaciens qui depuis 1939 ont combattu pour la cause allemande et qui ont prouvé leurs sentiments allemands dans les camps de concentration français, aux titulaires des plus hautes décorations militaires distribuées pendant la guerre de 1914-18 gagnées en combattant du côté allemand ainsi qu'aux veuves et orphelins de ces anciens combattants tombés devant l'ennemi ou morts des suites de leurs blessures, aux mobilisés et aux engagés volontaires dans l'armée allemande et aux Alsaciens qui ont donné la preuve reconnue de leurs sentiments allemands (*Bewährte Deutsche*).

En Moselle et au Luxembourg, les ressortissants de souche allemande peuvent acquérir « *la nationalité allemande à titre révocable. Sont à considérer comme lorrains, les personnes qui étaient établies en Lorraine lors de l'entrée en vigueur de cette ordonnance*[139] ». Bürckel penche plus en faveur d'une « *stabilisation de la situation en Lorraine* » qu'il espère obtenir en reconnaissant à tous les membres de « *la communauté du peuple allemand* » le droit d'acquérir « *jusqu'à nouvel ordre la nationalité allemande*[140] ». En Moselle, l'attribution se fait en « bloc » sans condition aux soldats et aux Mosellans ayant fait leurs preuves et de façon révocable à tous les membres de la *Deutschen Volksgemeinschaft*. Elle est proclamée solennellement par le *Gauleiter* Bürckel dans son discours du 29 août 1942 à l'Hôtel des Mines à Metz : « *Au nom du Reich, avec effet immédiat, il est concédé la nationalité allemande à tous les membres de la communauté du peuple allemand qui comprend 98% de Lorrains de souche allemande. En conséquence, à partir de ce moment, ils sont devenus citoyens du Grand Reich allemand, il n'y a plus de droit d'option de l'une ou de l'autre nationalité* [141] ». Une « épuration » est toutefois nécessaire. Elle est réglée par les *Kreisehrengerichte*, les tribunaux d'honneur de la DVG, qui examinent chaque cas particulier. Sont notamment exclus de la DVG ceux qui ont fait une demande d'émigration vers la France dans les premiers jours de septembre 1942. Le problème de la nationalité allemande réglé, la conscription peut être promulguée. Bürckel signe l'ordonnance concernant la conscription « *des hommes appartenant au peuple allemand en Lorraine* » le 19 août 1942. Il précise le 25 que les classes 1920 à 1924 sont dans un premier temps concernées. Plus tard, il élargit les classes d'âge aux années 1914-1919 et 1925-1927. Il annonce le 29 août 1942 dans la salle de l'Hôtel des Mines de Metz l'introduction du service militaire et l'établissement d'un nouveau tri de la population jugée peu sûre à la frontière[142]. Ce discours essentiel est publié intégralement le lendemain dans la *NSZ Westmark*.

NSZ WESTMARK

AMTLICHE TAGESZEITUNG DER NSDAP GAU WESTMARK UND DER DEUTSCHEN VOLKSGEMEINSCHAFT IN LOTHRINGEN

Sonntag, 30. August 1942 — Unverkäuflicher Sonderdruck — Sonntag, 30. August 1942

Der erste großdeutsche Tag in Lothringen

Staatsbürgerrechte für die deutschstämmigen Lothringer, die sich zu Führer und Volk bekennen
Der Lothringer wird Soldat an der Seite der lothringischen Freiwilligen und ihrer deutschen Kameraden
Kreisehrengerichte haben mit pflichtbewußter Strenge und größter Gerechtigkeit die politische Bereinigung zu garantieren

Une du *NSZ Westmark*, 30 août 1942 : « *Le premier jour de la Grande Allemagne en Lorraine* ». Le *Gauleiter* annonce la conscription et l'octroi de la nationalité allemande. (coll. Ascomémo-Hagondange)

Curieusement, Wagner ne fait pas de déclaration publique concernant l'introduction de la conscription obligatoire et l'octroi de la nationalité, se contentant de légiférer.

Par la suite, les différentes classes d'âge vont être appelées*. En Alsace, 21 classes de 1908 à 1929 sont mobilisées, soit environ 100 000 hommes. En Moselle, 14 classes de 1914 à 1928, soit environ 30 000 hommes. Finalement, la politique d'annexion de la Moselle et de l'Alsace est traitée différemment et de façon autonome l'une de l'autre : épuration pour Bürckel, rééducation pour Wagner. Même si la Moselle et l'Alsace ont vécu un même destin de territoire annexé de 1871 à 1918, la deuxième annexion et le nazisme, au lieu de ressouder une solidarité fissurée depuis 1919 vont définitivement éclater le concept « Alsace-lorraine », car les deux politiques des *Gauleiter* engendrent deux mémoires parallèles.

**Voir tableau page 175*

Liste des Français non-rentrés

incorporés de force dans la Wehrmacht

COMMUNE DE MONTBRONN

De gauche à droite, **au premier rang:**

MAYER Aloyse, né le 26. 11. 1926 à Montbronn, dernière nouvelle le 10. 12. 1944, Feldpostnummer 45114.

KREBS Georges, né le 30. 9. 1920, dernière adresse: Feldpostnummer 14338 b, se trouvait au mois de Décembre 1944 au front de Riga.

FERSTLER Nicolas, né le 3. 8. 1916 à Montbronn, Feldpostnummer 56736 E.

Au deuxième rang:

PHILIPPE Jean Nicolas, né le 18. 1. 1914 à Montbronn, Reserve-Lazarett Arolsen, Teillazarett Aula bei Kassel.

FERSTLER Georges, né le 3. 7. 1924 à Montbronn, disparu à Nalyj-Breckm.

KARKILLA Eugène, né le 9. 11. 1919 à Montbronn, Feldpostnummer 19039.

Au troisième rang:

ESCHENBRENNER Alphonse, né le 3. 12. 1926 à Montbronn, Sturmpionier Batl. Panzer A. O. K. 4, Feldpostnummer 19931 B.

BOLITT Charles, né le 27. 12. 1924 à Montbronn.

PFEFFERKORN Edgard, né le 6. 2. 1924 à Montbronn, dernière adresse: Feldpostnummer 42739, se trouvait le 4. 1. 1945 entre Thorn et Bromberg.

THUMSER Lucien, né le 4. 7. 1925, Feldpostnummer 06024 Witebsk.

Tous renseignements sont à adresser à KAYSER Fernand, Président de la Section Malgré-Nous à Montbronn (Mos.)

Vers 1946, affiches de recherche d'incorporés de force disparus des communes de Montbronn et Sélestat. (coll. Ascomémo-Hagondange)

Tous renseignements sont à adresser à la
MAIRIE DE SELESTAT
Les frais seront remboursés

VILLE DE SELESTAT (Bas-Rhin)

Liste des non-rentrés de la Wehrmacht

Tous renseignements sont à adresser à la
MAIRIE DE SELESTAT
Les frais seront remboursés

1 — BARTHEL Eugène
né le 15. 7. 1915
dern. lettre 5. 3. 44, Felp. 44110/
Régt. Inf., disp. 29. 3. 44 Wesselaya (Ukraine Sud)

2 — BAUER Antoine
né le 10. 5. 1924
Feldp. Nr. 01320

3 — BAUER Eugène
né le 3. 8. 23, dern. letre 4. 11 44,
Feldp. Nr. 53518 B, Lg. Pa
Munster Westfalen

4 — BAUER Jean
né le 8. 5. 19, dern. lettre 3. 1. 44,
Nivograd-Wolinsk, Fp. 10310 B

5 — BENTZ Alphonse
né le 2. 8. 14, dern. lettre 13. 7. 44
Fp. 08388 A, disparu 12. 9. 44
Kamionka (Lemberg)

6 — BIASCH Charles
né le 12. 12. 25, dern. lettre 14.
8. 1944, Feldp. Nr. 32870

7 — BIEHLMANN Léon
né le 13. 6. 13, dern. lettre 6. 7. 44,
Einh. Kirsch, 1. K. Hammerstein.

8 — BINDREIF Georges
né le 3. 4. 1920, 1/4 Abt. M. S.
Kiel Hansaten Kas., Inh. Festg.
Bat. 1383 Z. B. V., dern. lieu à
Oberzwirn près Kassel.

9 — BINDREIF Joseph Georges
né le 17. 8. 18, dern. lettre 10. 2. 45
de Forst près Nieder Lausitz
Feldp. 64567 C, Gren. Regt. 147.

10 — BINDREIFF Lucien
né le 26. 6. 14, dern. lettre 15. 11.
44. Feldp. 01 706 C. Abt. B.

11 — BITTEL Charles
né le 9. 11. 24, dern. lettre 2. 8. 44,
Fp. 19667 B, pris. Roumanie 26.
8. 44, prés. décédé le 24. 12. 44
camp de Guiwan No 253

12 — BLIND Aloyse
né le 10. 1. 15, dern. lettre 19. 3.
44, Feldp. Nr. 09 651 D., disparu
1. 5. 44 Witebsk (Russie)

13 — BLIND René
né le 23. 5. 25, dern. lettre 28. 6.
44. Feldp. Nr. 36.818, disparu
28. 6. 1944

14. — BOEHRER Paul
né le 10. 6. 21, dern. lettre 18. 9. 44
Serbie. Feldp. Nr. 41.636 F.

15 — BONNET Michel
né le 18. 10 1896, dern. lettre 18.
8. 1944, Feldp. Nr. 59.253 C.

16 — BORTMANN Jos. Louis
né le 15. 12. 22, dern. lettre 10.
9. 43, Kuban, Feldp. 37.604

RF
POSTES
LIBERATION

Deux mémoires parallèles

Si la Moselle et l'Alsace ont bien une histoire spécifique, particulière, différente du reste de la France, il n'en demeure pas moins vrai que leur histoire reste parallèle. Pour autant, le concept « Alsace-Lorraine » créé en 1871 existe-t-il encore à la Libération ? La Moselle et l'Alsace, fortes de leurs expériences communes, mais aussi si différentes, ont-elles construit une mémoire commune qui les rendrait solidaires en 1953 ?

« ALSACE-LORRAINE », UN FANTÔME ?

En novembre 1918, le retour de l'Alsace-Lorraine est fêté à Paris et dans toutes les villes des provinces recouvrées produisant une quantité impressionnante d'imageries et de publications qui véhiculent et fixent un temps cette image des deux sœurs soudées symbolisées par les filles en costumes traditionnels alsacien et lorrain sur le chemin des troupes françaises entrant en vainqueur. Le symbole semble comparable que ce soit à Metz ou à Strasbourg qui accueillent les 8 et 9 décembre 1918 à l'identique la France personnifiée par les présidents de la République et du Conseil, Raymond Poincaré et Georges Clémenceau.

En 1945, le concept « Alsace-Lorraine » semble tomber en désuétude, voire même être combattu. René Cannac, journaliste au *Parisien Libéré*, indique ainsi en novembre 1944 qu'« *il existe un problème lorrain distinct du problème alsacien… Les Lorrains sont unanimes à demander que l'on renonce à lier plus longtemps le sort de leur petite patrie, la Moselle, à celui de l'Alsace* »[146]. Par exemple, à l'inverse de 1918, l'imagerie retient rarement le symbole de l'Alsace-Lorraine. Nous avons relevé çà et là un timbre, un livre de coloriage, une partition, de la verrerie, illustrés conjointement par une Alsacienne-Lorraine, rarement une carte postale et une seule affiche comme si on voulait que la conscience collective efface de sa mémoire cette représentation de ces deux sœurs soudées par un destin commun mais si différent de l'ensemble de ce qu'a vécu la France, deux sœurs au demeurant « *abandonnées* » par leur mère patrie. Pourquoi cette différence dans l'évocation ? La Lorraine annexée, on l'a vu, a été effacée en 1919 au profit de la Moselle par l'autorité française. De plus, l'autonomisme alsacien a marqué l'opinion d'avant-guerre par son affrontement violent avec l'état jacobin.

Carte premier jour d'un timbre émis en juin 1945 à Strasbourg. Le timbre et la carte postale sur laquelle il est collé ont la même symbolique, l'Alsace-Lorraine drapée des couleurs tricolores, mais datent de deux époques différentes. La carte postale représente une toile de Léon Hornecker datant de 1918. Sur ce document postal, la libération de 1945 et le retour à la France de 1918 sont symboliquement associés. (coll. Ascomémo-Hagondange)

Partitions de 1945 et de 1871 (page de droite) d'un même chant *Alsace et Lorraine* devenu *Alsace, Lorraine*. Les paroles sont identiques « *Vous avez pu germaniser la plaine, mais nos cœurs vous ne les aurez jamais.* » La symbolique est différente, casque à pointe pour l'une en page de droite, drapeau à croix gammée pour l'autre, ci-contre. Mais l'Alsace et la Lorraine sont toujours représentées, scellées, main dans la main, par le même destin. (coll. Ascomémo-Hagondange)

En 1945, l'image de l'Allemagne, du « *Boche* », est encore plus négative qu'en 1918, car le nazisme est la cause d'effroyables massacres dont celui d'Oradour-sur-Glane. Il ne faut surtout pas que l'Alsace et la Moselle soient associées à cette Allemagne nazie. Le général de Gaulle appelle à l'unité nationale. L'annexion nazie est occultée d'autant que le comportement de certains autonomistes, leur compromission avec les nazis[147], la signature du Manifeste des Trois Épis par les *Nanziger*, l'*Elsässische Freiheits-Front* de décembre 1944[148] et les jugements d'après-guerre discréditent le mouvement. Mais dans cette France manichéenne qui est passée rapidement d'un maréchalisme à un « résistancialisme » exubérants[149], le symbole de la libération de l'Alsace par les troupes françaises des généraux Leclerc et De Lattre jette aux oubliettes la longue et meurtrière bataille de la Moselle où pratiquement[150] seuls les Américains se sont battus. L'historien anglais Anthony Kemp parle de « *bataille oubliée* »[151].

CHANT NATIONAL
dédié aux Villes de
STRASBOURG et METZ
ALSACE ET LORRAINE
PAROLES de
VILLEMER
et H. NAZET
MUSIQUE de
BEN TAYOUX
Piano et chant N° 1 Baryton ou Mezzo Soprano
N° 2 Ténor ou Soprano
N° 3 Basse ou Contralto
Chant seul
Fantaisie Transcription Piano 2 mains
Rêverie Valse Facile Piano 2 mains
DU MÊME AUTEUR
Ange, femme ou démon
Cabaret de la Tonnelle (le)
Café (le)
Cœurs (les)
Deux Pigeons (les) Duo
Fleur Mourante (la)
Foins (les)
Heure de minuit (l')
Inonde mon verre
Jeanne est grise
Je briserais mon verre
Nautonniers (les) Duo
Petit Toc Toc le
Valse des Passions
Louis JACQUOT & Fils, Éditeurs, 8, Bd Magenta, PARIS
Tous droits d'exécution, de traduction
et d'arrangements réservés pour tous pays.
Imprimé en France.

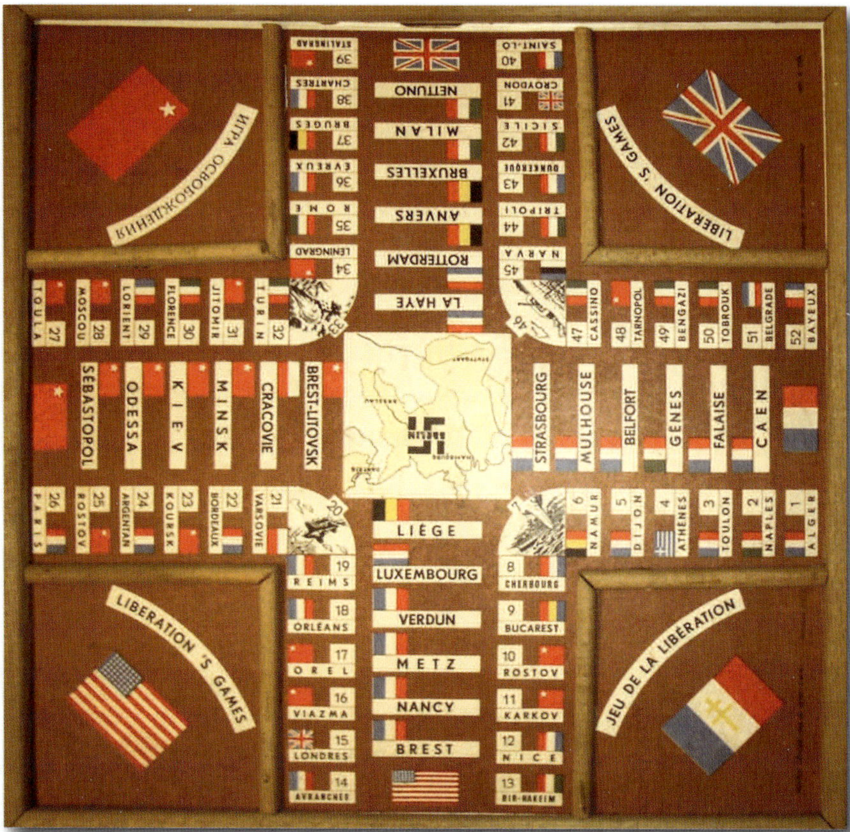

Jeu de « Petits chevaux ».
Il y est bien indiqué que Metz est libérée par les Américains et Strasbourg et Mulhouse par les Français.
(coll. Ascomémo-Hagondange)

Livre de coloriage, rare objet d'après 1945 reprenant la symbolique de l'Alsacienne et de la Lorraine, infiniment moins martelée qu'en 1914-20.
(coll. Ascomémo-Hagondange)

Page de droite :
Première de couverture du livre pour la jeunesse, *Notre Alsace,* édité à Paris en 1945 et qui intègre la Moselle.
Un amalgame simpliste pour ne retenir que le destin d'annexé commun aux trois départements.
(coll. Ascomémo-Hagondange)

Très rapidement[152], les publications sont nombreuses pour exhorter l'épopée des armées de la France Libre, la 2e DB, le passage du Rhin vers l'Allemagne, la poche de Colmar qui clôturerait la libération définitive du territoire français en mars 1945[153]. En 1994, le ministère des Anciens combattants publie un *Atlas de la Libération* où figurent cinq cartes de l'Alsace, aucune sur la Moselle[154]. Dans les livres scolaires d'Histoire, c'est cette symbolique qui est mise en avant. La mémoire est construction. Elle est sélective.

Dans la mémoire collective, le concept « Alsace-Lorraine » est mort avec la seconde guerre mondiale. Il ne se relèvera pas de l'essor du tourisme qui permet à l'Alsace, et plus particulièrement au Bas-Rhin, de développer en France une image positive avec son microclimat, son architecture, son folklore, sa gastronomie, son vin… L'Alsace, de façon réductrice, représente désormais presque exclusivement l'Est de la France, où la Moselle, avec ses fumées d'usine et ses mines de charbon, reste dans son ombre jusqu'à il y a peu[155]. Deux ans après le procès de Bordeaux, le décret du 30 juin 1955 décide le lancement des « *programmes d'action régionale* » qui définit 22 circonscriptions administratives.

** Use this poster to show in '45 - no acknowledgement of African troops. Or idea good G, bad USA . . .

Dans ce schéma, la Moselle est rattachée à la Meurthe-et-Moselle, la Meuse et les Vosges[156]. Si les considérations économiques ont prévalu dans cette décision, on ne peut s'empêcher de croire que le poids de l'histoire a lourdement pesé sur cette décision. Ni les décideurs politiques, ni même les mentalités locales ne peuvent imaginer reconstituer l'ancien *Reichsland Elsass-Lothringen*, une référence à l'Allemagne trop forte à cette époque teintée d'anti-germanisme. Cette décision du ministre alsacien Pierre Pfimlin est révélatrice de ce désamour qui n'a pas suscité à cette époque de réactions pour la création d'une région Alsace-Moselle. Malgré quelques nostalgiques, le concept « Alsace-Lorraine » est définitivement enterré en 1972 avec la loi de décentralisation qui s'inscrit dans les contours de la loi de 1955 et la création de la région Lorraine[157], définitivement séparée de l'Alsace[158].

Au sortir de la guerre, les destins communs entre Alsaciens et Mosellans pouvaient cependant prétendre à l'élaboration de solidarités ; des solidarités espérées par les Alsaciens au moment du procès de Bordeaux. Mais, la mémoire de l'annexion s'est différenciée pour les deux provinces. Pourquoi ?

EN MOSELLE, UNE MÉMOIRE FRAGMENTÉE

À la Libération, la Moselle n'évoque guère son histoire d'annexée. Avant le procès de Bordeaux, très peu d'ouvrages relatent ce que les Mosellans ont enduré. Une publication immédiate, celle d'Henri-Charles Hiegel, *La Moselle, Terre française de l'Est*[159], s'inscrit dans la construction mémorielle du « *mythe du résistancialisme d'une France massivement résistante* »[160], toutefois replacée dans le contexte de l'annexion. En 1946, Charles Hœffel, membre fondateur du Groupe de résistance communiste *Mario*, livre, en allemand, son récit sur son incarcération dans *Sonderlager Fort Queuleu Metz*[161]. En 1947-48, l'abbé François Goldschmitt publie à compte d'auteur quatre brochures intitulées *Tragédies vécues par la population des marches de l'Est sous l'occupation nazie*[162] qui englobent les trois départements alsaciens et mosellan. Il est à noter que ces premières initiatives sont prises essentiellement dans la Moselle-Est, dialectophone, peu touchée par les expulsions et donc restée en Moselle. Puis presque plus rien jusque dans les années 1980[163]. Dès 1943, *Témoignage Chrétien*, sous la plume de l'abbé Pierre Bockel[164], haut-rhinois, indique que « *les éléments du problème lorrain sont plus complexes, plus hétérogènes que ceux du problème alsacien. Alors que pour la Lorraine de langue allemande le problème se rapproche beaucoup du problème alsacien, il est au contraire tout à fait différent pour la Lorraine de langue française…* [165] ». L'abbé voit juste. La mémoire de la Moselle est bien hétérogène. La difficulté de la construction

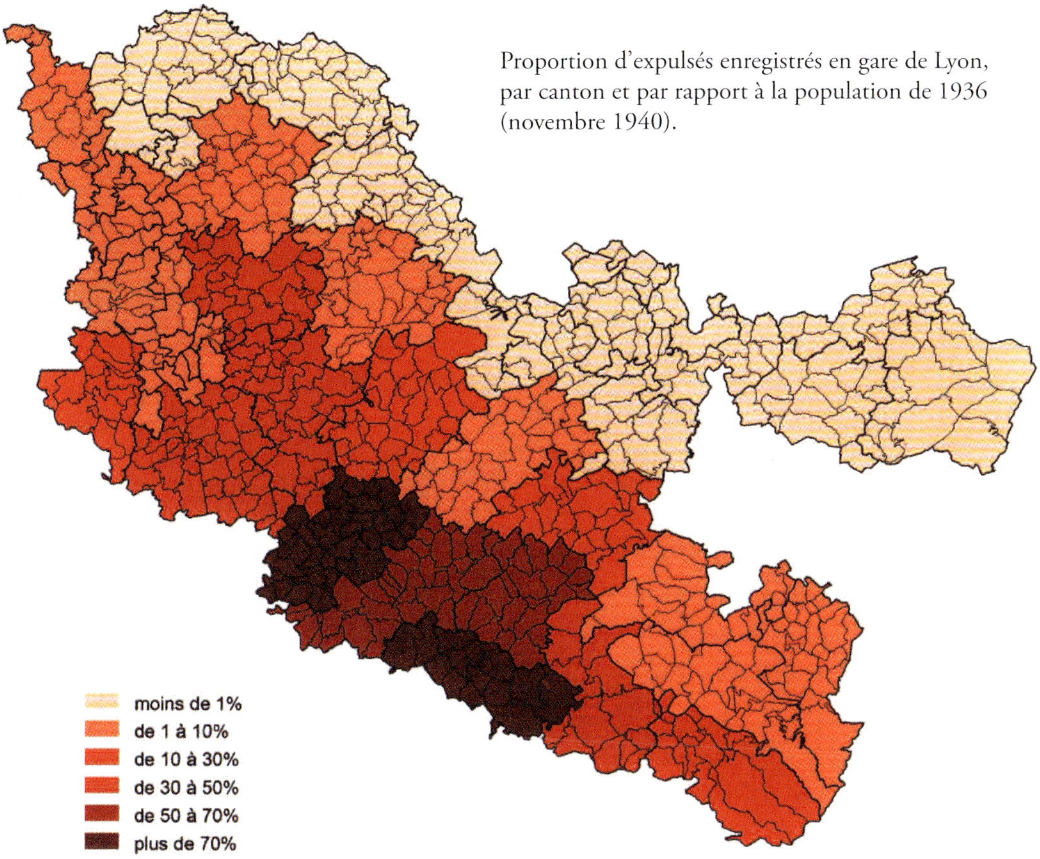

Proportion d'expulsés enregistrés en gare de Lyon, par canton et par rapport à la population de 1936 (novembre 1940).

mémorielle qui normalement « *cherche à préserver une identité et à légitimer une action passée*[166] » est consécutive à la politique d'épuration de Bürckel. Il n'y a pas une mémoire mosellane, une « *unité significative d'ordre matériel ou idéal dont la volonté des hommes ou le travail du temps a fait un élément symbolique d'une quelconque communauté*[167] ». La mémoire est plurielle selon que vous étiez ou non en terre annexée pendant la guerre. Or, environ un tiers de la population ne se trouve plus en Moselle annexée en 1944. Par exemple, le Saulnois est vidé de sa population par les expulsions dans une proportion de plus de 70%[168]. Vingt-six communes de l'arrondissement de Château-Salins sont déclarées totalement expulsées[169]. « … *Qu'ils soient des expulsés ou des transplantés, qu'ils soient des patriotes dénoncés ou des travailleurs réquisitionnés, la réadaptation était moralement facile. Ils rejoignaient la Moselle en héros*[170] ».

Sur ces terres « épurées » par Bürckel, la mémoire est celle des expulsés qui se rassemblent dans deux associations, le Groupement des Expulsés de la Moselle (GEM) et le Groupement des Expulsés et Réfugiés d'Alsace et de Lorraine (GERAL). Ils ont, à l'époque du procès de Bordeaux, pour soucis majeurs les demandes de réparation ou d'aides. Pas de revendications mémorielles. Leur mémoire n'est apparue que très récemment[171].

Carte mise en forme par Luc Dufrene des AD 57, catalogue exposition *De Gré ou de force*). Chiffres calculés par Philippe Wilmouth (*50 Kilos de bagages, 2000 F, Mémorial des expulsés mosellans en 1940-45*, Hagondange, 2003), d'après les listes conservées dans arch. dép. Moselle, 3W70.

Après la guerre, elle est souvent diffuse, noyée dans d'autres catégories issues de la Résistance. En effet, après l'occupation totale de la France en novembre 1940, les Mosellans – et les Alsaciens – qui se trouvent dans la zone sud alimentent en nombre les maquis[172]. Après la guerre, ils rejoignent les amicales de formations de la Résistance ou de la France libre. Ces expulsés, dans leur ensemble, reviennent souvent avec le sceau autoproclamé de « bon Français », reprochant aux restés, notamment d'avoir portés les bottes. L'exposition *De Gré ou de force* montée par les Archives départementales en 2010 fait volontairement l'impasse sur la résistance des expulsés pour éviter de la comparer à celle des restés forcément plus « modeste » étant donné le contexte répressif de l'annexion.

« *Restés, revenus ; hier des frères ; aujourd'hui souvent dressés l'un contre l'autre.* » écrit l'éditorialiste René Ferry dans *L'Est Républicain*[173]. De réelles dissensions s'établissent entre les restés et les partis. Madeleine Steil raconte par exemple qu'à Guermange, « *un petit garçon accompagné de personnes de sa famille qui avait été expulsée déclarait en passant dans la rue : Il ne faut pas aller dans ce café, ce sont des boches ! Le dimanche à la messe, les réfugiés vêtus plus dans le vent se moquent un peu de l'habillement des restés. Ces derniers s'en rendent compte et se sentent humiliés comme écartés de la vie communale*[174] ». Les prêtres constatent cet éclatement des communautés villageoises. Par exemple, l'archiprêtre Hallignon de Boulay écrit à l'évêque que « *la déportation arbitraire de plusieurs paroissiens par l'autorité allemande a été la cause d'une regrettable antipathie entre les expatriés et les restés.* » L'archiprêtre Christiany de Lorquin souligne que « *l'égoïsme règne en plein. La jalousie, la rancœur, l'esprit de vengeance entre partis et restés s'étalent ouvertement. Les deux parties s'évitent, se méfient les uns des autres. Il y a comme une cloison entre ce qui reste des habitudes chrétiennes et la vie réelle* ». À Pange, l'archiprêtre Gombert explique qu' « *à leur retour, les expulsés se sont posés en seuls vrais patriotes, victimes et martyrs de la cause nationale et suspectèrent tous les quatre de collaboration avec l'ennemi. Au malaise général et à la jalousie se sont joints la haine avec des sentiments de rancune, des désirs de vengeance et parfois des actes de violence* ». À Château-Salins, l'archiprêtre Chevreux regrette que « *cette rancune n'est pas prête à disparaître. Les premiers accusent les autres d'avoir fait cause commune avec les boches et surtout d'avoir pillé leurs maisons remplies de vivres et de linge*[175] ».

Le journaliste Jacques Gandebeuf rapporte que selon les témoignages qu'il a recueillis, « *les retrouvailles furent difficiles quand chacun regagna sa maison détruite. Le souvenir du fameux choix flottait dans les mémoires et freinait les effusions*[176] ».

1945. Semécourt (Moselle). Inscriptions vengeresses sur une maison d'un ancien membre du NSKK. Dans cette commune, 111 habitants sont expulsés en novembre 1940 et 54 optent pour la France en avril 1941. Plus de 56% de la population est hors du département pendant la guerre. Une cohabitation difficile au retour. (photo Christner, coll. Ascomémo-Hagondange)

À la Libération, les autorités sont conscientes de ce délicat problème. Par exemple, le préfet souhaite que « *des hommes restés sur place* » intègrent les comités. « *C'est indispensable,* » déclare-t-il[177]. Le président de la section mosellane du GERAL demande que les expulsés s'abstiennent « *de s'immiscer dans les questions d'épuration. Seuls les gens restés sur place et témoins de l'attitude de leurs compatriotes peuvent juger ces derniers.* »[178] Huit ans après leur retour, cette rupture entre restés et partis a dû s'estomper mais de toute évidence, une partie importante des Mosellans n'est pas solidaire de la mémoire victimaire des annexés avancée au cours du procès de Bordeaux. D'autant que l'autre victimisation mise en lumière au cours du procès est le problème de l'incorporation de force. Plus du tiers des Mosellans partis du département ; moins de 5% d'incorporés dans l'armée allemande. Certes, l'incorporation touche non seulement l'individu qui a porté l'uniforme *feldgrau* mais bien toute la famille surtout lorsque celui-ci n'est pas revenu. Mais toute une partie de la Moselle ne se sent pas concernée par la mémoire des Malgré-Nous. Il faudrait cartographier l'origine géographique des appelés ou tombés de la *Wehrmacht* pour s'en apercevoir, mais pour l'heure, nous ne disposons pas encore de ces renseignements sur les 30 000 incorporés de force. Cependant la carte des sections de l'Association des Malgré-Nous en Moselle élaborée par Aurélie Bludszus permet de corroborer cette affirmation. Elles sont concentrées dans les vallées usinières et les agglomérations de l'Est du département. Aucune section dans le Sud messin, ni dans le Saulnois, terres d'expulsés...

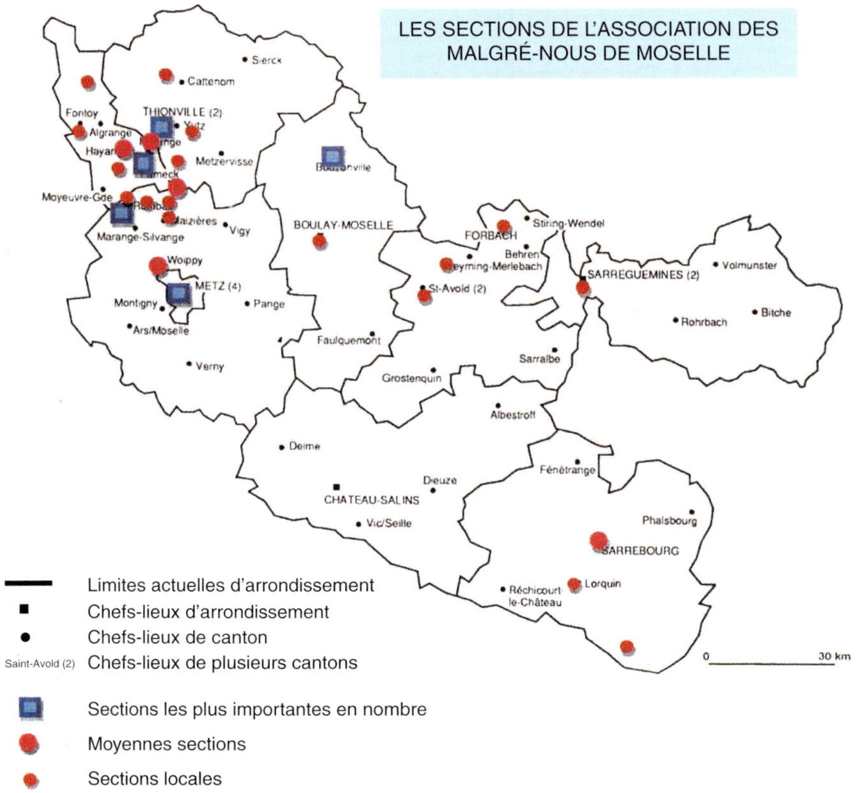

Les sections de l'association des Malgré-Nous de Moselle. (Carte établie par Aurélie Bludszus, *in L'Association des anciens combattants Malgré-Nous et réfractaires de Moselle*, mémoire master université de Strasbourg, 2009)

Minoritaires, les Malgré-Nous mosellans s'opposent souvent à l'incompréhension de leurs propres compatriotes qui n'ont pas été confrontés à ce terrible dilemme : porter ou non l'uniforme *feldgrau*. « *Dans l'euphorie vengeresse de la Libération… On voulait bien comprendre les Malgré-Nous, mais à condition qu'ils gardent un profil bas.* », estime Jacques Gandebeuf[179]. Cependant, pour défendre leurs intérêts, l'Association des Malgré-Nous est réactivée dès mars 1945.

En 1952, l'association compte 3 281 membres[180]. Elle n'attire pas tous les Malgré-Nous, loin s'en faut. Désintérêt pour le monde associatif ? Volonté d'oublier, de ne pas être reconnu Malgré-Nous ? En 1952 paraît le premier récit d'un Malgré-Nous mosellan, *Tambow ou le temps de la persuasion* de Paul Fischer. Là aussi, il faut attendre la fin des années 70 et les années 80 pour qu'apparaissent d'autres récits de Malgré-Nous mosellans[181]. Un long silence donc ! « *Français, si vous saviez ; En passant par la Lorraine* » d'André Hanis et d'Alain de Sédoy, le seul reportage télévisuel national qui donne la parole à des Malgré-Nous mosellans, date de 1972[182] et n'est diffusée sur les ondes que sept ans après. Il soulève d'ailleurs une vive polémique dans la presse locale au moment de sa diffusion car il aurait montré une image « négative » de la Moselle[183].

Remise du nouveau drapeau de l'Association des Malgré-Nous à Charles Spitz le 1er décembre 1946 sur la place d'Armes à Metz. (photo Bour, coll. Ascomémo-Hagondange)

La mémoire mosellane est fragmentée[184], les « partis » qui font étalage de leur patriotisme imposant le plus souvent le silence aux « restés ». Au moins, deux mémoires sont parallèles même si dans certaines familles on compte à la fois des expulsés et des incorporés de force. Jacques Gandebeuf parle de « *mémoire refoulée, un passé à compartiments étanches, une sorte de blues des frontières, pour que chacun puisse garder sa vérité*[185] ». Les titres de ses livres, *Le silence rompu* et *La parole retrouvée* sont évocateurs[186]. La Moselle aurait été silencieuse sur son passé jusqu'à un temps récent, où les derniers témoins aspirent à laisser trace avant de disparaître. En 1955, le président de l'association de déportés Unadif-Moselle écrit qu'« *il existe des problèmes alsaciens et mosellans qui sont très différents, qu'il existe même en ce qui concerne notamment la Moselle des situations très diverses*[187] ».
Difficile dans ces conditions d'élaborer des solidarités entre Mosellans. Alors peuvent-elles exister avec sa voisine alsacienne ?

Revue bimensuelle *a priori* lorraine, mais éditée à Mulhouse. La une de ce numéro du 1er octobre 1951 est consacrée au retour d'incorporés de force de Russie. Le commentaire de la photo associe bien l'Alsace et la Moselle au drame de ces rapatriements tardifs. (coll. Ascomémo-Hagondange)

UNITÉ MÉMORIELLE EN ALSACE

Très vite, l'Alsace publie des ouvrages et articles sur l'annexion et sur l'incorporation de force[188].
Ces publications, si elles décrivent l'annexion de l'Alsace et ses conséquences, cherchent aussi à démontrer que « *l'Alsace peut prétendre avoir supporté les épreuves de cette guerre au moins aussi courageusement que n'importe quelle autre province… Au cours de ce temps, l'Alsace a fourni de véritables preuves de son attachement à la France… La France ne doit pas oublier que les événements sont une désapprobation éclatante de la méfiance que*

certains journaux de Paris et parfois même la France officielle ont montré à l'Allemagne dans les années d'avant-guerre. Cette peur du « fantôme allemand » qui durant des années pesait sur la politique de ce pays limitrophe et l'empoisonnait n'avait donc pas de raison d'être[189] ». L'Alsace cherche à expliquer que malgré la politique de germanisation et de nazification, elle est restée fidèle à la France alors qu'en même temps certains déserteurs alsaciens – et mosellans – de la *Wehrmacht* sont internés au camp de prisonniers de guerre au milieu d'Allemands à La Flèche (Sarthe)[190] ou à Cherbourg (Manche) et que des rapatriés de passage à Paris sont hués, voire crachés au visage ou caillassés.

Sept semaines de voyage pour revoir Paris

Le Répu[blicain] Lorr[ain]

6me Année — N° 225
DIMANCHE 21 OCTOBRE 1945
METZ - 17, rue Serpenoise
Téléphone 34.50 - 51
C. C. Postal Strasbourg 408-05
Direct.-Fondateur : V. DEMANGE

Nous avons annoncé hier l'arrivée à Paris de 1.460 Lorrains et Alsaciens incorporés de force dans la Wehrmacht. C'est un long et pénible voyage qu'ont dû accomplir nos compatriotes déjà exténués par de longs mois de privations. Partis de Tambow il y a 7 semaines, ils ont traversé la Pologne, l'Allemagne, la Hollande et la Belgique pour finalement arriver en France. Partout, et notamment en Hollande et en Belgique, les « Malgré-Nous » ont été l'objet de touchantes attentions de la part de la population. Les voici à leur arrivée à Paris. Certains portent encore le « feldgrau » maudit.
France-Presse.

Octobre 1945. Rapatriement des Malgré-Nous du camp n°188 de Tambow (URSS). Après un long voyage, transit par les hôtels parisiens où l'accueil révèle déjà l'incompréhension des non-annexés.
Le Républicain Lorrain
21 octobre 1945

On l'a vu, les Alsaciens ont été moins dispersés que la population mosellane : 85% des Alsaciens sont présents dans leurs départements en 1944. Aussi, pour la sociologue Ève Cerf, « *l'un des nœuds traumatiques de la conscience alsacienne s'organise autour de l'incorporation des Alsaciens dans l'armée allemande*[191] » qui touche presque chaque famille sur tout le territoire et alors que n'est toujours pas réglé le délicat problème de la recherche des disparus et du rapatriement d'URSS[192]. En Alsace, les incorporés de force sont bien plus nombreux que les expulsés, les PRO ou les résistants. Pour le professeur Alfred Wahl, « *la construction de la mémoire de la seconde guerre mondiale en Alsace, dès l'immédiat après-guerre, va être majoritairement l'œuvre des incorporés de force*[193]. », même face à la mémoire résistancialiste d'autant que cette dernière aurait démontré « *qu'il y avait un choix relatif*[194] ». La mémoire alsacienne est sélective.

« *La mémoire collective* – alsacienne – , selon le sociologue Freddy Raphaël, *n'a pris en charge ni les résistants, ni les patriotes réfractaires, ni vraiment la déportation raciale parce qu'on a entretenu le mythe de la passivité totale obligée pour l'Alsace uniquement victime et jouet de l'Histoire*[195] ». Cette mémoire des incorporés s'impose à tous. « *En conséquence*, pour Jean-Jacques Fouché, *leur poids électoral en fait un groupe incontournable. Après la Libération, les carrières politiques passaient obligatoirement en Alsace par un récit qui réinsérait les Malgré-Nous dans une perspective positive…* » [196]. Le président de l'ADEIF du Haut-Rhin, Georges Bourgeois, meneur de la révolte alsacienne en 1953, est d'ailleurs député.

15 janvier 1953. Dépôt de gerbes de la section de Colmar de l'ADEIF en protestation de la non disjonction du procès à Bordeaux. *Semaine du Monde*, 24 janvier 1953

Les incorporés de force alsaciens se réunissent au sein de deux Associations des Déserteurs, Évadés et Incorporés de Force (ADEIF)[197] créées en mai 1945, pour le Bas-Rhin et le Haut-Rhin, indépendantes l'une de l'autre et de leur association sœur en Moselle. En dehors de son combat pour obtenir des réparations[198] et une reconnaissance de leurs droits[199], le travail de l'ADEIF est essentiel pour figer la mémoire des Malgré-Nous, notamment à travers son travail pour son recueil et son exposition photographiques des disparus. Ce travail n'a pas été fait en Moselle[200]. Elle va également figer rapidement sur des stèles et monuments le souvenir de leur drame comme pour les pérenniser dans la pierre à Wittelsheim, Soulz en 1955, Turckheim en 1956 et surtout à Obernai également en 1956. Depuis, ces monuments se sont multipliés[201]. Il faut attendre 1998 pour qu'un premier monument dédié aux Malgré-Nous soit inauguré en Moselle, à Amnéville[202].

L'abondance éditoriale de l'après-guerre s'amplifie depuis les années 80 avec la multiplication de récits d'incorporés, la création d'une maison d'édition qui leur est initialement presque exclusivement consacrée[203] et de nombreux reportages de FR3-Alsace. Quand est publié un livre de Malgré-Nous en Moselle, il en est publié plus de six en Alsace, alors que les incorporés alsaciens sont seulement trois fois plus nombreux que les Mosellans. Et quand les livres sont soit-disant consacrés à l'Alsace et à la Moselle, cette dernière n'a droit qu'à une portion congrue. C'est le cas par exemple du livre de référence sur l'incorporation de force *Les Malgré-Nous* du professeur Eugène Riedweg. Dans le texte, peu de choses sur la Moselle. Quant à l'importante iconographie, à l'exception de deux photos, elle est entièrement alsacienne. Même constat dans un dernier livre sur le sujet intitulé *Malgré-Nous, Les Alsaciens et les Mosellans dans l'enfer de l'incorporation de force*[204] qui rassemble des témoignages : 47 Alsaciens pour 8 Mosellans de l'Est du département.*

*Voir graphique page 172

Cette unité mémorielle s'affirme clairement pour le dixième anniversaire des décrets d'août 1942 par un serment des membres de l'ADEIF au mont Sainte-Odile, cinq mois avant le procès de Bordeaux : « … *Nous tous réunis ici… en ce jour anniversaire d'un acte de la plus odieuse tyrannie nous proclamons l'unité du drame alsacien …*[205] ».

MÉMOIRE HONTEUSE, MÉMOIRE VICTIMAIRE

La mort de 40 000 Malgré-Nous alsaciens-mosellans et le retour de 35 000 blessés graves créent un réel traumatisme, une cicatrice dans de nombreuses familles. Ce traumatisme est souvent tu car les Malgré-Nous ont porté un uniforme honni par les Français après quatre ans d'occupation. Pour Eugène Riedweg, « *beaucoup d'incorporés vont se sentir mal à l'aise d'avoir dû, malgré eux, porter l'uniforme de l'ennemi et combattre dans la Wehrmacht et ne peuvent oublier les brimades et les souffrances endurées durant leur passage dans l'armée allemande. La plupart d'entre eux refuseront ou auront beaucoup de mal à parler de cette période de leur vie. Il est vrai que l'atmosphère de la Libération où chacun fait étalage de son patriotisme et où les résistants tiennent le haut du pavé ne favorise pas ce genre de souvenirs*[206] ». Les sociologues Geneviève Herberich-Marx et Freddy Raphaël pensent à juste titre que dans la première phase de la construction mémorielle, celle d'avant le procès de Bordeaux, « *les incorporés de force alsaciens sont des « soldats honteux », qui ont fini la guerre sous l'uniforme du vaincu et qui portent les stigmates physiques et psychiques de l'internement dans les camps*[207] ». C'est ce que soulignent les titres évocateurs de livres sur les incorporés de force comme « *La grande honte* » de Georges-Gilbert Nonnenmacher en 1965 ou « *La nuit des parias* »

↳ add more examples from that massive bibliography I have

d'Henry Allainmat et Betty Truck, en 1975. Pour Florence Fröhlig, « *dans l'immédiat après-guerre… l'incorporation de force n'était pas conforme à cette mémoire nationale de l'héroïsme ; elle n'a pas trouvé sa place*[208] ».

Les Malgré-Nous se sentent incompris, mal aimés et ignorés. Au lendemain du procès de Bordeaux, le professeur de droit Eugène Schaeffer publie un livre « *L'Alsace et la Lorraine 1940-45, leur occupation en droit et en fait* » *parce que l'incompréhension qui est apparue au moment du procès viendrait* « *d'un défaut de connaissance*[209] ». Jean-Laurent Vonau estime que « *l'incorporation de force demeure une tragédie non partagée, une tragédie n'ayant pas encore accédé au rang de tragédie nationale…*[210] ».

Le procès de Bordeaux est « *pour partie le procès d'incorporés alsaciens, criminels malgré-eux*[211] ». L'Alsace au cours du procès de Bordeaux va s'efforcer de démontrer pendant trois jours en faisant défiler ses vingt-et-un témoins à décharge qu'elle est une victime. Victime de l'abandon par la France, victime d'une hécatombe de sa jeunesse qui n'a pas eu le choix. Elle met en avant le sacrifice de ses jeunes qui sont partis pour éviter les représailles sur leur famille. « *Toute l'Alsace se déclare solidaire de ses treize enfants condamnés à tort à Bordeaux et des cent trente mille incorporés de force. Lâchement abandonnée entre les mains des nazis et sacrifiées par les gouvernements de l'époque, notre population souffre atrocement avec ses fils et leurs familles…*[212] ». Pour Freddy Raphaël, « *se confirme l'image univoque de l'Alsacien, éternelle victime des forces maléfiques extérieures sur laquelle il n'a aucune prise… On a entretenu une mémoire fondée sur l'irresponsabilité dans laquelle l'Alsacien est victime de l'Histoire, une histoire subie qui le dispense de rendre des comptes*[213] ».

Cette souffrance victimaire[214] née de l'incorporation de force plus focalisatrice, l'Alsace ne la partage pas avec la Moselle qui a pourtant vécu le même destin d'annexés. Au procès de Bordeaux, jamais elle n'implique la Moselle dans ses démonstrations. Au contraire, elle estime qu'elle a plus souffert que sa voisine car le *Gauleiter* Wagner a eu, à leurs yeux, une politique plus répressive que son homologue en Moselle. Schirmeck et les condamnations à mort en sont les exemples les plus probants. Mais elle estime aussi qu'elle a plus souffert que sa voisine, car le nombre de classes mobilisées y est plus important et par conséquent le nombre d'incorporés et finalement de tués également.*

**Voir graphique page 172*

Ce traumatisme de l'incorporation de force serait démultiplié lorsqu'il concerne l'enrôlement dans les *Waffen SS*. Pourquoi ? Or depuis le procès de Bordeaux, la mémoire collective et des historiens sont persuadés que les Mosellans n'étaient pas incorporés dans la *Waffen SS*. Vérité historique ou omission ?

Elsäßer im
Osten!
-Richtschütze-
Hans Laux
SS-Schütze
1942

Silence autour des incorporés mosellans dans la *Waffen SS*

À Bordeaux, les soldats qui sont dans le box des accusés sont issus de la brigade *Der Führer* de la division de la *Waffen SS Das Reich*. Or, l'opinion publique s'est forgée une image réductrice de l'ordre noir qu'elle assimile à des volontaires criminels.

PUISSANCE ÉVOCATRICE DE LA *SS*

La *SS*, *Schutzstaffel*, section de protection, est créée en 1925 au sein de la *SA*, *Sturmabteilung*, sections d'assaut, pour assurer la protection rapprochée des chefs du mouvement nazi. Confiée en 1929 à Heinrich Himmler, elle s'est développée et est devenue une formation fanatisée dans la doctrine national-socialiste et entièrement liée à son chef Adolf Hitler par un serment d'allégeance. Garde personnelle du *Führer*, la *SS* est aussi chargée de garder les camps de concentration qui ouvrent dès 1933 pour les opposants allemands. Puis, une formation armée, la *Waffen SS*, est créée en mars 1940, sous l'impulsion du général Paul Hauser et de Félix Steiner.

Des criminels

Pour l'historien Jean-Luc Leleu, « *Waffen SS, à eux seuls, ces mots ont une indéniable puissance évocatrice. En tout état de cause, ils ne laissent pas indifférents*[215] ». Pour l'opinion publique, *Waffen SS* est synonyme de criminel de guerre et est associée étroitement aux violences et massacres perpétrés un peu partout en Europe et… à Oradour-sur-Glane. Au tribunal de Nuremberg, la *Waffen SS* est déclarée « *organisation criminelle* » alors que ses défenseurs soutiennent devant les juges qu'elle était une organisation purement militaire sans rapport avec les autres branches de la *SS*, c'est-à-dire le *SD*, la *Sicherheitsdienst*, le service de renseignements de la *SS* et ses commandos, la Gestapo[216], les hommes des *Einsatzgruppen*[217] et les *Totenköpfwachsturmbanne*[218].

Même si la *Waffen SS* n'est pas strictement cloisonnée des autres services de la *SS*, loin s'en faut, l'historien anglais George Stein a démontré pour la première fois en 1966[219] que, sans nier les crimes de certaines unités[220], les *Waffen SS* ne sont pas tous des assassins et qu'ils sont effectivement assimilés aux bourreaux des camps de concentration : « *Parmi le million d'hommes qui portèrent l'uniforme de la Waffen SS, il n'y eut qu'une minorité mêlée aux atrocités que l'on connaît…*[221] ».

Plaquette ronéotypée de 16 pages publiée à Strasbourg en 1942 avec des lettres de volontaires alsaciens dans la *Waffen SS*. En dernière page sont rappelés les critères de sélection et l'adresse du bureau d'engagement. (coll. Ascomémo-Hagondange)

Les bourreaux de Schirmeck
devant le tribunal militaire de Metz

Le sinistre BUCK et ses comparses ont écouté la relation de leurs exactions

ILS sont là tous les six, figés dans un impeccable garde-à-vous que n'aurait guère désavoué le « feldwebel » le plus intransigeant et, (peut-être) conscients de leurs responsabilités, semblent rechercher derrière le frêle rempart qui les sépare de leurs défenseurs, un réseau protecteur bien fictif.

BUCK, tête de liste de cette association malfaisante, aura, comme il se doit, tous les honneurs qui lui reviennent et se verra offrir une place d'avant-scène afin d'assister avec toutes les garanties possibles à cette nouvelle représentation de « Crimes et Châtiments », pièce revue et corrigée depuis la « Grande Première du Struthof » et dont Buck tient le rôle principal.

Ce rôle, l'inculpé n° 1 l'a accueilli, hier, devant le Tribunal Militaire, sans ambages.

Cet homme, aujourd'hui grisonnant, n'a rien perdu de sa morgue hautaine et semble décidé à ne point abandonner son âme de chef.

Personne d'ailleurs, et surtout

son fidèle lieutenant, se bornera à jouer de la passivité à outrance et à se replier derrière les ordres reçus et aussi demander le bénéfice de l'influence subie par ce chef intraitable.

La suite en page 5

Deux photos de Buck prises à deux époques bien différentes. A gauche, c'est le tortionnaire du temps de sa splendeur. A droite, l'accusé dont le masque hautain a disparu.

New-York. — Le général Eisenhower

Annonce du procès à Metz du chef du camp de Schirmeck. *Le Républicain Lorrain*, 13 février 1953.

historiography: since George Stein's work, it is accepted that the Waffen SS do not hold the monopoly over war crimes committed because the Wehrmacht, the regular army, were just as atrocious.

En signe de protestation, les anciens déportés de Metz avaient organisé, tandis que se déroulait le procès des médecins du Struthof, un cortège qui était précédé de deux veuves de déportés portant des couronnes. Celles-ci furent déposées devant le monument aux morts. Et cette manifestation prit le sens d'une accusation silencieuse qui n'en eut que plus de force et de poids contre les deux médecins condamnés, on le sait, aux travaux forcés à perpétuité. (Photo Bour)

La Lorraine Illustrée 15 janvier 1953

On sait depuis que la *Waffen SS* n'a pas le monopole du crime et que la *Wehrmacht*, l'armée régulière, en est également la complice[222].

En 1953, au moment du procès de Bordeaux, la distanciation temporelle n'est pas suffisante. Les cicatrices ne sont toujours pas fermées. L'action criminelle du nazisme reste symbolisée par les camps de déportation et d'extermination administrés par l'ordre noir. En même temps que le procès de Bordeaux, le tribunal militaire de Metz juge le chef du camp de Schirmeck, Karl Buck, *SS Hauptsturmführer*. Hasard du calendrier ? Dans son livre, Jean-Jacques Fouché met en parallèle les deux jugements[223]. Jean-Laurent Vonau y voit « *une sinistre coïncidence* », une tentative d'amalgame entre les *SS* responsables d'un camp de répression de leurs compatriotes et les *SS* alsaciens jugés à Bordeaux[224]. Les journaux mosellans couvrent avec une importance identique les deux procès, *Le Lorrain* publiant même leurs compte-rendus sur la même page avec autant de colonnes. Cette couverture médiatique forge en partie l'opinion publique mosellane. Buck y est décrit, à juste titre, comme une brute tortionnaire. Pour autant, peut-on croire qu'il y a eu volonté de confusion entre les *SS* d'Oradour et ceux de Schirmeck et manipulation de l'opinion ? Pour la presse mosellane, il semble normal de couvrir le procès de Schirmeck car ce camp concerne beaucoup de lecteurs puisque des Mosellans y ont été internés. De plus, Schirmeck se situe dans le Bas-Rhin, proche de la Moselle. Mais surtout le procès se déroule à Metz, au tribunal militaire. Nous pensons plutôt qu'il s'agit d'un hasard malheureux du calendrier qui, de toute façon, a eu peu d'influence sur l'opinion qui n'a retenu que le procès de Bordeaux.

1953: awkward timing. The trial of the Alsatian SS at Oradour coincided with the Schirmeck trial

symbol of Alsace oppression under Nazi rule.

historiography: Fouché and Vonau

① ② ③

Argument: Moselle newspapers covered both trials equally. Wilmouth poses whether the press deliberately tried to conflate the Alsatian SS at Oradour with the German SS at Schirmeck, to turn Mosellan public opinion against the Alsatians. He says no, it was just bad timing they were held at the same time because it was natural the Moselle papers would cover the Metz trial too, for three key reasons.

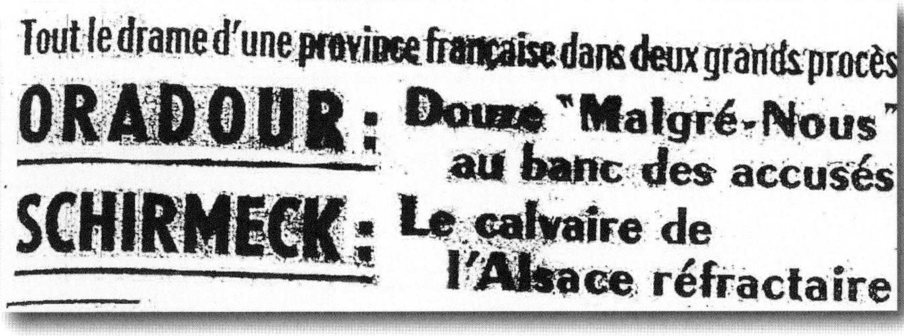

Tout le drame d'une province française dans deux grands procès

ORADOUR : Douze "Malgré-Nous" au banc des accusés

SCHIRMECK : Le calvaire de l'Alsace réfractaire

Dans la presse mosellane, parallèle entre les *SS* d'Oradour et de Schirmeck
Le Lorrain, 12 février 1953.

Cet amalgame des *SS* gardiens de camp et de la *Waffen SS* est utilisé par contre par un membre de la section du parti communiste de Hagondange. Pendant le procès, il publie dans *L'Humanité d'Alsace et de Lorraine* un article faisant un parallèle entre le crime d'Oradour et les brutalités qu'infligeaient de jeunes *SS* aux internés du fort de Queuleu[225]. Le fort de Queuleu est un camp d'interrogatoire de la Gestapo, une entité de la *SS* mais qui n'a rien à voir avec sa branche armée. Cette désinformation entretient l'idée communément admise par l'opinion publique d'une entité *SS* unique, instrument de la répression violente et de l'extermination. Mais si Stein a raison de dire que tous ne sont pas des criminels, il n'empêche que très souvent la *Waffen SS* est liée aux crimes de guerre, particulièrement en France. Jean-Luc Leleu explique qu'« *à l'aune de la répression menée en Europe de l'Ouest, il a pu être établi que les formations de la Waffen SS n'avaient pas connu un emploi différent de celles de la Wehrmacht. Pourtant, les exactions les plus marquantes ont été sinon exclusivement, du moins principalement le fait d'unités de la Waffen SS qui ont associé leurs noms à sept des dix plus importants massacres perpétrés en France contre la population civile*[226] ».

Parmi ces victimes, on dénombre de nombreux Mosellans réfugiés ou expulsés. La Haute-Vienne et la Dordogne sont les deux départements qui accueillent le plus d'expulsés mosellans en novembre 1940. Aussi, rien que sur le passage de la *Das Reich*, en mai-juin 1944, dans le Sud-Ouest, on compte au moins 68 Mosellans assassinés et 18 déportés[227]. Ces crimes sur ses compatriotes sont très vite connus par toute la communauté expulsée, et à la Libération via la presse locale, par tous les Mosellans. Ils alimentent évidemment la réputation de criminels de guerre de la *Waffen SS* au sein de la population expulsée mosellane, qui les accuse, au préalable, d'avoir mis à exécution les mesures d'expulsion en 1940. En réalité, c'est le *Sicherheitsdienst* (*SD*), la police de sécurité, aidé de la *Schutzpolizei*, la police en uniforme, qui est chargé des expulsions[228].

MOSELLANS PRIS DANS LES RATISSAGES DE LA DIVISION *SS DAS REICH* MAI-JUIN 1944

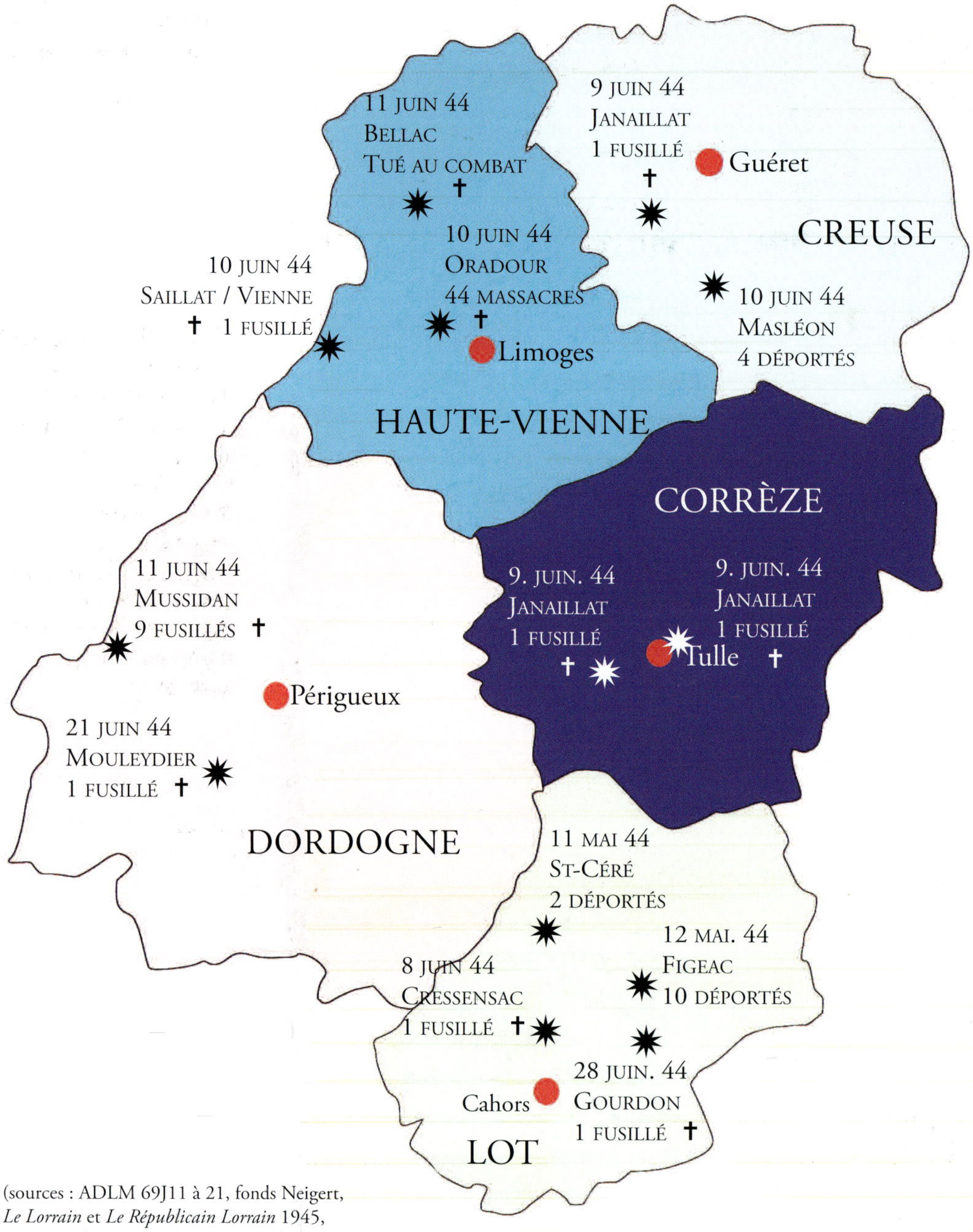

(sources : ADLM 69J11 à 21, fonds Neigert, *Le Lorrain* et *Le Républicain Lorrain* 1945, Monographies)

Juin 1944. Tulle (Corrèze). Chapelle ardente regroupant les corps de 99 pendus. Parmi eux, trois Mosellans : Alexandre Buchmuller de Thionville, Georges Fouquet de Saint-Julien-lès-Metz et Jean-Pierre Larchez de Fameck. (coll. Ascomémo-Hagondange)

3/99 hanged at Tulle were Mosellans.

11 juin 1944. Mussidan (Dordogne). 52 otages sortent mains sur la tête de la mairie avant d'être fusillés. Parmi eux, neuf expulsés de Vigy-Hessange :
Léon Blacs,
Joseph Bourson,
Roger Broche,
Eugène et Félicien Folny,
Joseph Hermann,
Édouard et Émile Nicolas,
Alphonse Renaud.
(coll. Gras)

Day after Oradour - nine more Mosellans die in a German reprisal.

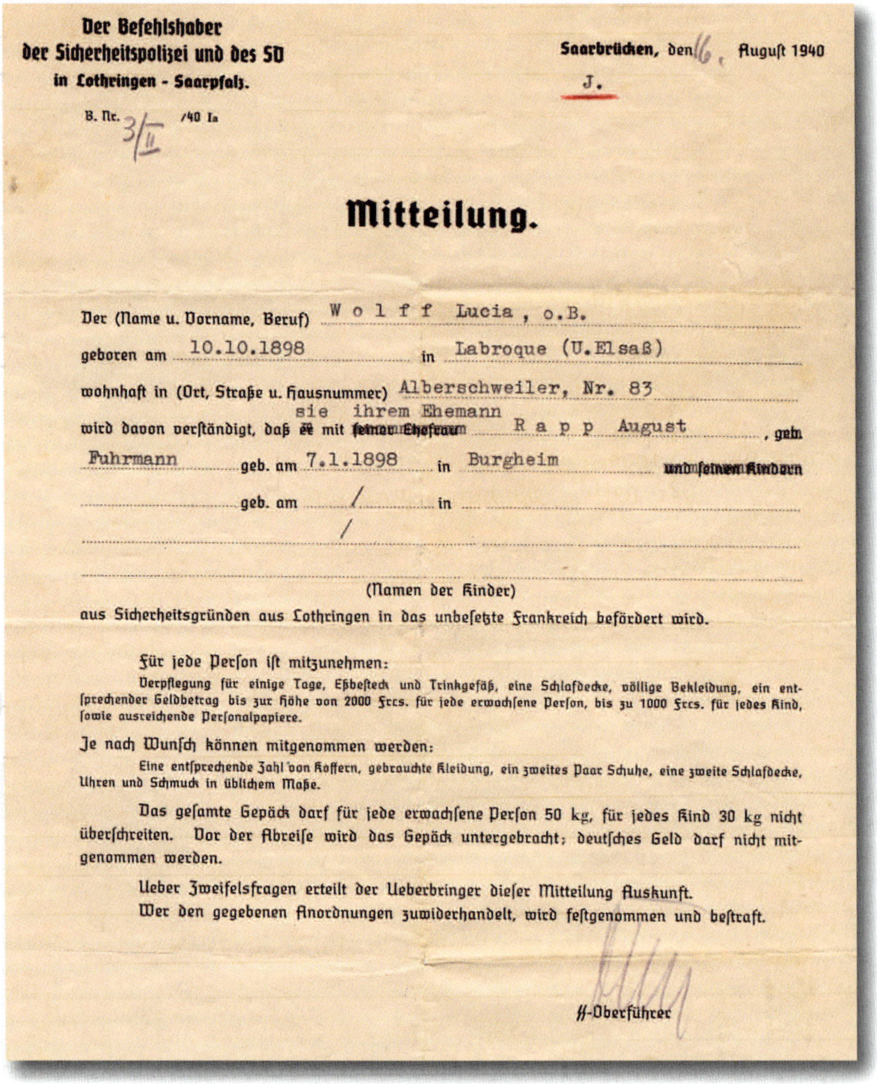

Der Befehlshaber
der Sicherheitspolizei und des SD
in Lothringen - Saarpfalz.

Saarbrücken, den 16. August 1940

J.

B. Nr. 3/II /40 Ia

Mitteilung.

Der (Name u. Vorname, Beruf) W o l f f Lucia, o.B.

geboren am 10.10.1898 in Labroque (U.Elsaß)

wohnhaft in (Ort, Straße u. Hausnummer) Alberschweiler, Nr. 83

wird davon verständigt, daß sie mit ihrem Ehemann R a p p August, geb. Fuhrmann geb. am 7.1.1898 in Burgheim

geb. am / in

/

(Namen der Kinder)

aus Sicherheitsgründen aus Lothringen in das unbesetzte Frankreich befördert wird.

Für jede Person ist mitzunehmen:
Verpflegung für einige Tage, Eßbesteck und Trinkgefäß, eine Schlafdecke, völlige Bekleidung, ein entsprechender Geldbetrag bis zur Höhe von 2000 Frcs. für jede erwachsene Person, bis zu 1000 Frcs. für jedes Kind, sowie ausreichende Personalpapiere.

Je nach Wunsch können mitgenommen werden:
Eine entsprechende Zahl von Koffern, gebrauchte Kleidung, ein zweites Paar Schuhe, eine zweite Schlafdecke, Uhren und Schmuck in üblichem Maße.

Das gesamte Gepäck darf für jede erwachsene Person 50 kg, für jedes Kind 30 kg nicht überschreiten. Vor der Abreise wird das Gepäck untergebracht; deutsches Geld darf nicht mitgenommen werden.

Ueber Zweifelsfragen erteilt der Ueberbringer dieser Mitteilung Auskunft.
Wer den gegebenen Anordnungen zuwiderhandelt, wird festgenommen und bestraft.

SS-Oberführer

Avis d'expulsion établi par le *SD*, Abreschviller, 16 août 1940 pour un natif de Labroque (Bas-Rhin). Il est signé par un *SS-Oberführer*. (coll. Ascomémo-Hagondange)

↓ archival sources prove that it was the SD, rather than the Waffen SS, who signed the expulsion certificates....

Même si l'entête des avis d'expulsion de l'été 1940, les *Mitteilung*, est bien celui de la SIPO-SD, les expulsés ne retiennent que les runes de la signature, au demeurant illisible, d'un *SS-Oberführer*. De plus, les uniformes qui se ressemblent et le casque noir flanqué de la cocarde rouge à croix gammée[229] rajoutent à la confusion. Une confusion compréhensible à l'époque lorsqu'on est touché par l'émotion, la brutalité et la rapidité de la mesure. Ainsi, c'est souvent par un raccourci mémoriel que les témoins extrapolent et généralisent en disant : « *Les SS sont venus nous chercher* ». Finalement, il n'y a qu'à Metz que des *Waffen SS* de la *Leibstandarte* en garnison caserne Lizé à Montigny-lès-Metz prêtent main-forte le 21 novembre 1940 aux services de la police[230]. Criminels, prétendu-responsables des expulsions, les *SS* sont, de surcroît, considérés comme des volontaires.

.... however: argument

disclaimer There weren't even very many Waffen SS in Moselle

Photo prise le 14 novembre 1940 dans la banlieue messine, expulsion exécutée par la *Schupo*, la police en uniforme et casquée. (ADM 29J)

Des volontaires

Longtemps, il a été véhiculé que la *Waffen SS* n'était composée que de volontaires, notamment grâce à une abondante littérature « romanesque » et populaire[231]. Cela vaut également pour les Alsaciens. En 1996, *Le Canard Enchaîné* qui révèle la demande de pension d'invalidité suite à une blessure à la cuisse en Normandie d'un des treize amnistiés alsaciens définit ainsi un Malgré-Nous : « *un Alsacien qui affirme avoir été incorporé de force dans les SS en février 1944*[232] ». Sa qualité d'incorporé de force ne reposerait, selon le journaliste, que sur son affirmation, jetant ainsi un doute. Pourtant, le caractère forcé de l'incorporation est bien établi au procès de Bordeaux. En 2002, un rescapé d'Oradour, Robert Hébras, écrit encore : « *Tous les Alsaciens* – de la *Das Reich* arrêtés – *prétendirent*

The Waffen SS are considered as volunteers – why? due to the literature published about them then.

But still now, Alsatians are seen as volunteers: In 1996 a newspaper published a story on a malgré-Nous who had requested a disability pension following a thigh injury at Normandy – he had been one of the 13 accused. The journalist suggested it was on his own word only that he was forcibly conscripted. Hébras sensationalism about the 'so called' malgré-Nous.

key : The Alsatian forced conscript associations hit back at Hebras; the Mosellan groups stayed silent WHY ?

This is revisionist - there is plenty of proof

Affiche de fin 1940-début 1941. Commune à l'Alsace et à la Moselle, elle appelle à l'engagement des Allemands de ces territoires dans l'*Allgemeine SS*, la *Waffen SS* et la *Hilfspolizei*. Pédagogique, elle s'appuie sur les reportages photo des correspondants de guerre mettant en valeur la qualité de soldat, l'artillerie, les blindés qui finissent par des défilés de la victoire. Avec un rappel à Adolf Hitler et au général Alfred Jold, chef d'état-major de la *Wehrmacht*. (coll. BNU Strasbourg, M.AFFICHE.687)

avoir été enrôlés de force dans le corps SS… Je porterais à croire que ces enrôlés de force fussent tout simplement des volontaires. Aucun ne put apporter la moindre preuve de son enrôlement[233] », soulevant l'indignation d'associations alsaciennes[234] et aucun commentaire de l'Association des Malgré-Nous en Moselle. *Le Populaire du Centre* du 7 septembre 2010 qualifie les Malgré-Nous « *d'anciens engagés de force dans l'armée allemande* ». Comment peut-on être « engagés de force » ? Une ritournelle sémantique qui ne correspond pas à la vérité historique. 'd'anciens engagés'

Il est vrai que jusqu'en 1943, le mode de recrutement principal[235] dans la *Waffen SS* était basé sur le volontariat par anticipation de la jeunesse allemande de la *Hitlerjugend* et dans les camps du *Reichsarbeitsdienst* et sur des critères physiques. it is true that until 1943, most German youth voluntarily joined the Waffen SS.

En Alsace et en Moselle, les habitants ne sont considérés dans un premier temps que comme des *Volksdeutsche*, des membres de la communauté allemande et en conséquence ils ne peuvent pas être soumis à la conscription dans la *Wehrmacht*. Cependant l'engagement volontaire est autorisé mais il n'est pas propre à la *Waffen SS*.

key: Alsatians and Mosellans were considered German, which meant they couldn't be conscripted into the Wehrmact, but they could volunteer for German services, including the Waffen SS.

Ainsi, en Moselle, en décembre 1940, on dénombre 367 volontaires dans la *Hilfspolizei*, 183 dans la *Allgemeine SS* et 68 dans les *Waffen SS*[236]. Un chiffre très faible. En janvier 1941, une campagne de presse est lancée en Moselle dans la *NSZ Westmark* et la *Metzer-Zeitung* pour encourager l'engagement. Mais, hormis ces quelques articles, la promotion pour de tels engagements reste discrète car ils ne sont pas réellement souhaités par le *Gauleiter* Bürckel qui estime n'avoir pas fini d'épurer la population de ses éléments peu sûrs. Pas de brochure connue. Pas d'affiches recensées. La *NSZ Westmark* annonce cependant en mars 1942 qu'« *au cours des dernières semaines, plus de 300 jeunes Lorrains se sont engagés volontairement dans la Waffen SS*[237] ». Chiffre invérifiable. Chiffre modeste qui plus est. Trente-six avis de décès concernant *a priori* des engagés volontaires dans la *SS* habitant la Moselle sont publiés dans la presse mosellane entre mars 1943 et août 1944.

December 1940 : 68 Mosellans volunteered. Willmouth defends as a small number. January 1941 : German propaganda campaigns to get volunteers unsuccessful. March 1942 : 300 Mosellans volunteer. Willmouth defends as a small number.

March 1943 - August 1944 36 Mosellans 'dead' after volunteering for the SS - local denunciation by the local press

Titre d'un article du *NSZ Westmark* du 7 et 20 janvier 1941 : « *Qui veut aller dans la Waffen SS ? Bureau de recrutement des volontaires à Metz* » (coll. Ascomémo-Hagondange)

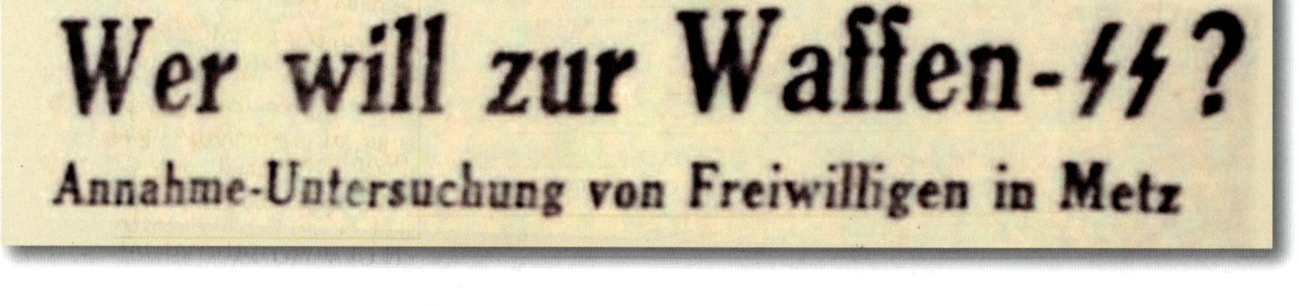
Wer will zur Waffen-SS?
Annahme-Untersuchung von Freiwilligen in Metz

Deutsche Männer
aus dem Elsaß
und aus Lothringen
können ihren Einsatz für das Großdeutsche Reich beweisen durch Eintritt in die:
Allgemeine SS
Eintrittsalter 18-45 Jahre (Weltkriegsteilnehmer bis 50 Jahre). Dienstleistung neben der Berufsausübung
Waffen-SS
Eintrittsalter 17-23 Jahre. Dienstzeit umfaßt Erfüllung der aktiven Wehrpflicht
Hilfspolizei
Eintrittsalter 18-40 Jahre. Übernahme als Polizeibeamter ist möglich
Meldestellen:
für Elsaß:
Ergänzungsamt der Waffen-SS
Nebenstelle Südwest, Straßburg, Elsässer Str. 10
für Lothringen:
Ergänzungsamt der Waffen-SS
Nebenstelle Rhein, Metz, Dr.-Keune-Str. 11
Merkblätter mit Meldezettel sind erhältlich bei den Meldestellen und bei allen Polizeidienststellen
Berliner Polizei am Brandenburger Tor

En Alsace, le recrutement dans la *Waffen SS* débute officiellement le 1er octobre 1940. Quelque 750 hommes auraient répondu à l'appel quatre mois plus tard, mais seuls 58 auraient été retenus, soit 7,7%[238]. Pourquoi ce petit nombre de retenus ? En 1940, même si les critères de sélection sont simplifiés, le candidat doit être digne du service armé, pouvoir apporté la preuve de son ascendance aryenne, ne pas avoir reçu de peine judiciaire et policière et être physiquement et mentalement apte au service militaire. Impossible de croire que les critères physiques aient seuls rejeté 92,3% des candidats. Rappelons qu'à cette époque, les Alsaciens sont considérés comme *Volksdeutsche*. Il semblerait que seuls les Allemands d'Alsace aient été retenus. L'existence d'une affiche encourageant les hommes allemands d'Alsace et de Moselle à entrer dans l'*Allgemeine SS*, la *Waffen SS* et la *Hilfspolizei* abonde dans ce sens puisqu'elle s'adresse aux Allemands émigrés, des *Reichsdeutsche*, dans les provinces annexées et non aux autochtones. Fait rare, elle s'adresse à l'Alsace et à la Moselle, donnant les adresses des bureaux de recrutement à Strasbourg et à Metz. En août 1941, après que soit introduit depuis trois mois en Alsace le *Reichsarbeitsdienst* (RAD), le service du travail du Reich, le *Gauleiter* Wagner obtient l'autorisation de l'OKW de promouvoir l'engagement de volontaires dans la *Wehrmacht*, et par ricochet, dans la *Waffen SS*. Il pense que l'armée est un vecteur essentiel pour éduquer la jeunesse alsacienne à l'idéologie nazie. C'est donc bien une demande négociée de Wagner qui permet à l'Alsace de « profiter » avec l'assentiment du haut-commandant allemand de la vaste campagne de propagande lancée en Allemagne. Les affiches et les brochures se multiplient, mettant en avant « *une projection subjective et émotionnelle de l'élitisme militaire* »[239], la lutte contre le bolchévisme et l'exemplarité d'officiers natifs d'Alsace. L'affiche générique de la *Waffen SS* du graphiste Hans Schweitzer – alias Mjölnir – adaptée à l'Alsace est largement diffusée dans le Bas-Rhin. Elle n'est pas utilisée en Moselle.

Cette campagne de propagande n'obtient pas le succès escompté puisqu'en novembre 1941, on compte 185 Alsaciens dans la *Wehrmacht*, 751 dans la *Hilfspolizei* et 322 dans la *SS*[240]. Wagner relance encore la propagande en juin 1942. Au final, il y aurait environ 2 000 volontaires alsaciens sans que ce chiffre ne puisse être vérifié[241]. En Alsace, l'intense propagande en faveur de ce volontariat a certainement marqué les esprits dont une frange peut être convaincue que seuls des volontaires sont admis dans la *Waffen SS*.

Mais c'est surtout en France non annexée que l'idée que seuls des volontaires puissent entrer dans la *Waffen SS* est la plus répandue car pour les

1941. Affiche générique de la *Waffen SS* avec un dessin de Hans Schweitzer (1901-1980), alias Mjölnir. « *entre à 17 ans pour un court ou long engagement* » avec l'adresse du bureau d'engagement à Strasbourg.
(coll. BNU Strasbourg NIM.18758)

Français, des étrangers aux yeux des Allemands, l'engagement volontaire est la seule possibilité offerte par l'occupant pour aller combattre le bolchévisme. Ainsi environ 10 000 ressortissants français se sont effectivement engagés d'abord dans la Légion des Volontaires Français contre le bolchévisme (LVF) de juillet 1941 à juin 1942, puis dans la Légion tricolore. À partir du 22 juillet 1943, des Français peuvent officiellement s'engager dans la *Waffen SS*, la *Französische SS-Freiwilligen-Grenadier-Regiment* dite « *Brigade Frankreich* ».

outside the annexed provinces: French people also saw the Waffen SS as a voluntary organisation, because the only way they could join was by volunteering (the main motivation for volunteering was to combat Bolshevism). Nevertheless, the important point to take away is that from 22 July 1943, Frenchmen in occupied France could volunteer for the Waffen SS (but of course couldn't be conscripted)

Brochure de propagande sur le camp d'entraînement *SS* de Cernay (Haut-Rhin). (coll. Ascomémo-Hagondange)

MEMORY WAS DIVIDED

It was therefore a challenge to convince the French that other Frenchmen could have been forcibly conscripted into the Waffen SS. Historian Mengus said it was hard to see the Alsatians as an exceptional case.

During the Bordeaux Trial, the former mayor of Colmar who had spend the war in the South-West, said that even Alsatians shared the belief that the Waffen SS was made up of volunteers. He had to clarify that in Alsace

Ces volontaires se forment en Alsace, au camp de la *SS* de Cernay (germanisé en *Sennheim*). En février 1945, la 33. *Waffen-Grenadier-Division der SS Charlemagne* (*französische Nr. 1*) réunit les anciens de la LVF, de la Milice et des *SS* français réfugiés en Allemagne[242]. Comment faire comprendre aux Français non annexés que des Français de la frontière peuvent être eux dans la *Waffen SS*, sans être volontaires ? N'auraient-ils pas été assimilés, comme le souligne Nicolas Mengus, à ces volontaires français[243] ? Au procès de Bordeaux, Édouard Richard, ancien maire de Colmar, réfugié dans le Sud-Ouest pendant la guerre rapporte qu'il a « *constaté que même parmi les Alsaciens existait l'opinion que ceux qui étaient dans les Waffen SS étaient volontaires* ». Le président du tribunal s'en étonne « *Même en Alsace ?* » Cette opinion concerne en fait « *les Alsaciens en zone sud* ». Le président du tribunal indique alors que « *pour nous* – sous-entendu les

that this opinion was shared by Alsatians in the zone sud, rather than in Alsace.

habitants de la zone sud -, *nous restions sur cette idée que l'incorporation dans les Waffen SS était précédée d'un engagement volontaire*[244] ». Pour Jean-Jacques Fouché, « *le président semble découvrir en 1953 et malgré le dossier d'instruction que l'enrôlement dans les troupes SS ne s'était pas fait sur le mode du volontariat*[245] ». Ce qui serait toutefois étonnant pour ce magistrat, au cœur d'une procédure judiciaire qui révèle à l'opinion que des Français pouvaient être incorporés de force dans la *Waffen SS*.

Persistance de l'évocation négative de la *Waffen SS*

Cette réputation de « *criminels et volontaires* » est toujours tenace et la puissance évocatrice de la *SS* toujours vivace.

Aussi, il n'est pas étonnant qu'en novembre 1982, un film de 40 minutes sur « *Les Malgré-Nous* » de Michel Guillet dans la série *Mémoire de France* de Pascal Ory sur FR3 ait suscité de vives réactions. Constitué de dix témoignages – un seul Mosellan de Phalsbourg -, il bénéficie des conseils historiques d'Alfred Wahl, professeur d'université de Metz. Ce qui est unanimement reproché à ce reportage qui a pourtant le mérite de vouloir faire connaître le drame de l'incorporation à toute la France, c'est l'intervention d'un incorporé dans les *Waffen SS*. « *Ce phénomène (le mot phénomène étant pris au sens « chose ou personne extraordinaire qu'on montre à la foire ») a été recherché, traqué et trouvé par le réalisateur et le conseiller historique*, explique Georges Nonnenmacher, président de l'ADEIF du Haut-Rhin et intervenant principal dans le reportage. *Lorsque j'ai eu connaissance de la « capture » de cet oiseau rare, j'ai mis en garde le réalisateur et son conseiller de l'impact qu'aurait pareil témoignage, non seulement parmi les Malgré-Nous, mais aussi et surtout parmi les téléspectateurs. C'est au nom de l'objectivité que cette séquence a été justifiée par le réalisateur et son conseiller… De deux choses l'une, ou bien l'intéressé était volontaire et ce fut l'occasion de rappeler que ce n'est pas seulement en Alsace qu'il y a eu des volontaires, mais également outre-Vosges (division Charlemagne, LVF…) et qu'à notre connaissance, il n'existait pas d'unités de volontaires alsaciens à la différence de ce qui se passait pour les volontaires de Vieille France. Ou bien s'il était incorporé de force de souligner davantage qu'il y a eu effectivement des incorporés de force dans la Waffen SS et comme d'ailleurs relevé par l'intéressé, tous n'étaient pas forcément des criminels et qu'il pouvait exister – dans le feu du combat – une confusion entre gens embarqués – volontairement ou non – dans une même action. Cette séquence fut à la fois une maladresse et une provocation, un raté monstrueux, qui ont discrédité la qualité du film et desservi sérieusement la cause des incorporés de force car ce qui aura eu le plus d'impact aura été le témoignage de l'ancien Waffen SS fier de l'avoir été* [246] ».

En Moselle, Charles Spitz, président de l'ACMNR, regrette que : « *la prestation la plus détestable et la plus sujette à caution est celle du combattant Waffen SS qui s'en glorifiant avait par là-même accaparé forcément pour lui l'essentiel de l'intérêt du film ainsi qu'allait le démontrer amplement la petite discussion d'après-film qui allait suivre sa projection… Laisser entendre ou supposer qu'un volontaire SS a quelque chose à voir avec les incorporés de force et a fortiori avec un « Malgré-Nous », c'est falsifier purement et simplement la vérité historique et de surcroît de façon outrageante ; c'est porter gravement atteinte à l'honneur et à la respectabilité de toutes les victimes du crime de guerre de l'incorporation de force, pratiquement à la grande majorité des populations de nos deux provinces. C'est une grotesque falsification de l'Histoire, une désinformation pure et simple*[247] ». Hormis cette dernière protestation, les réactions sont exclusivement alsaciennes. Aucun article dans le journal *Le Républicain Lorrain*. Par contre une dizaine d'articles dans *L'Alsace* ou *Les Dernières Nouvelles d'Alsace*. Ces protestations témoignent bien de la puissance de l'image de la *Waffen SS* à laquelle les Malgré-Nous ne veulent pas être associés.

DES ALSACIENS ET DES MOSELLANS DANS LA *WAFFEN SS*

Depuis le procès de Bordeaux et les travaux d'Eugène Riedweg, il est communément admis que « *les Alsaciens ont été les seuls Volksdeutsche de l'Ouest à être incorporés d'office* » dans les *Waffen SS*.[248] . C'est pourtant une erreur, car, tout comme des Alsaciens, des Mosellans sont incorporés de force dans la *Waffen SS*. Toutefois, leur recrutement est différent, leur nombre également.

Les besoins croissants de la *SS*

Les pertes croissantes sur les champs de bataille et les nécessités relatives à son expansion engendrent pour les *Waffen SS* une nouvelle crise d'effectifs. Dès le mois d'août 1942, le général Keitel autorise à contrecœur la *Waffen SS* à recruter trois fois plus dans son contingent normal lors de la mobilisation de la classe 1924.

Mais, contrairement aux vantardises d'Himmler qui prétend que 20% des conscrits de chaque classe voulaient s'engager dans la *Waffen SS*, ses agents recruteurs sont incapables de trouver la quantité de volontaires autorisée pour les deux nouvelles divisions (la 9e *Hohenstauffen* et la 10e *Frundsberg*) voulues par Adolf Hitler[249]. Les 5 à 10% d'individus de chaque classe d'âge prêts à rallier plus ou moins spontanément la *Waffen SS* ne peuvent plus suffire à entretenir une telle force. Il faut donc faire pression sur les non-volontaires pour qu'ils s'engagent dans la *Waffen SS*. Des milliers de jeunes gens sont enrôlés directement après avoir passé quelques semaines dans les camps du RAD. Cette politique d'expansion implique moins d'exigence pour la sélection, notamment l'abaissement de la taille de 1,68 m à 1,66 m. Afin de faire face à la crise d'effectifs, le recrutement prend l'allure d'une véritable conscription. En Alsace, seuls environ 10% des hommes ne sont pas jugés aptes à l'incorporation, la taille constituant l'un des motifs de rejet. Le test médical est jugé superficiel par les conscrits eux-mêmes et des individus disposant d'un casier judiciaire sont cette fois enrôlés en toute connaissance de cause[250]. Il en résulte que la *Waffen SS* doit avoir recours aux conscrits allemands ordinaires en décembre 1942.

L'expansion de la *Waffen SS* qui doit atteindre 10% de l'effectif de la *Wehrmacht* se fait quand tout va mal, notamment en octobre 1943 avec l'organisation en corps d'armée de 17 divisions *SS* alors que la situation est difficile à l'Est, que l'Italie est devenue théâtre d'opération et qu'un débarquement à l'Ouest est attendu. La *Waffen SS* a un besoin important de soldats. Ne pouvant plus recruter parmi les classes anciennes toutes entières mobilisées pour l'effort de guerre, elle recrute donc parmi les plus jeunes dès avant la sortie du RAD.

Différences de recrutement des Alsaciens et des Mosellans

C'est ainsi que des Alsaciens et des Mosellans sont recrutés dans la *Waffen SS* au même titre que tout *Reichsdeutsche*. Dans ses mémoires, le commandant du régiment *Der Führer*, Otto Weidinger, indique qu'« *à partir du début mai 1944, de nouveaux renforts arrivèrent. Ils se composaient d'Alsaciens, de Volksdeutsche et de ressortissants d'autres États... Seul un nombre infime d'entre eux était constitué de volontaires ; tous les autres avaient été incorporés normalement. En aucun cas, on ne pouvait parler de sélection à propos de ces renforts. Il est incompréhensible que des Alsaciens et des Lorrains aient été engagés au combat à l'Ouest, car ils étaient, par leur éducation et leurs liens familiaux, liés à la France. Il n'y avait aucune compagnie qui ne comptait moins de quarante Alsaciens-Lorrains dans ses rangs. Ces derniers n'avaient pas suivi d'instruction en Allemagne et n'avaient passé aucune journée en caserne*[251]. » Albert Stükler, chef d'état-major de la *Das Reich* confirme ces propos : « *La division reçut de mars à début mai 1944 environ 9 000 hommes en remplacement. Ces jeunes équipes étaient originaires de différentes nations européennes. Le contingent principal se composait d'Alsaciens-Lorrains*[252] ».

Accord entre la *SS* et le *Gauleiter* Wagner

Cependant, en Alsace, l'incorporation de force de sa jeunesse dans la *Waffen SS* résulte d'un accord passé entre le *Gauleiter* Wagner et le *Reichsführer SS* Himmler. Jean-Luc Leleu explique que « *jusque là opposé à l'incorporation de membres de la liste nationale III qui rassemblait les populations des régions récemment annexées telles la Haute-Silésie ou l'Alsace, Himmler change d'avis en juin 1943 pensant que seule la SS pouvait intégrer des éléments supranationaux. L'Obergruppenführer SS, Gottlob Berger, chargé du recrutement, entame en août 1943 des négociations avec Robert Wagner. Sans trop de difficultés, Berger parvient à convaincre Wagner de lui céder tous les individus des classes 1908 à 1913 répondant aux critères de la SS. Il lui a suffi de faire miroiter à son interlocuteur la possibilité d'endoctriner ces hommes pendant six semaines à Cernay avant leur incorporation* » ce qui correspond bien à la politique d'éducation du *Gauleiter*.

Ainsi, « *au terme de pourparlers extrêmement serrés avec la Wehrmacht, la SS va se voir reconnaître le droit de ponctionner 4 000 conscrits en Alsace parmi les classes nées en 1908 et après*[253] ». Au tribunal de Nuremberg en mai 1946, le ministère public militaire français fournit bien les preuves que le *Gauleiter* Wagner a poussé des recrues à rejoindre la *Waffen SS* et ensuite en a imposé la conscription[254]. Par ailleurs, Himmler écrit le 7 novembre 1943 à Berger pour lui signifier les termes de l'accord qu'il a avec le *Gauleiter* Wagner : « *j'ai obtenu* – pour la *Waffen SS – 2 000 hommes de la classe 1926 qui en comprend 4 000*[255] ». En Alsace, la moitié d'une classe d'âge, la 1926, est donc versée directement dans la *Waffen SS*. Parmi les 455 Alsaciens affectés au régiment *Der Führer* en février 1944, 437 sont nés en 1926, soit 96%, la plupart des autres entre 1904 et 1913[256]. Au total 6 000 Alsaciens auraient donc été incorporés dans la *Waffen SS*. Personne n'a demandé à ces recrues si elles étaient volontaires au cours de la sélection. Lorsqu'elle les reçoit dans ses rangs, la division *Das Reich* est d'ailleurs forcée de reconnaître l'absence d'attitude positive parmi les renforts alsaciens, précisant que ces hommes sont « *complètement indifférents, en partie récalcitrants*[257] ».

Dès 1945, il est reconnu que des Alsaciens pouvaient être incorporés de force dans la *Waffen SS*. En février, paraît à Lausanne un roman confidentiel « *Je fus ce SS* » évoquant le parcours d'un Alsacien de Munster[258]. En mars, le préfet du Haut-Rhin signale au gouvernement provisoire que des Alsaciens sont incorporés de force dans la *SS* pour que cet état des faits soit communiqué à l'état-major allié. Rien concernant les Mosellans.

C'est cette qualité de nationaux français mobilisés dans une armée étrangère qui permet à douze des Alsaciens inculpés de ne pas être inquiétés jusqu'à la loi de responsabilité collective du 15 septembre 1948.

Le hasard des affectations pour les Mosellans

En Moselle, il n'existe aucun accord entre la *SS* et le *Gauleiter* Bürckel. Jean-Luc Leleu qui a consulté les archives à Berlin dit ne rien avoir trouvé concernant les Mosellans. Il est vrai que Bürckel entretient des relations difficiles avec la *SS*. La politique d'expulsion est notamment très critiquée par *l'Obergruppenführer und General der Polizei Höherer SS und Polizeiführer Westmark* Théodor Berkelmann, qui reproche à Bürckel de n'avoir « *accordé aucune valeur à la sélection raciale des personnes à déplacer* » si bien que « *des personnes possédant les caractéristiques du précieux sang allemand* » ont dû quitter le pays tandis qu'« *une grande partie de la population de moindre valeur raciale* » est restée. L'objectif de Bürckel est bien d'épurer politiquement la Moselle alors que l'idéologie *SS* fondée sur la race considère qu'il ne faut pas laisser perdre la moindre goutte de sang « *d'origine allemande* ». Or, Berkelmann rapporte dans une lettre du 27 juillet 1942 « *la répugnance du Gauleiter pour tous les principes de sélection mis en œuvre par la SS sur la base des critères raciaux*[259] ». Après l'échec de la colonisation par les Sarrois voulue par Bürckel, Heinrich Himmler nomme Berkelmann délégué général à la colonisation le 12 septembre 1941. Une ordonnance prise par le *Reichsführer SS* Himmler du 31 mars 1942 oblige Bürckel à installer des personnes originaires de Bucovine (Roumanie), ce qui contrecarre les plans du *Gauleiter* de ne coloniser la région par les seuls Sarrois et Palatins. Bürckel s'oppose encore à la *Höherer SS* lorsqu'elle veut implanter des Allemands de Slovénie en 1944. Berkelmann ne cesse de critiquer la politique de Bürckel qui, selon lui, transforme en deux ans « *l'attitude originellement expectative des Mosellans germanophones en une aversion prononcée pour la pensée du Reich et pour la politique national-socialiste*[260] ». Si un accord avec la *SS* pour incorporer les Mosellans dans la *Waffen SS* n'est pas signé, des Mosellans n'ont cependant pas pu échapper au recrutement de la *SS* dans les camps du RAD, en qualité de *Reichdeutsche*. En novembre 1945, le président de la section d'Aumetz de l'Association des Malgré-Nous reconnaît ce fait en indiquant qu'être né en 1926 est une cause suffisante pour être « *nommé de force* » dans la *SS*. Fin 1945, l'Association des Malgré-Nous de la Moselle dit savoir que des jeunes de cette classe ont été incorporés dans la *Waffen SS* à la suite d'une visite passée au RAD[261]. L'ordonnance d'octobre 1943 prévoit en effet l'envoi au RAD de la classe 1926 et ce jusqu'en avril 1944.

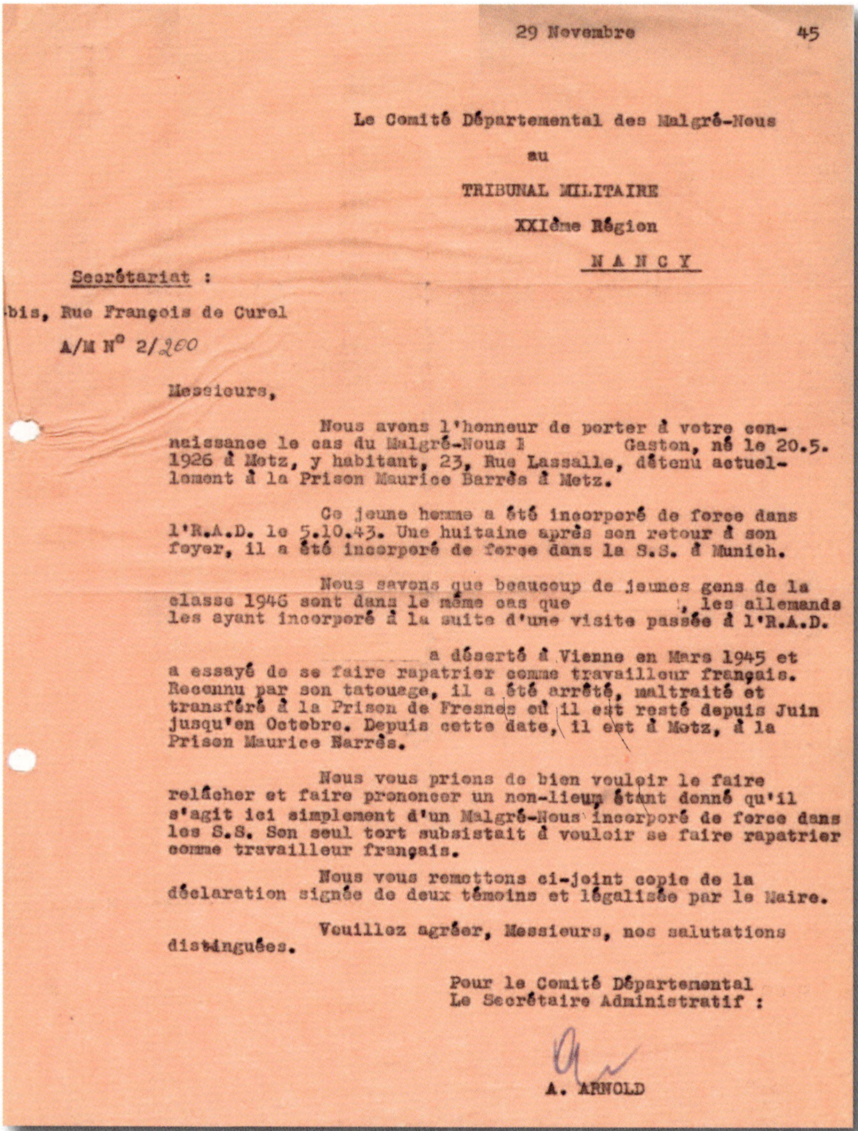

29 Novembre 45

Le Comité Départemental des Malgré-Nous
au
TRIBUNAL MILITAIRE
XXIème Région
NANCY

Secrétariat :
bis, Rue François de Curel
A/M N° 2/200

Messieurs,

Nous avons l'honneur de porter à votre connaissance le cas du Malgré-Nous B Gaston, né le 20.5.1926 à Metz, y habitant, 23, Rue Lassalle, détenu actuellement à la Prison Maurice Barrès à Metz.

Ce jeune homme a été incorporé de force dans l'R.A.D. le 5.10.43. Une huitaine après son retour à son foyer, il a été incorporé de force dans la S.S. à Munich.

Nous savons que beaucoup de jeunes gens de la classe 1946 sont dans le même cas que , les allemands les ayant incorporé à la suite d'une visite passée à l'R.A.D.

a déserté à Vienne en Mars 1945 et a essayé de se faire rapatrier comme travailleur français. Reconnu par son tatouage, il a été arrêté, maltraité et transféré à la Prison de Fresnes où il est resté depuis Juin jusqu'en Octobre. Depuis cette date, il est à Metz, à la Prison Maurice Barrès.

Nous vous prions de bien vouloir le faire relâcher et faire prononcer un non-lieu étant donné qu'il s'agit ici simplement d'un Malgré-Nous incorporé de force dans les S.S. Son seul tort subsistait à vouloir se faire rapatrier comme travailleur français.

Nous vous remettons ci-joint copie de la déclaration signée de deux témoins et légalisée par le Maire.

Veuillez agréer, Messieurs, nos salutations distinguées.

Pour le Comité Départemental
Le Secrétaire Administratif :

A. ARNOLD

Lettre du 29 novembre 1945 de l'Association des Malgré-Nous indiquant que de nombreux Mosellans de la classe 1926 ont été versés dans la *Waffen SS*. (fonds ACMR, coll. Ascomémo-Hagondange)

À défaut d'archives, des témoignages, rares, confirment ce recrutement très partiel de Mosellans de la classe 1926 à partir du RAD. René Ditsch de Freyming-Merlebach témoigne qu'« *au camp du RAD de Liersberg près de Trèves, au bout de six semaines, une délégation de recruteurs SS était venue nous sensibiliser à l'idéal nazi. Sur 160 appelés, il y eut un volontaire. Une semaine plus tard, les sergents SS sont de retour. Concernant notre groupe, ils décrétèrent que seuls les jeunes de la classe 1926 seraient incorporés dans la division Frundsberg… Les SS avaient derrière eux une sale réputation. Avec moi se trouvaient au moins 9 jeunes de nos contrées. En apprenant mon affectation, mon père était désespéré : « Ton frère Robert est mort faute de soins en Ukraine* – le 3 mars 1944 – *Et toi, te voilà parmi ces bandits… Qu'ai-je donc fait au bon Dieu !* » *Nous sommes arrivés le 1er mars 1944 à Selchan. Formé comme observateur avancé pendant deux mois, puis encore une formation comme interprète à Berlin. Dirigé sur Prague, notre régiment allait prêter main-forte au IIe SS Panzerkorps en Normandie*[262] ». Hubert Gasser de Hombourg-Haut corrobore ces propos : « *À Liersberg, le 7 février 1944, au conseil de révision, ceux qui mesurent plus de 1,66 mètres et qui sont de nationalité allemande et « mosellane » (Westmärker) sont recrutés pour la SS, uniquement la classe 26. Le 28 février nous allons à la Hitler Kaserne de Dewitz à Prague. Formation de morse, puis affectation à la Leibstandarte en août, puis à la 5e Panzer Armée dans les Ardennes* ». Grégoire Eury cite également les témoignages de trois habitants de la classe 1926 d'un village du pays de Bitche incorporés de force dans la *Waffen SS*. Ils indiquent aussi que, pendant leur service au RAD, la visite de recruteurs de la *Waffen SS* n'ayant pas suscité un nombre satisfaisant d'engagements, ils sont incorporés de force. Les trois incorporés sont dirigés sur Prague au centre d'instruction de la *SS* pour les transmissions[263].

D'autres Mosellans de la classe 1926 initialement versés dans la *Kriegsmarine* (KM)[264] sont transférés à partir de l'été 1944 dans la *Waffen SS* sans pouvoir y échapper. R. Z.[265] de Nilvange nous a donné son *Soldbuch*, son livret militaire, de la KM dans lequel figure son transfert à la division *SS* Nordland. Faute de bateau, il y est incorporé à Heiligenhafen (Holstein) le 20 juillet 1944 avec ses camarades de la 1re compagnie du 11e *Marine Ersatz Abteilung*[266]. Il nous a expliqué que du jour au lendemain, il est embarqué dans un train et qu'en pleine campagne, tous les hommes ont dû troquer leur uniforme contre celui de la *Waffen SS*.

Ce cas ne semble pas unique. Un Moyeuvrien né en 1926 est lui aussi d'abord incorporé dans la *Kriegsmarine* le 23 avril 1944 à Lobau puis versé dans la *SS* en 1945[267]. Anne Wey a recueilli deux témoignages – sur sept – corroborant ce fait. C. E. de Bitche[268] raconte : « *le 15 février 1945, le front de Russie en Lettonie à Kurland est terminé… Il n'y avait plus de bateaux pour la mer Baltique… Nous avons été mutés chez les SS, dans la division Nordland à Naugart (Nowogard, Pologne). Nous avons eu une rapide instruction de l'infanterie avant d'être emmenés au front en Poméranie* ». J. O. de Bitche raconte également : « *À Neustrelitz, un jour, on a été embarqué dans des wagons à bestiaux. On s'est retrouvé à Smolensk. Nous étions tous de la Kriegsmarine et nous avons tous été versés dans les SS. La division s'appelait 3e Germanische Panzer Division Regiment Norge. Il y avait des Lorrains, des Alsaciens, des Yougoslaves*[269] ».

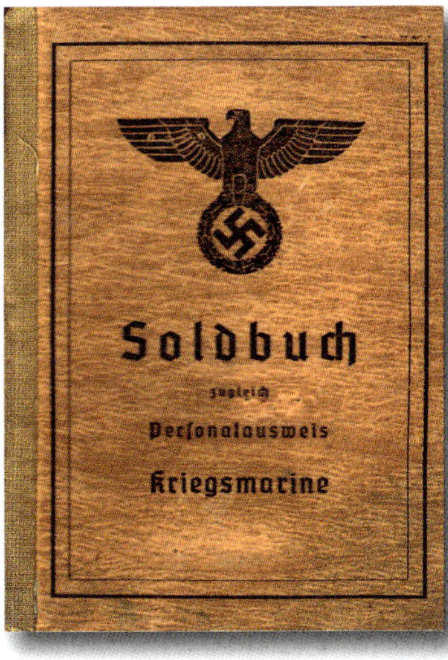

Livret militaire allemand, *Soldbuch*, de R. Z. né en 1926 à Nilvange (Moselle) : versé initialement dans la KM, il est ensuite versé dans la division *SS Nordland* comme l'atteste la mention sur la page 24. Blessé, il a reçu l'insigne noir et son *Bessitzzeugnis*, son diplôme d'attribution le 11 novembre 1944 en tant que *SS-Grenadier*.
(don de R. Z. coll. Ascomémo-Hagondange)

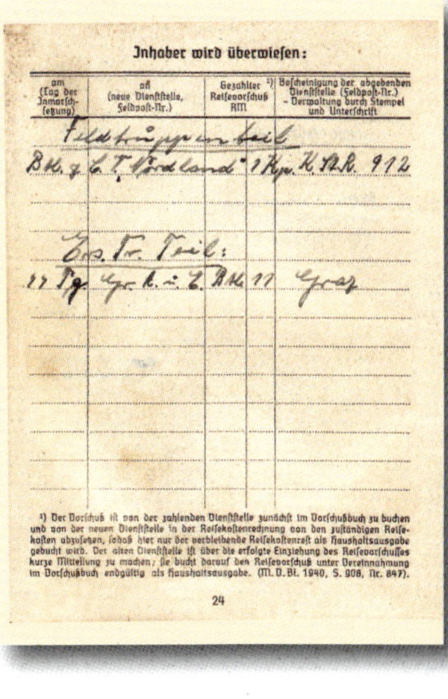
Inhaber wird überwiesen:

am (Tag der Inmarschsetzung)	an (neue Dienststelle, Feldpost-Nr.)	Gezahlter Reisevorschuß RM [1]	Bescheinigung der abgebenden Dienststelle (Feldpost-Nr.) – Verwaltung durch Stempel und Unterschrift
[illegible]			
[illegible]			

[1] Der Vorschuß ist von der zahlenden Dienststelle zunächst im Vorschußbuch zu buchen und von der neuen Dienststelle in der Reisekostenrechnung von den zuständigen Reisekosten abzusetzen, sodaß hier nur der verbleibende Reisekostenrest als Haushaltsausgabe gebucht wird. Der alten Dienststelle ist über die erfolgte Einziehung des Reisevorschusses kurze Mitteilung zu machen; sie bucht darauf den Reisevorschuß unter Vereinnahmung im Vorschußbuch endgültig als Haushaltsausgabe. (M. V. Bl. 1940, S. 908, Nr. 847).

24

Des Mosellans ont donc bien été incorporés de force dans la *Waffen SS*, même dans le *Regiment Der Führer*[270], mais pas dans la compagnie qui a perpétré le crime d'Oradour.

Ainsi, parmi les Malgré-Nous mosellans tombés figurent aussi des incorporés dans la *Waffen SS*. Cédric Neveu nous a communiqué une liste de 49 Mosellans[271] morts sous l'uniforme SS* à partir des dossiers « *Morts pour la France* » (MPF)[272] déposés à Caen. L'attribution du titre est refusée aux volontaires dans la SS. À l'inverse, le fait de ne pas avoir été volontaire permet aux incorporés de force d'obtenir la mention. Vingt-trois Mosellans, presque la moitié de ceux ayant porté l'uniforme de la *Waffen SS*, ont obtenu la mention « *Mort pour la France* » ce qui confirme bien le fait que des Mosellans aient été incorporés de force dans la *Waffen SS*. Cette incorporation concerne toutes les classes appelées, ce qui atteste qu'il n'y a pas eu une « livraison » d'une classe d'âge particulière à la *SS*, contrairement à ce qui s'est passé en Alsace. C'est bien le hasard des affectations qui a prévalu.

**Voir tableau page 175*

Toutefois, la moitié des « *Morts pour la France* » est issue de la classe 1926, ce qui témoigne bien que l'incorporation de Mosellans dans la *Waffen SS* concerne essentiellement cette classe. Par exemple, 47 habitants nés en 1926 demeurent en 1944 à Hagondange[273], commune industrielle peu touchée en pourcentage par les expulsions[274]. D'après les fichiers de l'agence Wast à Berlin, il a pu être établi que 14 d'entre eux n'ont pas de dossiers de rôle, soit qu'ils aient été détruits, soit que ces jeunes aient été exemptés ou réfractaires. Pour les 33 autres, 21 ont été incorporés dans la *Wehrmacht*, 10 dans la *Kriegsmarine* et 2 dans la *Waffen SS* dont un né à Colmar, en Alsace[275]. Au final, un seul Mosellan sur 47 de la classe 1926 a été incorporé dans la *Waffen SS*, au *SS-Flak-Ausbildungs-und-Ersatz Regiment 14*, puis muté au *SS-Nachrichten-Abteilung* 5 en mars 1944. Même s'il est difficile d'extrapoler cette statistique à l'ensemble du territoire mosellan, cette statistique illustre bien que l'incorporation dans la *Waffen SS* de Mosellans même nés en 1926 est bien réelle mais reste rare. Ainsi, tous les témoins mosellans incorporés de force dans la *Waffen SS* sont nés en 1926. Ils ont été recrutés comme les Allemands puisque considérés comme tels par eux.

Mais, même si le collectage n'est pas terminé, le nombre de Malgré-Nous tués sous l'uniforme *SS* ne représente qu'une infime minorité des 8 000 Malgré-Nous mosellans tombés pendant le conflit, ce qui montre bien que très peu de Mosellans ont été versés dans la *Waffen SS*.

L'incorporation de force de Mosellans dans la *Waffen SS* est donc un épiphénomène qui reste à quantifier.

Contre-vérité et silence arrangeants

L'incorporation de Mosellans dans la *Waffen SS* n'est pas évoquée lors du procès de Bordeaux, bien au contraire. Dans les débats, seule l'incorporation des Alsaciens est rappelée.
Le député mosellan, Raymond Mondon, dans son intervention du 27 février 1953, indique par exemple qu'« *Hitler a incorporé de jeunes Alsaciens dans les divisions SS. Ces divisions, notamment à Oradour, ont violé les règles les plus élémentaires de l'humanité et se sont conduites non en unités de guerriers, mais en assassins de femmes et d'enfants*[276] ». Il insiste sur la force évocatrice de criminel de la *Waffen SS* et oublie d'associer les Mosellans. Pourtant, nous l'avons démontré, les Mosellans sont aussi incorporés dans la *Waffen SS*. C'est ce que rappelle l'abbé Sutter, Malgré-Nous, dans un courrier adressé au député Mondon : « *Chaque Malgré-Nous eut pu être à Oradour (moi, face à l'abbé Lorich*[277] *!). Jusque là aurait pu aller le drame et qui pourrait prétendre qu'il eut été voulu en quoi que ce soit*[278] ». Jacques Gandebeuf souligne encore ce fait : « *Il faut rester honnête dans ce dossier empoisonné. C'est dur, c'est difficile à répéter, mais des enrôlés mosellans auraient parfaitement pu se trouver à la place des Alsaciens. Et qui pourraient affirmer qu'ils se seraient conduits autrement ? Constatons qu'il n'y en avait pas, tant mieux pour eux*[279] ». Heureux hasard comme le constate Roger Godfrin : « *Ce qui m'a toujours soulagé, c'est qu'il n'y avait pas de Mosellans – dans la SS – à Oradour*[280] ». Malgré cela, l'historien Henri Amouroux affirmait en 1982 lors d'une émission sur France Inter animée par Arlette Chabot que « *Oradour, vous savez très bien par qui ça a été accompli et vous savez très bien qu'au procès de Bordeaux les drapeaux étaient en berne et qu'il ne s'est pas terminé. Et vous savez que ce sont les Alsaciens-Lorrains qui ont commis Oradour*[281] ».

Le procès de Bordeaux a stigmatisé les incorporés de force alsaciens, et seulement les Alsaciens, aussi bien dans les débats parlementaires que dans les plaidoiries. Très rarement, les Mosellans sont associés à l'incorporation de force, comme s'ils n'étaient pas concernés. Cet « oubli » satisfait les Mosellans qui ne veulent retenir comme drame que les expulsions, ce qui les met dans le camp des victimes. Dans son intervention à l'Assemblée nationale le 27 janvier 1953, le député mosellan Jules Thiriet explique que Bürckel a « *expulsé 300 000 Français* » alors que Wagner « *qui ne se trouve pas devant le même problème linguistique, expulse moins qu'en Moselle et oblige les jeunes gens à porter l'uniforme allemand* ». Le député exagère les chiffres des expulsés mosellans[282] et surtout il oublie de signaler que Bürckel a aussi obligé les jeunes Mosellans à porter l'uniforme allemand, et même l'uniforme de la *Waffen SS* [283].

Depuis 1953, l'idée que seuls les Alsaciens sont dans la *Waffen SS* s'est affirmée. L'historien alsacien Eugène Riedweg indique en 1995 dans son livre-référence sur les Malgré-Nous que « *les Alsaciens ont été les seuls Volksdeutsche de l'Ouest à être incorporés d'office* » dans les *Waffen SS.*[284]. Cette affirmation du professeur Riedweg fait autorité[285]. Par exemple, le professeur François Cochet la reprend à son compte dans la préface du livre de Guillaume Javerliat sur le procès de Bordeaux. Cette affirmation peut s'appuyer sur les quelques rares récits d'incorporés dans la *Waffen SS* publiés, tous alsaciens. En 1979, un premier récit autobiographique d'incorporé alsacien dans la *SS* est diffusé, sous couvert de l'anonymat et en Allemagne[286]. Nous avons identifié quatre autres récits en Alsace, publiés entre 1996 et 2004 cette fois sous le vrai nom des auteurs[287]. En 2007, l'étude et la collecte de témoignages de Nicolas Mengus et André Hugel[288] confortent cette idée que l'incorporation dans la *Waffen SS* ne concerne que les Alsaciens. Pour le mur des noms initié par le Conseil général de la Moselle en 2009, l'inscription des incorporés de force dans la *Waffen SS* a fait longtemps débat avant que ne soit enfin admis qu'il pouvait bien y avoir des Mosellans incorporés de force dans la *Waffen SS*. Seront-ils pour autant inscrits sur ce mur ?

Robert Hébras écrivait dans son livre : « *Lorsque les Allemands annexèrent l'Alsace et la Lorraine, il est certain que beaucoup de jeunes furent pris de force pour aller combattre sur les fronts. Hormis sans doute quelques volontaires isolés, on ne constata pas la présence de Lorrains parmi les SS* [289] ». Cette opinion est même répandue parmi des parlementaires mosellans. Par exemple, la proposition de loi sur le statut de réfractaire des députés mosellans Aloyse Wahrouver et François Loos en novembre 2001 indique que « *Bürckel ne laissa enrôler aucun Mosellan dans la Waffen SS* [290] ».

Pourtant, des Mosellans ont bien été incorporés dans la *Waffen SS*, nous l'avons démontré.

Depuis 1953, l'Alsace défend « ses » incorporés de force dans la *Waffen SS* et tous les incorporés. Pour Jean-Laurent Vonau, « le *sujet* – de l'incorporation de force – *devenait tabou. Cependant malgré le refoulement – ou peut-être à cause à lui – l'incorporation de force entrait à travers le subconscient collectif dans l'identité alsacienne dont il sera désormais un élément essentiel* ». La vigilance alsacienne est grande. On l'a vu avec le livre d'Hébras. Elle n'est pas la même en Moselle. Ainsi, aucune réaction dans ce département lors de la diffusion sur France 2 d'un téléfilm sur le procès de Bordeaux le 13 juin 1994 alors que l'Alsace attaque assez violemment la direction de la chaîne car « *les médias bouleversent l'Alsace par l'opprobre jeté sur les otages victimes de l'incorporation de force*[291] ». Ce qui est mis en cause, c'est de gommer « *les malheurs de l'Alsace*[292] ».

Le silence mosellan de 1953 concernant la *Waffen SS* perdure. Ce n'est que récemment que l'incorporation des Mosellans dans la *SS* est évoquée. Nicolas Mengus et André Hugel l'admettent et leur consacrent une page[293]. Pour autant, dans leur deuxième tome qui laisse la parole aux témoins, aucun Mosellan. Pourquoi ? Nicolas Mengus s'en explique en indiquant qu'il n'a pas trouvé de témoins mosellans. Pourquoi ? Hormis la difficulté de raconter son parcours dans une armée liée aux crimes de guerre, l'explication viendrait surtout du nombre de Mosellans dans la *Waffen SS*, bien moins important que celui des Alsaciens du fait de la différence de politique de recrutement des deux *Gauleiter*.
Mais, par crainte du jugement du fait de la force évocatrice de la *SS*, les Mosellans n'ont jamais mis en avant qu'ils pouvaient eux aussi avoir été dans la *Waffen SS*. Ne pas être associé à une organisation jugée criminelle par le Tribunal de Nuremberg et composée pour l'opinion publique française de volontaires arrange finalement bien la mémoire mosellane. D'ailleurs, Raymond Mondon s'interroge : « *Faut-il assimiler les dizaines de milliers de Malgré-Nous aux quelques-uns de ces divisions –Waffen SS ?... Sincèrement, je ne le crois pas*[294] ». Pourtant, l'opinion publique a souvent assimilé les Malgré-Nous aux 13 Alsaciens d'Oradour. C'est pourquoi Jacques Gandebeuf explique le silence des incorporés mosellans. : « *Les Mosellans adoptèrent immédiatement un profil-bas, par respect humain, par instinct de conservation. Ce n'était vraiment pas le moment de parler de tout ça – que les incorporés étaient des victimes – aux Français* [295] ».

À l'inverse, l'incorporation des Alsaciens dans la *SS* est dévoilée au monde par le procès de Bordeaux. L'Alsace assume ce fait et ne met jamais en avant que la Moselle soit également concernée. Aujourd'hui encore, il est difficile pour les Alsaciens d'admettre cela[296]. Par cette omission, l'Alsace peut clamer qu'elle a plus souffert de l'annexion que sa voisine parce que ses jeunes, et seulement les siens, sont versés dans une armée honnie, la *Waffen SS*.

Une omission commode qui arrange finalement la Moselle déculpabilisée d'un crime de guerre, Oradour, et l'Alsace victime d'un autre crime, l'incorporation dans la *Waffen SS*. Déculpabilisée, mais aussi écartée de la polémique, et alors que l'Alsace aurait pu espérer une solidarité mémorielle, comment la Moselle va-t-elle se positionner dans les débats au moment du procès de Bordeaux ?

Les Mosellans et le procès de Bordeaux

Alors que, l'Alsace clame par de multiples manifestations son indéfectible soutien à « ses » incorporés qui se trouvent dans le box des accusés, quelle position adopte la Moselle ? Peu d'éléments nous permettent de cerner sa position, car le silence s'est imposé. Le silence ne laisse pas de trace matérielle. L'étude de la presse a cependant été un bon recours pour compenser ce manque de sources et nous pouvons ainsi cerner la position de Mosellans, celle de la presse elle-même, puis des associations patriotiques et enfin des parlementaires.

LA PRESSE RÉGIONALE, REFLET DE LA POSITION MOSELLANE ?

En 1953, les médias sont de deux natures : la presse et la radio. La radio est nationale et ne permet pas de cerner l'opinion mosellane. A-t-elle eu une influence ? La même question peut se poser pour la presse locale. On sait que la presse alsacienne, très militante pour défendre les incorporés, est à la pointe de la contestation et son influence est importante. Mais quelle est-elle en Moselle ? Difficile à établir. L'opinion se forge aussi autour d'un comptoir. À cette époque, les estaminets sont très nombreux et fréquentés.

Localement, une presse régionale puissante, souvent engagée, a pu influencer l'opinion, ou tout au moins l'informer du déroulement du procès car, selon *Le Républicain Lorrain*, l'opinion « *s'est passionnée pour le procès du massacre d'Oradour d'autant plus que douze Alsaciens seront assis au banc des accusés. Leur présence donne à cette affaire un caractère plus douloureux encore*[297] ». Sans exagérer cette influence, il nous paraît intéressant d'analyser le suivi du procès par la presse locale. Elle est révélatrice d'une opinion, celle de milieux informés et intellectualisés, celle aussi des journalistes qui doivent satisfaire une clientèle qui a le choix de sa lecture dans ce milieu à l'époque très concurrentiel.

Le procès est largement couvert par la presse mosellane qui dépêche des envoyés spéciaux. Pour *Le Républicain Lorrain*, Claude Puhl, jeune journaliste[298] à peine sorti de l'Institut des études politiques, couvre là son premier reportage à côté du correspondant Jacques Forlacroix.

L'abbé mosellan René Tousch témoignant au procès de Bordeaux. (coll. Ascomémo-Hagondange)

Pendant plus d'un mois, en Moselle, le procès de Bordeaux fait souvent la une des journaux locaux, *Le Lorrain*, *Le Courrier de Metz* et *Le Républicain Lorrain.* Les articles sont relégués généralement en page cinq ou sept, en information nationale ou régionale, selon le journal, la dimension locale alsaco-mosellane du procès étant quelque peu éludée.

Les quotidiens mosellans restent plutôt « neutres »[299] se bornant à restituer les comptes rendus des différentes auditions, sans faire de commentaire sur « *l'épouvantable procès d'un effroyable massacre. Nous ne voudrions être ni juge, ni accusateur public, parce que dans ce drame tout est démesuré et qu'on demande à de simples hommes de rendre une justice à leur taille*[300] ». Après l'audition des témoins à charge, plus de photo en une ; les articles sont plus courts. Essoufflement de l'affaire ?
Le Lorrain[301], journal catholique, dirigé par des ecclésiastiques, est la voix de l'évêque, Mgr Heintz, expulsé le 16 août 1940 à Lyon. Proche du Mouvement Républicain Populaire (MRP) qui compte en son sein les ministres alsacien Pierre Pflimlin[302] et mosellan Robert Schuman, il ne donne jamais directement son opinion. Mais à sa lecture, à certains choix éditoriaux, on sent bien son ambivalence, résumée par un titre récurant : « *Après la tragédie d'Oradour, le drame de Bordeaux* », mettant face à face « *l'épouvante d'Oradour* » et « *la douleur de l'Alsace* ». Il dépêche un correspondant spécial à Bordeaux et en même temps un autre correspondant en Alsace. Ainsi plusieurs articles sur la situation en Alsace prennent place en une, ce qui n'est pas le cas chez son concurrent *Le Républicain Lorrain.* Le correspond dépêché en Alsace prend nettement position pour défendre cette région. Il qualifie le procès d'« *intolérable* » et se prononce pour la disjonction : « *Il est impossible de juger les Alsaciens impliqués, au même titre que les Allemands qui en firent des assassins* ». Il écrit en une « *les ruines d'Oradour nous diraient qu'il n'y a pas de différence à faire : le problème est indivisible et définitif...* » Il en appelle cependant à la raison « *car le problème des douze accusés d'Alsace, la sensibilité de la province voisine est si exacerbée, si exaspérée ; les nerfs sont tellement à fleur de peau qu'il est impossible de ne pas manifester une émotion fraternelle, de ne pas prendre en considération les appels qu'elle adresse à notre esprit, à notre cœur et aussi à notre logique* ». À l'inverse, le correspondant à Bordeaux reste mesuré dans ses propos, se gardant de prendre position : « *Il ne saurait être question de commenter utilement la massacre d'Oradour (...) Demeurons strictement objectifs* ». Pour ne pas stigmatiser, très rarement, le mot « alsacien » est utilisé dans les titres, sauf concernant l'adjudant Boos mis en exergue et la rédemption d'un des accusés. Par contre, au moment de l'amnistie, les expressions « incorporés de force » ou « Malgré-Nous » font les gros titres

Page de droite :
Le procès de Bordeaux à la une de la presse mosellane de langue française.

PROCÈS D'ORADOUR

Le douloureux procès de Bordeaux

Les Alsaciens Graff, Daul et Elsæsser, en larmes, avouent leur participation au massacre d'Oradour

GRAFF: «Le Lt Barth nous a dit: vous allez voir couler du sang»

Le Républicain Lorrain, 17 janvier1953.

Le douloureux procès de Bordeaux

Les Alsaciens Graff, Daul et Elsæsser, en larmes, avouent leur participation au massacre d'Oradour

GRAFF: «Le Lt Barth nous a dit: vous allez voir couler du sang»

Le Républicain Lorrain, 18 janvier 1953.

Le drame du procès de Bordeaux

La grosse poussée de fièvre paraît tombée en Alsace

« Notre épreuve est grande, dit-on à Thann, mais qu'est-elle auprès de celle d'Oradour? »

Le Lorrain, 19 janvier 1953.

Impression plus favorable des Alsaciens HŒHLINGER, OCHS et LOHNER

"J'ai honte d'avoir été à Oradour"

déclare ce dernier

Tous chargent BOOS véritable "tueur" des S.S.

Le Républicain Lorrain, 20 janvier 1953.

Le minutieux interrogatoire continue à Bordeaux

Journée accablante pour BOOS au procès d'Oradour

«Partout où vous êtes passé, vous avez tué, brûlé et pillé»
lui dit le président

Le Républicain Lorrain, 21 janvier 1953.

Le procès de Bordeaux n'est pas celui de l'Alsace mais celui des criminels d'Oradour

répète le Président aux témoins de la défense

Le Républicain Lorrain, 31 janvier 1953.

La voix des patriotes alsaciens s'élève au procès d'Oradour

Hélas, deux provinces françaises se tournent le dos à cause de deux douzaines d'inculpés sans émotion

Le Lorrain, 1er février 1953.

LE PROCÈS D'ORADOUR

Les juges acculés à une impasse à triple issue dangereuse

Quelle qu'elle soit, la solution ne satistera personne

Le Lorrain, 7 février 1953.

AU PROCÈS D'ORADOUR

Les avocats alsaciens demandent l'acquittement de tous les incorporés de force

BORDEAUX - (*De notre corresp. part. J. Forlacroix*)

Le Républicain Lorrain, 11 février 1953.

Répondant à l'appel de M. Pflimlin

M. Pleven propose le vote d'une loi d'amnistie en faveur des incorporés de force

Grève administrative des maires d'Alsace

Le Républicain Lorrain, 14 février 1953.

APRÈS LE VERDICT DE BORDEAUX

Pourvoi en cassation de 12 condamnés alsaciens et de l'Allemand LENZ

ORADOUR

Le rideau est tombé le cauchemar demeure

Le Républicain Lorrain, 15 février 1953.

LE DRAME DU PROCÈS D'ORADOUR

L'Assemblée décide ce soir de l'amnistie pour les incorporés de force

M. René MAYER: "Elle sera le symbole de l'apaisement et de l'oubli"

Le Républicain Lorrain, 18 février 1953.

des unes des journaux, comme si cette décision concernait tous les Malgré-Nous. Si le journal suit régulièrement le procès, les articles ne sont pas expansifs et se retrouvent quotidiennement sous un titre laconique : « *Oradour* ». Il ne lui consacre pas systématiquement sa une, surtout après les terribles inondations de Hollande.

Cette ambivalence en appelle finalement au pardon, valeur essentielle du catholicisme, presque à une fraternité avec l'Alsace, ou tout au moins à la compréhension et à l'apaisement : « *Pendant qu'à Bordeaux et à Limoges, les passions semblaient monter plus haut que les flammes d'Oradour, que les vociférations des meetings et des cortèges étouffaient les cris d'angoisse des torturés des bords de la Glane, nos pensées sont restées en Moselle… à Charly* » . L'éditorialiste oublie que la même passion et les mêmes vociférations ont animé l'Alsace. Cet unique éditorial consacré au procès au demeurant anonyme signé du logo du journal concerne le fait qu'« *il est curieux qu'on ait si peu parlé de Charly à Bordeaux, la déposition du jeune Godfrin exceptée…* » Le journal consacre deux articles aux Mosellans présents à Oradour, notamment sur la présence de prêtres parmi les victimes et les secouristes. Il publie de larges extraits de la déposition du « *Petit Lorrain Godfrin* » et deux photos de lui. Cet appel masqué à l'apaisement et à une certaine clémence « *huit ans après les faits* » est dans la droite ligne du MRP.

Le Courrier de Metz[303], journal bilingue mais essentiellement de langue allemande, catholique, a pour directeur politique René Jager, ancien expulsé de Metz, conseiller général MRP de Fénétrange[304]. Le journal insiste, avant le procès, sur la présence des « *12 Malgré-Nous alsaciens* » et souligne que « *Le procès d'Oradour devient celui du drame alsacien* ». Il publie en une la photo de quatre des inculpés présentés comme des hommes ayant une bonne situation professionnelle et une vie de famille avec des enfants. Huit ans après, ils n'ont plus rien à voir avec des criminels. Il qualifie le procès d'« *invraisemblable, de confusion des esprits* ». Jusqu'au 19 janvier, lendemain des premières manifestations en Alsace, le journal donne un écho assez important aux manifestations alsaciennes. Une relative solidarité qui peut s'expliquer par la proximité de l'Alsace et l'unité linguistique avec sa voisine puisque ses lecteurs sont essentiellement situés dans l'Est du département. Il apporte même « *une contribution au procès* » avec la publication d'un document de la gendarmerie de Sarreguemines faisant étant des pressions sur la jeunesse pour qu'elle s'engage dans la *Waffen SS*. Puis, progressivement, il relate de façon plus neutre le procès en ne mettant plus en avant le problème alsacien. Il n'évoque qu'une seule fois la présence des 44 Mosellans parmi les victimes et publie la déposition de Roger Godfrin.

Le Courrier de Metz, 31 janvier 1953. Contribution au procès d'Oradour : « *Comment on voulait presser les jeunes Lorrains et Alsaciens à s'engager dans la Waffen SS* ».

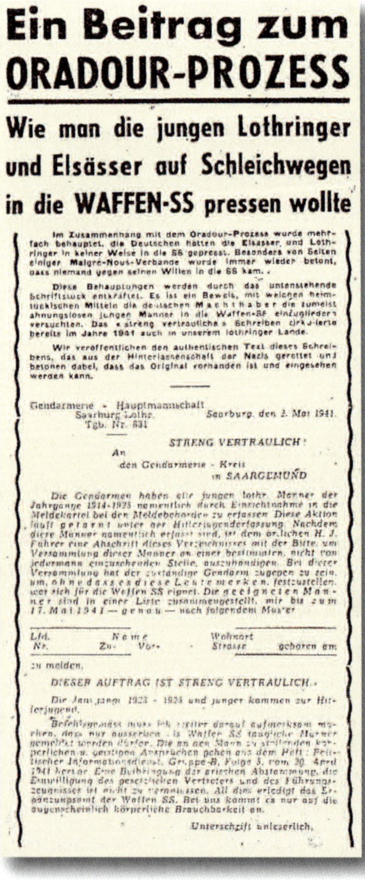

Ein Beitrag zum ORADOUR-PROZESS

Wie man die jungen Lothringer und Elsässer auf Schleichwegen in die WAFFEN-SS pressen wollte

Im Zusammenhang mit dem Oradour-Prozess wurde mehrfach behauptet, die Deutschen hätten die Elsässer und Lothringer in keiner Weise in die SS gepresst. Besonders von Seiten einiger Malgré-Nous-Verbände wurde immer wieder betont, dass niemand gegen seinen Willen in die SS kam.

Diese Behauptungen werden durch das untenstehende Schriftstück entkräftet. Es ist ein Beweis, mit welchen heimtückischen Mitteln die deutschen Machthaber die zumeist ahnungslosen jungen Männer in die Waffen-SS einzugliedern versuchten. Das « streng vertrauliche » Schreiben zirkulierte bereits im Jahre 1941 auch in unserem lothringer Lande.

Wir veröffentlichen den authentischen Text dieses Schreibens, das aus der Hinterlassenschaft der Nazis gerettet und betonen dabei, dass das Original vorhanden ist und eingesehen werden kann.

Gendarmerie - Hauptmannschaft
Saarburg Lothr.
Tgb. Nr. 631

Saarburg, den 3. Mai 1941.

STRENG VERTRAULICH!

An
den Gendarmerie - Kreis
in SAARGEMÜND

Die Gendarmen haben alle jungen lothr. Männer der Jahrgänge 1914-1925 namentlich durch Einsichtnahme in die Meldekartei bei den Meldebehörden zu erfassen. Diese Aktion läuft getarnt unter der Hitlerjugenderfassung. Nachdem diese Männer namentlich erfasst sind, ist dem örtlichen H. J. Führer eine Abschrift dieses Verzeichnisses mit der Bitte um Versammlung dieser Männer an einer bestimmten, nicht von jedermann einzusehenden Stelle, auszuhändigen. Bei dieser Versammlung hat der zuständige Gendarm zugegen zu sein, um, ohne dass es diese Leute merken, festzustellen, wer sich für die Waffen SS eignet. Die geeigneten Männer sind in einer Liste zusammengestellt, mir bis zum 17. Mai 1941 — genau — nach folgendem Muster

Lfd. Nr.	Name Zu-	Vor-	Wohnort Strasse	geboren am

zu melden.

DIESER AUFTRAG IST STRENG VERTRAULICH.

Die Jahrgänge 1923 - 1925 und jünger kommen zur Hitlerjugend.

Befehlsgemäss muss ich weiter darauf aufmerksam machen, dass nur äusserlich als Waffen SS taugliche Männer gemeldet werden dürfen. Die an den Mann zu stellenden körperlichen u. geistigen Ansprüchen gehen aus dem Heft : Politischer Informationsdienst, Gruppe-B, Folge 5, vom 30. April 1941 hervor. Eine Beibringung der arischen Abstammung, die Einwilligung des gesetzlichen Vertreters und des Führungszeugnisses ist nicht zu veranlassen. All dies erledigt das Ergänzungsamt der Waffen SS. Bei uns kommt es nur auf die augenscheinlich körperliche Brauchbarkeit an.

Unterschrift unleserlich.

Mais, de tous les quotidiens, c'est *Le Républicain Lorrain*[305] qui consacre la plus grande place au procès de Bordeaux, avec une une quasi-quotidienne[306]. En début et fin de procès, il livre son opinion dans deux éditoriaux, plus engagés, plus analytiques mais des éditoriaux qui restent anonymes, signés « RL ». C'est un journal de langue française, laïc, dirigé par Maurice Demange, réfugié à Bordeaux pendant la guerre. Supposé apolitique mais proche des élus gaullistes, il est surtout proche des préoccupations locales. Il consacre une large place aux dépositions des Lorrains Godfrin et Tousch et rappelle dans son premier article que 44 Mosellans figurent parmi les victimes.

Le *Républicain Lorrain* annonce le procès une semaine avant qu'il ne commence et lui consacre deux articles importants relatant les faits et donnant une biographie des douze Alsaciens. « *19*[307] *inculpés vont répondre du terrifiant massacre d'Oradour-sur-Glane* » titre en une le *Républicain Lorrain* du 3 janvier 1953. Il affirme clairement : « *Ce procès monumental et complexe, il fallait qu'il eut lieu, car le crime appelle le châtiment... Il fallait rappeler qu'il est des crimes pour lesquels il ne peut y avoir ni excuse, ni pardon* ». L'éditorialiste du *Républicain Lorrain* réclame que « *justice* » soit faite et évoque la présence des Mosellans parmi les victimes. « *Il reste 640 innocentes victimes, hommes, femmes et enfants massacrés dans des conditions inqualifiables... Parmi eux 44 Lorrains du pays messin qui s'étaient réfugiés dans la Vienne. Tous nous crient aujourd'hui : Justice ! Justice ! Aura-t-on la force de la faire ? Sinon ne parlons plus de paix possible entre les hommes* » . L'éditorialiste s'interroge cependant : « *Pourquoi faut-il donc que ce jour vienne si tard ?... Espérait-on avec les années que les passions s'apaiseraient, que l'oubli atténuerait l'horreur du massacre ? Quelle erreur !... Le retentissement du procès d'Oradour est immense. Il parcourt dans l'espace la terre entière et l'on en parlera tant qu'il y aura des hommes dignes de ce nom* ».

Il regrette cependant que dans le box des accusés ne figure que du « *menu fretin dont le rôle dans la sombre journée de 1944 a été extrêmement réduit pour ne pas dire nul* ». Les officiers ne sont pas là. Le quotidien parle sans détour du « *problème des Alsaciens qui se trouvaient là (...) un cas douloureux et délicat, le tout est de savoir s'ils ont été incorporés de force dans l'armée allemande. Dans ce cas, il y a circonstance atténuante, sinon excuse absolutoire (...) C'est avant tout un problème de discrimination : il serait absurde de généraliser dans un sens comme dans l'autre. Il s'agit d'une poignée de jeunes gens, presque des gamins, dont l'attitude ne préjuge en rien de celles de centaines de milliers d'Alsaciens grands patriotes, fidèles à leur devoir. Parmi eux, il faut distinguer ceux qui étaient là par contrainte, qui n'ont pas tué, ni fait du mal et ceux qui ont assassiné sans un réflexe humain. L'Alsace a-t-elle à rougir de cela ?*

*N'y-a-t-il pas eu dans toutes les régions françaises ceux que l'on appelait des « salauds » ?... Ceux qui ne sont en effet que les innocents comparses d'un drame méritent d'être défendus par leurs compatriotes. Mais ce serait faire injure aux Alsaciens de croire qu'ils voudraient défendre LES AUTRES (*en majuscules dans le texte*) car tout Français ayant participé à une telle horreur est plus coupable que l'Allemand et mérite un double châtiment.* » L'éditorialiste désolidarise le destin commun d'annexés de la Moselle et de l'Alsace. Il ne parle pas clairement de l'incorporation de force qui concerne aussi les Mosellans, mais dissocie les « *contraints* » des « *autres* », les engagés. Il ne faut pas que ce procès de quelques-uns stigmatise tous les incorporés de force. Le quotidien signifie que le procès de Bordeaux n'est pas le jugement de tous les incorporés de force : « *Il faut se garder de porter sur ces douze hommes un jugement collectif* ». Il précise encore que « *le procès de Bordeaux n'est pas celui de l'Alsace* ». Claude Puhl nous indique que « *les consignes étaient parfaitement contradictoires : souligner l'énormité du crime sans accabler les supposés bourreaux*[308] ». En deux mois, le quotidien insiste rarement sur la qualité d'alsacien des inculpés ou des auditionnés, les citant plutôt nommément. Par trois fois seulement, il évoque clairement le statut d'alsaciens des inculpés : « *Les Alsaciens qui étaient à Oradour* » ; « *Les Alsaciens sur la sellette pleurent mais avouent leur participation au massacre* ». « *Impression plus favorable des Alsaciens* ». Les réactions en Alsace ne font l'objet que de petits encarts sans commentaire ; jamais en une.
Après le verdict du procès, l'éditorialiste du *Républicain Lorrain* parle du « *second drame qu'est devenu le procès d'Oradour car l'opinion publique a été bouleversée jusque dans ses tréfonds... Le procès a été gâché d'avance car les coupables n'ont pas été atteints... La France ressent d'autant plus douloureusement la seule présence de ces pâles comparses qu'ils comparaissaient aux côtés de Français, tous récupérés, qui par une tragique ironie étaient plus nombreux ; Pouvait-on inventer plus belle finasserie, plus noire machination pour semer le désarroi et la confusion ?... Le procès n'est devenu qu'une immense souffrance nationale... Il importe, il est vital que la France retrouve son équilibre et sa cohésion intérieurs. Cette réconciliation peut et doit se faire dans une compréhension réciproque aussi large que possible qui bannisse toutes les exclusives, les généralisations fausses et les préjugés meurtriers. Elle doit se faire dans le respect commun de toutes les souffrances. Si cet accord intime, ce rapprochement fraternel, ce regroupement national ne se faisaient pas, Hitler aurait gagné sa guerre contre la France* ».
Si les journaux catholiques sont plutôt solidaires des Alsaciens et le journal laïque plutôt solidaires des victimes mosellanes, aucun n'appelle franchement à manifester d'un côté comme de l'autre à la différence de la presse

alsacienne qui est motrice dans la réaction virulente de ses lecteurs. Tous les journaux n'aspirent finalement qu'à la réconciliation, huit ans après les faits. La neutralité à laquelle ils aspirent, alors que si souvent ces journaux sont radicalement engagés est symptomatique de la position mosellane, qui est coincée entre deux solidarités : celle des Alsaciens avec qui la Moselle a partagé un long destin et celles des victimes d'Oradour parmi lesquelles des Mosellans. Une situation inconfortable. La presse locale reflète bien cette ambigüité. Que vont faire les associations patriotiques porteuses des aspirations souvent catégorielles, voire corporatistes de leurs membres ?

LES ASSOCIATIONS PATRIOTIQUES ENTRE SILENCE ET RÉVOLTE

Au sortir de la guerre, les différentes catégories d'acteurs du conflit se regroupent en associations et amicales pour défendre leurs droits et pour être solidaires entre eux[309]. En Moselle – et en Alsace – , la multitude de vécus différents entraînent une multiplication d'associations dites patriotes. En Alsace, au cours du procès, un quasi-consensus pour défendre l'honneur de l'Alsace s'est établi même de la part des associations de résistants comme l'Amicale des anciens de la Brigade Alsace-Lorraine. En Moselle, y a-t-il eu un tel consensus ?

Les expulsés

De toute évidence, on pouvait penser que les anciens expulsés pencheraient légitimement du côté de la colère des victimes d'Oradour qui appelle à ce que justice se fasse sans discriminer Allemands et Alsaciens, car parmi les expulsés, 44 Mosellans sont massacrés à Oradour. Le professeur Léon Strauss indique cependant que « *les anciens réfugiés et expulsés furent placés dans une situation particulièrement délicate au moment du procès de Bordeaux… Quelle attitude adopter ?* »[310]. Il n'apporte pas de réponse. Le siège de la plus importante association d'expulsés, le Groupement des expulsés et réfugiés d'Alsace et de Lorraine (GERAL), se trouve à Strasbourg. En 1953, son président est Charles Hauter (1888-1981), doyen de la Faculté de théologie protestante de Strasbourg, déporté à Buchenwald à la suite de la rafle du 25 novembre 1943 à Clermont-Ferrand. Le 30 novembre 1952, le GERAL tient son assemblée générale à Strasbourg. Dans son discours, le président évoque le drame d'Oradour : « … *Avant tout, mes chers camarades, je n'oublie pas que l'Alsace et la Moselle ont vu périr plusieurs de leurs enfants dans l'atroce massacre d'Oradour…* »

Ancien insigne de l'association des Patriotes Résistants à l'Annexion de Fait – Groupement des Expulsés et Réfugiés d'Alsace-Lorraine.
(coll. Ascomémo-Hagondange)

Mais immédiatement, Charles Hauter prend la défense des Malgré-Nous et pérore sur l'indicible pseudo-choix : « *Sans doute pourrait-on dire, les Malgré-Nous auraient pu se souvenir du « Quand même ! » de Déroulède*[311]. *Beaucoup l'ont fait et j'en ai durant les mois tragiques accueilli à Clermont-Ferrand, mais le courage intelligent n'habite pas toutes les âmes, l'héroïsme est une magnifique vertu ; hélas, ce n'est pas un attribut obligatoire de notre pauvre nature humaine… J'ignore jusqu'ici ce que l'on reproche aux SS incorporés de force, dont les mausers ont fait merveille à Oradour, mais être soldat dans une formation nationale sous notre drapeau, servir la France est une chose, être incorporé sous la menace, la contrainte, la peur des représailles contre les siens en est une autre. Il n'est pas donné à tout le monde de savoir déserter l'armée nazie sans risques pour soi et pour ses parents. On punit la lâcheté et la couardise, mais nul texte ne peut réprimer l'absence de courage ou de chance…* » Il appelle à l'unité nationale : « *Aujourd'hui comme toujours, il ne doit y avoir qu'une seule France… L'union entre les Alsaciens, les Mosellans et les Français des autres provinces en dépit des vicissitudes de l'histoire a toujours été un exemple pour le monde…* » Enfin, il condamne l'autonomisme : « *Il ne faut pas donner aux trublions perfides ou ignorants un prétexte pour l'affaiblir… Voilà mon avis, je crois que ce sera le point de vue du GERAL* [312] ».

Après l'amnistie, cette argumentation est reprise dans une lettre envoyée à René Mayer, président du Conseil et publiée dans *La Voix du GERAL* : « *La fédération du GERAL… qui compte parmi les victimes lorraines du crime d'Oradour plusieurs de ses membres… Nous savons par expérience combien les membres de nos familles restées en Alsace ont souffert du régime abject qu'ils devaient subir et nous connaissons trop bien le drame qu'a marqué les nôtres dans leur chair et dans leurs âmes… Dans ce moment douloureux de l'histoire de l'Alsace, il nous semble nécessaire de faire entendre aussi la voix de ceux qui souvent ont tout sacrifié pour maintenir l'Alsace française… Nous tenons à affirmer solennellement qu'ils s'opposeront aujourd'hui comme hier de toutes leurs forces à tous les éléments troubles qui voudraient exploiter à des fins politiques l'émotion provoquée par le jugement de Bordeaux… J'ai l'honneur de porter ces sentiments unanimes de notre Fédération à votre connaissance*[313] ».

La qualité d'Alsacien du président du GERAL, et peut-être de théologien protestant, joue de toute évidence envers cette compréhension qui devient clémence et appel à l'unité nationale. L'association reste très discrète pendant le procès. Son journal, *La Voix du GERAL*, n'évoque jamais directement le procès de Bordeaux à l'exception de la publication de trois protestations de 1942 de membres du GERAL contre les décrets d'incorporation, documents présentés comme pièces « *pour le procès de Bordeaux*[314] ». La publication de ces documents, sans commentaires, participent à l'élaboration de la mémoire victimaire de l'Alsace abandonnée ! Vichy savait, mais Vichy n'a pas protesté, du moins publiquement et avec force publicité. Ces prises de position mesurées sont-elles partagées par les membres mosellans du GERAL ?

Le G.E.R.A.L. fournit quelques précisions sur le paiement des dommages de guerre en 1953

Le G.E.R.A.L. a d'autres préocupations que le procès de Bordeaux.
Le Lorrain, 3 février 1953.

Les Mosellans sont les plus nombreux au sein du groupement puisqu'ils sont 18 000 membres alors que l'Alsace en compte moins de 15 000 pour deux départements. La section mosellane est créée le 4 août 1945. En 1951, elle comporte 300 sections locales ce qui devrait lui conférer un poids non négligeable dans le monde associatif et auprès des politiques. Les expulsés ont montré leur capacité à se mobiliser notamment le 12 octobre 1947 où 10 000 personnes manifestent à Metz pour l'obtention d'une prime de 8 000 francs, prime versée au demeurant aux Malgré-Nous et aux familles déplacées en camps spéciaux[315]. Le président départemental est maître Alex Wiltzler, avocat, ancien député, jugé pour désertion par Vichy[316]. Lors de l'assemblée générale à Strasbourg, Wiltzler acquiesce aux propos de son président[317]. Les sections locales ne disent mot sur le procès. Par exemple, le 11 janvier 1953 se tient l'assemblée générale de la section de Rombas devant 60 personnes. Aucune allusion au procès de Bordeaux. Il n'y est évoqué que la lutte pour le règlement des dommages de guerre. Les revendications sont matérielles avec des réclamations non satisfaites d'indemnisation des spoliations et des sinistres[318].

Un exemple à imiter

UNION ET SOLIDARITÉ

de toutes les victimes de guerre envers les **« expulsés »**
qui ont manifesté en masse à ROMBAS le 1er février

On reconnait à la tête de l'imposant cortège, à Rombas, MM. PUHL et CROMBEZ, resp. président départemental et président local des « Expulsés ». Derrière M. PUHL, notre secrétaire général, M. SPITZ

À l'initiative du Groupement des Expulsés de la Moselle, manifestation « œcuménique » des associations patriotiques, y compris l'association des Malgré-Nous.
Un exemple rare souligné dans le mensuel *Malgré-Nous* de février 1948.
(fonds ACMNR, coll. Ascomémo)

Ce même constat peut être fait pour l'association concurrente, le Groupement des expulsés de la Moselle (GEM) présidé par René Puhl. Son comité directeur se réunit le 7 février 1953 à Metz. Pas un mot sur le procès. Leur revendication est matérielle avec une demande d'audience auprès du ministre de la Reconstruction pour le règlement des dommages mobiliers[319]. Pourtant, leur journal, *L'Expulsé de la Moselle*, associe le drame des expulsions à celui d'Oradour : « ... *Charly-Oradour, c'est porter à son plus odieux sommet le drame des expulsions mosellanes ; c'est à son paroxysme la tragédie de l'acharnement implacable du malheur et de l'inflexibilité du destin... Prolongement du drame des expulsions, celui d'Oradour y était en germe et en découlait inéluctablement.* » *Il condamne la barbarie des assassins :* « *À qui ne respecte pas plus les lois humaines que les lois divines, assassiner et torturer est peu de chose. Quand on traîte la population comme du bétail, quand on ne respecte pas ni la propriété, ni la liberté, ni la dignité de la personne humaine, de quel prix peut-être la vie*[320] *?* » Quand il parle des assassins, évoque-t-il seulement les Allemands ? C'est la seule allusion à Oradour dans les collections encore existantes de ce journal. Malheureusement, celles contemporaines du procès n'ont pas été retrouvées dans les différents centres d'archives.
Finalement, au cours du procès, le GERAL et le GEM participent à une réunion d'associations patriotiques à Metz et prennent position avec elles contre la disjonction et s'élèvent contre la menace autonomiste brandie par certains milieux alsaciens.

Anciens combattants, résistants et déportés

Alors que l'Alsace appelle à manifester en silence devant les monuments aux morts, seize associations patriotiques de la Moselle, anciens combattants[321], résistants[322], déportés, expulsés[323], acteurs de la mémoire[324] « *représentant l'opinion de l'immense majorité de la population mosellane* », de gauche comme de droite[325] se réunissent, à l'initiative de la Fédération des Insoumis, au café du Palace à Metz le 17 janvier 1953. Elles publient le lendemain dans la presse une motion pour rendre compte de son émotion suscitée « *par les campagnes de presse et d'opinion et par l'agitation nées – en Alsace – à l'occasion de la comparution devant le tribunal militaire de Bordeaux de quelques Alsaciens incorporés de force dans l'armée allemande* » et protestent « *contre certaines tentatives de chantage à l'autonomisme et toutes pressions tendant à exercer une influence sur l'opinion et le cours de la justice* ». Elles s'opposent donc à la disjonction demandée par les Alsaciens. Pour elles, ce procès ne doit pas être celui de l'Alsace-Moselle et elles proclament ainsi « *qu'en aucun cas il ne peut et ne doit être née une assimilation ou une confusion entre ces accusés et l'ensemble de la population de Moselle et d'Alsace, populations foncièrement françaises… Il s'agit de juger le cas de quelques accusés selon leurs actes* ». Elles décident « *de faire confiance à la justice pour faire un procès équitable* ». Enfin elles expriment sa solidarité avec « *la mémoire de Charly massacrée avec leurs frères d'Oradour*[326] ». La majorité des associations mosellanes se désolidarisent avec les associations alsaciennes. Cette position est diffusée sur les ondes et dans la presse nationale[327]. Elle provoque de vives réactions en Alsace[328].

Les Anciens Combattants et Victimes de Guerre et toutes les sociétés patriotiques de Moselle prennent position sur l'affaire d'Oradour

Le Républicain Lorrain
18 janvier 1953.

À la pointe de cette désolidarisation : la Fédération des Insoumis de la Moselle[329]. Elle a son siège à Metz et est présidé par Alfred Quirin, algrangeois, permanent du syndicat chrétien CFTC depuis 1937[330], évadé de Moselle en 1943[331]. Malheureusement, les archives de cette association ont disparu avec elle[332]. Leur position est étroitement liée à leur histoire, puisque les insoumis ont « *soit abandonné leur foyer, alors que, faisant partie des classes mobilisables par les autorités allemandes dans les formations militaires ou paramilitaires allemandes, couraient le risque d'y être incorporées, et se sont soustraits préventivement à leur incorporation, soit abandonné leur foyer pour ne pas répondre à un ordre de mobilisation dans ces formations, ou n'ont pas obtempéré à l'ordre d'appel*[333]. » Les insoumis ont eu la réaction contraire de celle des incorporés : ils n'y sont pas allés. Nous revenons inlassablement au problème du choix. Ayant refusé de porter l'uniforme allemand, ils ne trouvent aucune circonstance atténuante et encore moins « déculpabilisatrice » aux incorporés. Avant la réunion précitée, la fédération vote une autre motion à laquelle souscrivent les autres associations. Elle juge opportun de souligner que « *plus de la moitié des Mosellans mobilisables se sont soustraits à la circonscription et que plus du tiers des incorporés de force ont déserté, des milliers payant leur insoumission de leur vie*[334] ». Elle clame que les Lorrains ont plus déserté que les Alsaciens, ce qui reste à démontrer. Mais cette démonstration si elle s'avérait exacte nuirait considérablement à l'argumentation alsacienne bâtie autour de l'Histoire subie, de l'impossibilité de choisir la fuite. La désolidarisation n'en serait que plus grande. La fédération reproche au moins aux Alsaciens d'avoir répondu à l'appel ou de ne pas avoir déserté alors même que l'Alsace explique au tribunal que l'insoumission était risquée[335] et mettait en plus la famille en danger de déportation[336] et que la désertion était quasi impossible et sévèrement réprimée[337]. Aussi, la fédération « *estime nécessaire d'élever une protestation solennelle contre certaines interventions indécentes qui, sous prétexte de défendre la cause d'Alsaciens impliqués dans ce crime, risquent de jeter le déshonneur sur tous les jeunes Alsaciens-Lorrains mobilisables dans l'armée allemande*[338] ».

En plus, la reconnaissance des réfractaires et insoumis de la *Wehrmacht* n'est pas effective au moment du procès de Bordeaux suscitant incompréhension et jalousie par rapport aux incorporés. L'Unadif-Moselle souligne ce paradoxe : « *Au moment où vient de paraître l'arrêté du 22 août 1952 fixant les conditions d'attribution de la carte de combattant aux Alsaciens et aux Mosellans qui ont été incorporés de force dans la Wehrmacht, il serait paradoxal que les déportés ou internés qui ont déserté ou refusé de servir dans la même armée et qui ont ainsi fait preuve de sentiments antiallemands soient exclus du bénéfice du statut de déportés résistants ce qui arriverait à les mettre dans une situation morale inférieure à celle des Alsaciens et Mosellans qui ont servi sous l'uniforme allemand*[339] ». En novembre 1952, la décision est ajournée, car non inscrite au budget[340]. La proposition de loi défendue par le député messin Raymond Mondon et étendue aux familles qui les ont volontairement aidés à se soustraire à leurs obligations militaires forcées est finalement adoptée le 24 mars 1953 par l'Assemblée nationale, quelques semaines après le procès, mais bloquée au Sénat le 27 octobre 1953, et enfin votée le 19 juillet 1954.

La fédération des insoumis est suivie dans son intransigeance par des sections locales de la Fédération des engagés volontaires d'Alsace-Lorraine (FEVAL). Par exemple, la section de Moyeuvre-Grande s'élève « *vivement contre les interventions prises en faveur de certains membres de l'armée allemande et demande qu'aucune discrimination ne soit faite en faveur de certains assassins d'Oradour au procès de Bordeaux* ». Pour elle, Alsaciens et Allemands sont à mettre dans le même panier ; ils ont tous combattu dans la même armée. Elle se prononce donc contre la disjonction demandée par l'ADEIF « *sans aucune haine* ». Elle demande à ce « *que la justice pour le règne de laquelle nous avons combattu ne tienne aucun compte des pressions qui pourraient se faire sentir* ». Cette motion est envoyée au ministre de la Justice et au président du tribunal. Elle est également publiée dans la presse[341]. Est-ce à cette initiative que fait allusion le commissaire du gouvernement lors de la première journée du procès, lorsqu'il cite la motion d'une association de résistants de Moselle et pointe ainsi un désaccord entre l'Alsace et la Lorraine concernant la disjonction ? « *Vous nous dites, l'Alsace-Lorraine unanime* » lance-t-il aux avocats alsaciens[342]. Mais au sein de la FEVAL, il n'y a pas unanimité. Par exemple, contrairement à l'année précédente, dans son allocution du 8 mai 1953, le président de la section de Saint-Julien-lès-Metz énumère parmi les victimes de la guerre celles « *tombées sous un uniforme qu'ils portaient malgré eux* »[343]. Au niveau de la direction interdépartementale, silence pendant le procès. La FEVAL est dirigée par des Alsaciens.

Ce mouvement de contestation du monde patriotique s'amplifie avec l'amnistie des Alsaciens. Toujours sur l'impulsion de la Fédération des Insoumis, vingt et une associations, cinq associations supplémentaires par rapport à la réunion du 17 janvier, se réunissent le 23 février 1953 à Metz. Elles sont essentiellement résistantes ou issues de la France Libre[344] d'obédience gaulliste. Ne figurent pas parmi les signataires par exemple la FNDIRP ou l'ARAC, proches du parti communiste, ni le Groupement des expulsés et réfugiés d'Alsace-Lorraine (GERAL) tenu par les Alsaciens.

Elles publient un communiqué dans la presse où elles disent s'incliner « *devant les victimes d'Oradour avec une pensée toute particulière pour les 48 (sic) Mosellans expulsés de Charly qui y trouvèrent la mort* » et par conséquent la Moselle figure « *pour une part hélas considérable au martyrologue d'Oradour* ». Elles estiment que « *parmi les victimes de l'annexion de fait par le Reich Allemand la Moselle dont on a fort peu parlé au cours des récents débats occupe sans conteste la peu enviable première place ayant payé de 350 000 (sic) expulsions ou déportations en masse son attachement à la patrie* ». Selon elles, la Moselle aurait donc le plus souffert en France du fait de la politique d'épuration de Bürckel. Le chiffre avancé est exagéré englobant toute la diaspora mosellane, voire alsacienne et donc des personnes qui ont « choisi » l'exil, comme les évacués de 1939-40 ou les réfugiés de l'exode non rentrés, les optants volontaires et les évadés. Ce chiffre est aujourd'hui encore parfois avancé dans le journal local[345], malgré les dernières études qui évaluent à environ 100 000 les expulsés, 9 500 les PRO et 7 800[346] les déportés et internés. Les associations oublient d'indiquer, même si c'est dans une autre proportion, que l'Alsace a également subi une épuration mais, par contre, elles évoquent « *la honteuse incorporation de force, comme l'Alsace* ». Pour autant, elles se refusent « *à assimiler les treize accusés condamnés à Bordeaux avec l'ensemble de l'Alsace dont ils ont si souvent partagé le sort malheureux et dont ils connaissent mieux que personne la fidélité à la patrie qui lui doit tant de grands Français »,* mais s'indignent « *que certains milieux de l'Alsace aient pu fomenter un mouvement de protestations inadmissibles contre une décision rendue régulièrement par une juridiction française* » alors qu'elles estiment « *responsables* » les treize incorporés de force. Responsables de ce qu'elle qualifie d'« *immonde et systématique tuerie* ». La désolidarisation mémorielle avec l'Alsace est là flagrante puisque l'Alsace s'est attachée au cours du procès à déresponsabiliser les « treize ». Responsables et donc « *coupables régulièrement condamnés* ». Terribles mots pour l'Alsace et les Alsaciens ! Les associations mosellanes s'élèvent finalement « *contre ces mouvements de protestations qui risquent de jeter le discrédit sur toutes les populations de l'Est et qui a eu hélas pour résultat tangible la mise en liberté* ». Un « *hélas* » plein d'amertume et de colère.[347]

Ce 23 janvier, à cette réunion des associations patriotiques, Charles Spitz, président de l'Association des Malgré-Nous, est présent. Il ne signe pas la motion. Entre solidarité avec les incorporés alsaciens et solidarité avec les associations patriotiques mosellanes, il est difficile de choisir. Quelle est donc la position de son association ?

Les Malgré-Nous

En Alsace, l'Association des Déserteurs, Évadés et Incorporés de Force (ADEIF) du Haut-Rhin est à la pointe de la défense des incorporés de force. Cette position est conforme à l'article premier de ses statuts, « *la défense et la sauvegarde des intérêts matériels et moraux de ses membres* »[348]. Mais comme nous l'avons vu, le procès de Bordeaux est perçu par les Alsaciens comme une incompréhension d'un autre drame : celui de l'incorporation de force. Rappelons ici les mots de Georges Bourgeois, président de l'ADEIF : « *Avec l'affaire d'Oradour, le problème des incorporés redevient d'une brûlante actualité et il nous appartient de défendre une fois de plus nos membres et la mémoire de ceux qui sont tombés au front et reposent en terre étrangère…*[349] »

L'ADEIF est rejointe dans sa démarche par d'autres associations de vétérans en Alsace, même les résistants. Elle pourrait s'attendre presque légitimement à une solidarité de sa « sœur » mosellane, l'Association des Combattants Malgré-Nous (ACMN), présidée depuis 1947 par Charles Spitz. Celui-ci fait modifier les statuts de l'association et l'article premier stipule désormais que « *le but de l'association est de maintenir l'idée française parmi les membres de l'association et la propagation de cette idée* »[350].

Dépôt de gerbes à l'occasion d'un congrès de l'ADEIF au monument aux morts de Strasbourg par le président Jean-Paul-Baillard. (coll. Ascomémo-Hagondange)

Étonnant objectif ! Charles Spitz est membre du RPF[351], le mouvement du général de Gaulle, qui appelle à l'unité nationale.

Cette association reste quasi silencieuse pendant tout le procès. Pas d'appel à manifester, de dépôt de gerbes, d'assemblées extraordinaires… Selon Pierre Barral, l'association des Malgré-Nous est « *gênée. Elle adopte le parti d'observer le silence* »[352]. Pour Gandebeuf, « *parmi les vibrations négatives qui peuvent expliquer le silence des Malgré-Nous mosellans à la sortie de la guerre, la pesanteur du drame d'Oradour-sur-Glane est certainement la plus traumatisante. Ils se voyaient comme des victimes mais il leur eût paru quasiment honteux de le prétendre… Le silence et le profil bas des 30 000 Mosellans incorporés est venu de cette impossibilité dans laquelle ils se trouvaient de montrer l'injustice de leur destin. Et l'on peut supposer que la quasi-totalité des 110 000 incorporés alsaciens auraient agi avec la même dignité si l'affaire du jugement de Bordeaux… ne les avait obligés à monter au créneau pour défendre l'honneur régional* [353] ».

Pourquoi cette timidité ?

Réunion d'information des A. C. "Malgré-Nous" et Réfractaires

Sous la présidence de M. Spitz, le comité élargi des Anciens Combattants « Malgré-Nous » et Réfractaires s'est réuni au Métropole dans le but de discuter du verdict prononcé par le Tribunal Militaire de Bordeaux (Oradour) de la loi d'amnistie et enfin des questions revendicatives, statut du réfractaire, carte du combattant, pécule des ex-P. G. et de leurs ayants-cause ainsi que de la détection et le rapatriement des non-rentrés.

Le comité n'a pris aucune décision sur le sujet brûlant de l'amnistie des Alsaciens d'Oradour. Il a décidé d'attendre la réunion organisée par la Fédération des Insoumis qui aura lieu demain lundi au Café du Palace, afin de prendre position sur cette question et de faire intervenir un accord entre les autres groupements.

Voici le groupe du comité des A. C. « Malgré-Nous » et Réfractaires à l'issue de leur réunion d'information.

20 février 1953. Réunion de l'Association des Malgré-Nous à Metz en présence de Charles Spitz. Dans l'article, il est dit : « *Le comité n'a pris aucune décision sur le sujet brûlant de l'amnistie des Alsaciens d'Oradour.* » *Le Républicain Lorrain* 22 février 1953

Les archives de l'ACMN s'arrêtent brutalement en 1952 pour reprendre en 1957. Ont-elles été détruites ? Ou cela témoigne-t-il du peu d'activité de l'association pendant cette période ? Louis Harig, président actuel de l'ACMNR[354], entré au comité départemental en 1951, n'a pas pu répondre à ces questions. Faute d'archives, cette période n'a pas pu être traitée par Aurélie Bludszus dans le cadre de ses recherches universitaires consacrées à cette association. Aussi, nous ne pouvons émettre que des hypothèses.

Y a-t-il désaccord entre les associations-sœurs avant le procès ?

Malgré un conflit initial fin 1945 entre l'ADEIF et l'ACMN au sujet du titre du bulletin alsacien[355], à savoir « *Malgré-Nous* » que l'association mosellane revendique comme sa propriété notamment dans ses nouveaux statuts de mars 1947 et quelques « *légères divergences de vues*[356] », des échanges épistolaires[357] indiquent que les relations entre les associations alsaciennes et mosellane sont régulières. Les considérations financières

4e Année — Nouvelle Série — N° 1 — Mensuel — Le Numéro : 10 fr. — Janvier 1949

"Malgré-Nous"

Le Journal des victimes de la conscription allemande

Mutilés - Invalides - Combattants - Veuves - Orphelins et Ascendants

ORGANE D'INFORMATION ET DE LIAISON DES ASSOCIATIONS D'INCORPORÉS DE FORCE ET RÉFRACTAIRES D'ALSACE ET DE LA MOSELLE, AFFILIÉES A L'U.F.A.C.

RÉDACTION ET ADMINISTRATION : METZ, Caserne Féraudy (près de la place Mazelle - Tél. 14.95

DIRECTEUR : CHARLES SPITZ

ABONNEMENTS : 120 FRANCS PAR AN
C. C. Postal : « Malgré-Nous », C.C.P. Strasbourg n° 832.14

« MALGRE-NOUS »
avec ses meilleurs vœux
à ses lecteurs pour 1949

En mémoire du 25e anniversaire de sa mort

Pour la formule nouvelle de «MALGRÉ-NOUS»

Conjuguons nos efforts

La Journée départementale des «M.-N.» à Metz
(Voir article en 5e page)

Mensuel *Malgré-Nous* n°1, janvier 1949 : il est commun aux trois associations de défense des incorporés de force. (fonds ACMNR, coll. Ascomémo-Hagondange)

et « *des similitudes dans leurs revendications* » amènent notamment à la publication d'un bulletin commun entre les trois associations en 1949[358], une publication qui ne dure qu'un an, faute de lecteurs et donc de financement. Aussi, à partir de 1950, l'ACMN ne dispose plus de bulletin de liaison qui est un outil essentiel pour sa propagande et sa promotion. Il ne réapparaît qu'en 1959. Au moment du procès de Bordeaux, l'association ne dispose donc plus de ce moyen d'informations. Il semble que l'association périclite pendant cette période. En 1952, l'association compte 3 281 membres[359].

Le président Charles Spitz constate une baisse sensible des effectifs après l'attribution du vestiaire et de la prime de retour de 5 000 francs. Des sections cessent leurs activités reprochant « *le manque de vitalité du siège* ». Charles Spitz est découragé et désire même vouloir passer la main. « *Vous ne pouvez pas abandonner, même si tous les autres désertent. Il y a plus d'un général indispensable qui ne dispose pas d'armée*[360] ». Son combat est tout entier tourné vers le rapatriement des derniers incorporés encore prisonniers en URSS. À ce titre, Charles Spitz participe régulièrement à la commission consultative qui siège à Paris aux côtés des présidents de l'ADEIF, Jean-Paul Baillard pour le Bas-Rhin et Georges Bourgeois pour le Haut-Rhin. La dernière réunion avant le procès a lieu le 21 février 1952, alors qu'il y a encore 12 500 disparus[361].

L'ACMN va rompre ce silence que les Alsaciens trouvent insupportable.

Le maire de Forbach, Gabriel Mai, ancien incorporé, aurait[362] adressé, à la demande de l'abbé Sutter, ancien de Tambow, un courrier au président de l'Assemblé nationale : « *Le Maire de Forbach en son nom personnel et répondant au souhait de nombreux administrés vient vous dire la solidarité des Malgré-Nous de sa région à ses frères alsaciens. Sachant qu'il y a eu déjà assez de victimes lorraines et alsaciennes au cours de l'ignoble massacre d'Oradour, il prie l'Assemblée de faire – en regard à notre situation spéciale – tout ce qui est en son pouvoir pour réhabiliter cette partie de la population des provinces de l'Est qui pense avoir été méconnue à Bordeaux*[363] ».

En dehors de cette initiative personnelle, nous avons trouvé dans la presse une motion de l'ACMN votée le 31 janvier 1953 après la modification de la loi de 1948. L'ACMN fait part « *de sa satisfaction* » et espère qu'« *elle permettra une solution générale et légale à la question si controversée de la disjonction du cas des incorporés de force* ». Mais surtout, elle confirme « *sa solidarité avec les camarades alsaciens et n'admet pas que l'on oppose l'attitude des Alsaciens à ceux des Lorrains, l'incorporation étant une et invisible, frappant à un même degré les deux provinces*[364] ». Elle s'oppose à la Fédération

Ci-dessus et page de gauche : Manifestation de l'Association des Malgré-Nous au monument aux morts à Metz vers 1950. (photos Bour, coll. Ascomémo-Hagondange)

des Insoumis, concurrente[365]. Elle s'oppose aussi à l'idée que l'incorporation de force dans la *Waffen SS* ne concerne pas les Mosellans. Nous avons précédemment prouvé qu'elle a raison alors que l'argument de l'absence de Mosellans dans la *Waffen SS* sert à mettre en doute le caractère forcé de l'incorporation des Alsaciens dans cette arme.
Cette affirmation tardive d'un destin et d'un drame communs entre les deux provinces est bien une déclaration de solidarité forte et essentielle. Mais, à part cette motion, l'association des Malgré-Nous reste discrète. Lors de la réunion des associations patriotiques à Metz où est votée une protestation contre l'amnistie et où les incorporés sont désignés comme « *responsables d'assassinats* », Charles Spitz, présent, n'intervient pas[366]. Pour Aurélie Bludszus, « *la révélation au grand jour du massacre d'Oradour ne fera qu'enfoncer les Malgré-Nous dans le silence et le ressentiment. À partir du procès de Bordeaux, les gens feront un amalgame et tous les Malgré-Nous seront traités en parias et en traîtres*[367] ». Jacques Gandebeuf parle d'un « *syndrome d'Oradour où les seuls Mosellans concernés ont péri dans l'église, … Le silence des Malgré-Nous, c'est la blessure de l'âme*[368] ».

Dans *La Paroisse Lorraine*, l'abbé Stenger[369], ancien déporté, exprime cette blessure : « *Supposez que dans la division Das Reich, il eût plu aux occupants nazis d'incorporer des Mosellans ! Il eût pu se faire alors que sur les bancs des accusés de Bordeaux se trouvassent des « Malgré-Nous » lorrains. À ce moment-là il aurait fallu évoquer l'aspect particulièrement tragique de la chose suivante : parmi les victimes d'Oradour-sur-Glane se trouvent 44 Mosellans... Y ont-ils pensé, ceux qui, en Limousin, ont écrit le mot « assassin » sur des voitures stationnant dans les rues, simplement parce que la plaque minéralogique portait le chiffre d'un des trois départements du Rhin et de la Moselle ? On serait donc un assassin parce qu'on est alsacien ou lorrain ? Halte-là, parmi les Mosellans, il y a aussi des « assassinés » et en bonne proportion, je pense. J'ai eu hier soir la visite d'un homme, père de famille, bien considéré, occupant une place de choix dans une grande entreprise de la Moselle. Son attitude pendant la guerre était irréprochable. Voici ce qu'il me dit les larmes aux yeux : « Vous croyez que ce procès ne nous a pas fait de mal ? J'ai été mobilisé à 17 ans. Je n'ai pas pu me sauver, mes parents demeurant à l'autre bout du département. Je n'ai pas eu à me servir de mes armes, ni contre des soldats, ni contre les civils. Mais j'ai mal aujourd'hui en pensant que j'aurais pu être envoyé à Oradour. Oh ! je sais bien ce que je ferais aujourd'hui en pareille occurrence. Mais à 17 ans, qu'aurai-je fait ? Et voici que, huit ans après, on me fait réaliser combien mon sort est tragique. J'en souffrirai toujours, comme j'en ai souffert alors. » Je l'ai consolé comme j'ai pu. Il n'était pas convaincu qu'aux yeux des autres Français le fait d'avoir été mobilisé de force dans l'armée des occupants ne constituât pas une tare. Cela risque de faire de lui un Français de second rang, un Français diminué* [370] ».
L'abbé Sutter, ancien de Tambow confirme que « *les Malgré-nous ont souffert d'un inexplicable complexe d'infériorité... On s'est tu* ». Il adresse alors une lettre ouverte aux parlementaires français dont on ne sait si elle a été publiée. Après un paragraphe sur le thème de l'abandon, il exprime tout son désarroi : « *Depuis que je sais que les Alsaciens, mes frères de destinée, y ont pris part, j'en souffre bien plus encore – d'avoir été Malgré-Nous – et je remercie le ciel de m'avoir protégé de cette grande tentation*[371] ».
Le monde des associations dites patriotiques est donc divisé, partagé entre silence et indignation. Il convient maintenant de voir la position des parlementaires mosellans d'autant que les débats sur « le procès d'Oradour » s'invitent à la Chambre des députés.

LES PARLEMENTAIRES

Depuis la Libération, la politique en Moselle est dominée par le Mouvement Républicain Populaire (MRP), héritier du Parti Démocrate Populaire

À l'occasion du quatrième anniversaire de la libération de Metz en 1948, sur le pont de la préfecture, de gauche à droite, les députés Robert Schuman, Raymond Mondon et Alfred Krieger. (coll. Ascomémo-Hagondange)

et de mouvements régionaux comme l'Union Populaire Républicaine en Alsace et l'Union Républicaine Lorraine en Moselle. Le MRP est fondé le 26 novembre 1944 par Georges Bidault. Il se veut le parti des résistants démocrates-chrétiens qui souhaitent dépasser le clivage droite-gauche et celui de la « fidélité » au général de Gaulle. Avec son créateur, le Mosellan Robert Schuman et l'Alsacien Pierre Pflimlin sont les personnalités les plus marquantes de ce parti et participent aux gouvernements de la IVe République. En 1951, en Moselle, le MRP obtient 32% des suffrages et ce n'est que l'apparentement qui lui permet d'avoir trois élus, car le Rassemblement du Peuple Français (RPF) obtient 44% des suffrages, mais n'obtient finalement que trois sièges. Le RPF est fondé par le général de Gaulle le 14 avril 1947 pour mettre en œuvre son programme politique exposé dans le discours de Bayeux. Il veut se situer au-delà du clivage droite/gauche et prône l'unité nationale. La Moselle est bien ancrée à droite. Seul le parti communiste y représente la gauche.
Les politiques mosellans n'interviennent pas publiquement dans les débats concernant le procès de Bordeaux à l'inverse des Alsaciens. Par exemple, aucun débat au Conseil général de la Moselle[372].

Mais, « *l'affaire du procès d'Oradour* » s'invite à l'Assemblée nationale avec le vote le 27 janvier 1953 de la modification de la loi sur la responsabilité collective de 1948 et ensuite avec le vote de l'amnistie, obligeant les élus à prendre position.
Quelles positions ont adopté les élus mosellans alors que tous les élus alsaciens à l'exception des communistes ont parlé d'une seule voix et ont voté la modification et l'amnistie ?

POUR OU CONTRE LA MODIFICATION DE LA LOI DE 1948 ?

Le 27 janvier 1953, à l'Assemblée nationale s'ouvrent les débats pour la modification de la loi dite de la responsabilité collective du 15 septembre 1948. La modification s'applique « *aux procédures en cours* » à Bordeaux. Elle est déposée par les députés du MRP et défendue en premier lieu par les élus alsaciens comme les députés Joseph Wasner et Pierre Pflimin ou le conseiller de la République Paul Kalb. Après des débats houleux, la modification de la loi est votée en ces termes : « *la preuve de leur incorporation forcée ou encore* (souligné par l'auteur) *de leur non participation au crime* ». L'incorporation forcée suffit désormais à la « dé-responsabilité » individuelle. Dans Le *Populaire du Centre*, un article « *L'opinion d'un Lorrain* » est publié. S'agit-il d'un Mosellan ? Anonyme, le témoin condamne l'intervention des notables alsaciens en faveur des accusés et se prononce sur la responsabilité des hommes entendus à Bordeaux : « *l'incorporation de force est une chose et le comportement des incorporés de force en est une autre. C'est donc d'un même tribunal que relèvent leurs auteurs, c'est à la même corde qu'ils doivent être pendus*[373] ».
Les députés mosellans affichent une position nuancée à la proposition de modification qui satisfait au contraire presque tous les élus alsaciens. Les conseillers de la République mosellans Paul Driant (RPF), René Schwartz (Indépendants, proche du RPF avec lequel il constitue une liste d'union nationale) et Jean Bousch (RPF) et les députés Alfred Krieger (RPF), René Peltre (MRP, courant Républicains Indépendants.) et Robert Schuman (MRP), votent pour la modification. Joseph Schaff (MRP) s'abstient. Les députés Raymond Mondon (RPF, courant Action Républicaine et Sociale, ARS), Jules Thiriet (RPF-ARS) et Pierre Muller (PCF) votent contre. On voit bien qu'au sein d'une même famille politique, il peut y avoir divergence. Deux députés MRP votent pour ; l'autre s'abstient. Les conseillers de la République et un député RPF votent pour ; deux autres contre.

Si le vote communiste est fidèle à la ligne du parti, comment expliquer cette indiscipline de parti alors que le RPF et le MRP sont à la pointe de la contestation alsacienne et en appellent à l'unité nationale ?

Discipline de parti pour Pierre Muller

Le Limousin est une terre communiste et c'est l'occasion d'instrumentaliser le crime d'Oradour pour décrédibiliser le gouvernement et les partis. Le parti réclame la condamnation de tous les bourreaux d'Oradour qu'ils soient Allemands ou Alsaciens. Il crie au complot, notamment pour la création d'une armée allemande : « *Si la bourgeoisie alsacienne et lorraine et ses partis du RPF au parti socialiste est à la tête de la trahison avec ses ministres Pflimlin et Schuman qui vendaient notre pays aux impérialistes américains, les ouvriers et les paysans seront dignes de leur long passé de lutte pour la liberté* [374] ».

Cette argumentation du complot est reprise dans *L'Humanité d'Alsace et de Lorraine*[375] publié à Strasbourg en langue allemande. Dans ce journal, il est difficile de discerner l'opinion mosellane de l'alsacienne, tellement il lui laisse peu de place. S'alignant sur la ligne directrice du parti établie à Paris, l'organe local du PCF multiplie les critiques envers le MRP et le RPF y incluant l'ADEIF. Les partis de droite dominent l'échiquier politique mosellan. En 1953, en Moselle, le parti communiste est seulement la troisième force politique, loin derrière les partis de droite. Aux législatives de juin 1951, il obtient 16% des voix et un élu[376], Pierre Muller (1901-1977), ancien député, puis conseiller de la République non réélu, ouvrier mineur à Freyming. Il est arrêté par les Allemands le 10 octobre 1940, interné à Sarrebruck, puis déporté à Buchenwald[377].

En Moselle, le parti communiste a une cible de choix : Robert Schuman. Il n'a jamais ménagé ses attaques contre sa double culture, le vote des pleins pouvoirs au maréchal Pétain le 10 juillet 1940 et sa participation au gouvernement Pétain… pendant une semaine. À la séance du 29 novembre 1947 à l'Assemblée nationale, Jacques Duclos, secrétaire du PCF, rappelle le pseudo-passé militaire de Robert Schuman, alors président du Conseil, qui aurait été capitaine dans l'armée allemande pendant le Grande Guerre[378]. En même temps, la section départementale du PCF par l'intermédiaire de Pierre Muller s'attaque à son passé de membre du gouvernement de Pétain[379] : « *Nous disons que, si il y a eu des Malgré-Nous, c'est parce que les hommes de Vichy, dont M. Schuman, ont abandonné l'Alsace-Lorraine et ont livré notre jeunesse comme chair à canon à Hitler.* »[380]

Les attaques communistes continuent notamment lors du débat sur le réarmement de l'Allemagne. Pour eux, ce réarmement est « *incarné par Robert Schuman* » qui, en réalité, y est opposé. Dans un pamphlet, les communistes lui reprochent encore une fois d'avoir été membre du gouvernement « *qui a livré l'Alsace et la Lorraine à Hitler* » en signant l'armistice dans lequel il y aurait eu des clauses de ré-annexion[381]. Lors des débats sur la modification de la loi de 1948, Robert Schuman est pris à partie à deux reprises par le député communiste du Bas-Rhin, Marcel Rosenblatt : « *C'est le ministre qui a signé les accords de Bonn et de Paris supprimant les effets de la loi N° 10 concernant les criminels de guerre.* » « *Qui sont les responsables ?... Ce sont en premier lieu les mauvais bergers qui ont livré l'Alsace et la Lorraine à Hitler, les députés qui ont voté pour Pétain comme MM Meck et Schuman qui sont responsables de l'incorporation de force des Alsaciens et des Lorrains dans la Wehrmacht. C'est dans ces conditions – l'armistice – que Robert Schuman entrait dans le premier ministère Pétain...*[382] » Robert Schuman ne répond pas à ces nouvelles attaques du parti communiste.
Pendant la campagne des élections législatives de 1951, l'incorporation et le retour des Malgré-Nous d'URSS sont au cœur des débats électoraux, en pleine guerre froide. Dans les professions de foi des élections législatives du 17 juin 1951, la « *liste d'union républicaine, résistante et antifasciste présentée par le parti communiste* » en Moselle est la seule dans le département à avoir une revendication envers les incorporés de force en demandant « *la publication des listes de Lorrains incorporés de force dans la Wehrmacht, disparus, que le gouvernement de l'Allemagne occidentale, ami de Robert Schuman, tient cachées*[383] ». Le *Patriote Mosellan* titrait « *MM Schuman et Mondon, cessez d'exploiter les cadavres des Malgré-Nous* » en les accusant de dire que des Malgré-Nous sont toujours détenus dans des camps en URSS, alors qu'ils seraient morts au combat. Les témoignages sur les camps de prisonniers de guerre en URSS sont condamnés par le PCF, une « *honteuse calomnie*[384] ». Mais cette expérience des camps soviétiques oriente forcément le vote de nombreux Malgré-Nous vers un anticommunisme virulent. L'association des Malgré-Nous défend d'ailleurs Schuman lorsqu'il est attaqué par les communistes.
Le PCF reconnaît toutefois que les Malgré-Nous sont les « *victimes de l'affaiblissement aux sombres années d'avant-guerre des forces républicaines et démocratiques ce qui permit au fascisme intérieur et à l'hitlérisme de fouler de sa botte notre département*[385] ». Ils en appellent aux « *Malgré-Nous qui êtes revenus au nom de vos camarades assassinés par ceux qui nous ont vendus à Hitler en 1940, les Schuman et les Pétain...* » Et justement pour *L'Humanité d'Alsace et de Lorraine*, les accusés du procès de Bordeaux sont

Le Patriote Mosellan

PORTE PAROLE ET DEFENSEUR DE LA POPULATION LORRAINE

Rédacteur principal dans la clandestinité : Jean BURGER, tué au Camp de Nordhausen
Rédaction-Administration : 14, rue Charlemagne, Metz. Téléphone 31-39. C. C. P. : HULO 912—46 Strasbourg

Mrs Schuman et Mondon

Cessez d'exploiter les cadavres des Malgrès-Nous

Une des principales conditions pour faire entrer les peuples dans une guerre, c'est de les préparer psychologiquement.

Dans nos trois départements de l'Est, la Moselle, le Bas-Rhin et le Haut-Rhin, la réaction a choisi pour arme de préparation à la guerre contre l'URSS, la question des incorporés de force dans la Wehrmacht non rentrés.

Depuis la fin de la guerre, les calomnies contre l'Union soviétique n'ont pas cessé de la part des Schuman, Mon- dizaines de milliers de soldats de la Wehrmacht tués au cours de la guerre.

Ces listes remises par Mr. Mac Cloy, Haut-Commissaire américain en Allemagne, à Adenauer, sont tenues secrètes *depuis 6 années*. C'est le Secrétaire de Mr. Mac Cloy qui le confirme par écrit le 25 mars 1950 dans une lettre à des personnes qui demandaient des nouvelles de leurs disparus.

Cette lettre déclare que Mr. Mac Cloy a remis une liste trouvée dans les Etats-Major allemands, au chef du gou-

Ein Reich, ein Volk, ein Führer! Un homme fort dans un Etat fort
La même politique entre ses deux hommes

Le Patriote Mosellan, (PCF) n° spécial pour les élections de 1951 : il attaque les députés Robert Schuman et Raymond Mondon concernant les pseudo-incorporés toujours prisonniers en URSS et écrit qu'Hitler et de Gaulle, c'est « *la même politique* ». (coll. Ascomémo-Hagondange)

« *tous des assassins* (« *alle Mörder* ») » qui doivent être jugés car les « 12 Alsaciens sont complices des hitlériens d'Oradour (*Im Bordeaux sind 12 Elsässer angekagt mit der Hitlerianer Oradour zerstört zu haben* »)[386]. Aussi, le député Pierre Muller vote contre la disjonction, conformément à la position de son parti.

Le silence de Robert Schuman

Le député MRP Joseph Schaff (1906-1981) s'abstient et ne respecte pas le mot d'ordre de son mouvement, voter pour la modification de la loi, mot d'ordre qui correspond aux exigences alsaciennes. Pourquoi ? Cheminot à Montigny, Joseph Schaff est resté en Moselle pendant toute la guerre et a subi avec ses compatriotes les difficiles contraintes de l'annexion. Engagé dans la résistance, il est élu maire de Montigny à partir de 1945. Le fait d'être resté, d'avoir été témoin de la politique de Bürckel, a-t-il influencé ce député, proche des préoccupations de ses compatriotes ?

SCHUMAN : DÉMÉNAGÉ Recordman de la résistance aux crises, M. Robert Schuman, qui a participé aux dix derniers gouvernements, a quitté le Quai d'Orsay qu'il occupait depuis le 27 juillet 1948. Il a fait transporter dans deux pièces, 8, rue des Saints-Pères, ses 600 kilos d'archives personnelles.

8 janvier 1953.
Départ du gouvernement
de Robert Schuman.
Paris-Match, 14 janvier 1953

Le 12 février 1952, il intervient à l'Assemblée nationale pour que les années passées sous l'uniforme allemand comptent pour la retraite des militaires de carrières[388] montrant ainsi sa solidarité avec les Malgré-Nous. Pour marquer ce soutien sans s'opposer radicalement à son mouvement, aurait-il décidé de s'abstenir ?

Les votes des députés René Peltre (1908-1995) et Robert Schuman (1886-1963) sont conformes à la ligne directrice du mouvement. Pourtant René Peltre a plutôt défendu les réfractaires à la *Wehrmacht* puisqu'il est rapporteur de la proposition de loi portant statut des réfractaires à l'incorporation dans l'armée allemande qui est défendue en mars 1953[388]. On l'imagine plus proche des insoumis que des Malgré-Nous. Considéré comme indépendant, il se range pourtant à la décision du MRP.

Robert Schuman, quant à lui, a une place à part parmi les élus mosellans. Député depuis 1919, successivement ministre des Finances, président du Conseil et ministre des Affaires étrangères depuis 1946, Robert Schuman quitte le gouvernement le 8 janvier 1953, quelques jours seulement avant le début du procès de Bordeaux.

Après ce départ, il retrouve son siège de député. « *À l'Assemblée nationale, l'expérience et la sagesse de Schuman étaient reconnues de tous… Il était informé, consulté, proche des responsables*[389] ». On aurait de prime abord pu penser que Robert Schuman appellerait au châtiment contre les criminels *SS*, lui qui a connu la prison à Metz de septembre 1940 à avril 1941[390] puis la résidence surveillée à Neustadt-am-Weinstrasse (Palatinat) ; lui qui s'est évadé en août 1942 pour échapper aux nazis et qui a rejoint à Lyon la communauté mosellane expulsée au sein de laquelle il entre au Comité Lorrain ; lui qui doit vivre dans la clandestinité après l'occupation totale de la France en novembre 1942 ; lui qui, après guerre, combat le militarisme allemand et le réarmement de la République allemande naissante[391]. Mais sa position reflète toute la personnalité du député empreint de la culture allemande dans le respect de la République française, catholique et anti-communiste.

Il vote, sans bruit, la modification de la loi de 1948. Malgré son passé récent, comment expliquer ce vote ? Son biographe, François Roth, n'a rien trouvé dans les papiers et le courrier de Robert Schuman concernant le procès de Bordeaux[392]. Aucune autre biographie de Robert Schuman n'évoque sa position concernant ce jugement. Nous sommes donc amenés à émettre des hypothèses. Il faut d'abord chercher des réponses dans la personnalité de Robert Schuman.

Intimement et profondément croyant, le pardon chrétien l'anime sans conteste. Mais, pour le coup, son pardon n'est pas doctrinal mais bien

Page de droite :
Participation de Robert Schuman à un congrès de l'association des Malgré-Nous à Metz en 1957 en présence de Charles Spitz, président de l'ACMNR et de Georges Bourgeois, président de l'ADEIF du Haut-Rhin. (photo Bour, coll. Ascomémo-Hagondange)

MARTINI

intellectualisé, lié étroitement à l'expérience du passé. Il rejoint sur ce point la position du journal *Le Lorrain* qui le soutient. Robert Schuman est pour la réconciliation nationale et l'apaisement. C'est ainsi qu'il « *intervint en faveur de ses anciens collègues du Parlement qui avaient soutenu le gouvernement de Vichy ou y avaient participé* [393] ». Ce même sentiment de réconciliation doit prévaloir entre la France et l'Alsace. Le procès de Bordeaux révèle l'ignorance des Français pour l'histoire particulière des territoires annexés par l'Allemagne nazie. Robert Schuman a d'ailleurs de profondes amitiés avec les Alsaciens. Relations parentales d'abord puisqu'il a des cousins et cousines dans le secteur de Haguenau-Oderen. Amitiés politiques anciennes puisque pendant l'entre-deux-guerres, il défend avec les élus alsaciens modérés[394] le maintien du statut religieux et de l'école confessionnelle dans les provinces recouvrées contre les volontés assimilationnistes parisiennes. Amitiés politiques plus récentes puisqu'il est dans le même parti, le MRP, et le même gouvernement que Pierre Pflimlin, député du Bas-Rhin et ministre de l'Agriculture. Pierre Pflimlin est en tête de la fronde alsacienne.

De plus, en tant que ministre des Affaires étrangères, Robert Schuman lie des liens étroits avec l'association des Malgré-Nous. En effet, c'est lui qui est chargé du rapatriement des Alsaciens-Mosellans se trouvant toujours prisonniers en URSS. Charles Spitz, président de l'ACMNR, dit de lui qu'il est le « *protecteur intrépide des opprimés, un grand ami des Malgré-Nous...* »[395]. D'ailleurs en 1947, Charles Spitz appelle ses adhérents à manifester leur soutien à Robert Schuman lorsque ce dernier est attaqué par Jacques Duclos à l'Assemblée nationale[396]. Sa compréhension du drame de l'incorporation de force et son amitié avec ses compatriotes mosellans Malgré-Nous le conduit naturellement à voter pour la modification de la loi et l'amnistie.

En même temps, étant donné son enracinement local et son aura, on peut s'étonner de son silence lors des débats. Là aussi, sa personnalité est un élément d'explication puisque c'est un « *orateur médiocre* »[397]. D'autres hypothèses peuvent encore être avancées. Il est d'abord en porte-à-faux avec ses propres convictions. Robert Schuman s'est toujours opposé à l'intervention du politique dans la Justice. Dès 1935, il prône une réforme pour qu'on ne puisse pas douter de l'intégrité des magistrats. Il dénonce la justice « politisée » [398]. Or, la modification de la loi de 1948 est débattue en plein procès avec effet rétroactif sur les accusés de Bordeaux. Robert Schuman vote cette modification contraire à son principe de séparation des pouvoirs. Le pardon, la réconciliation nationale et sa compréhension du drame alsacien-mosellan l'emportent sur son principe.

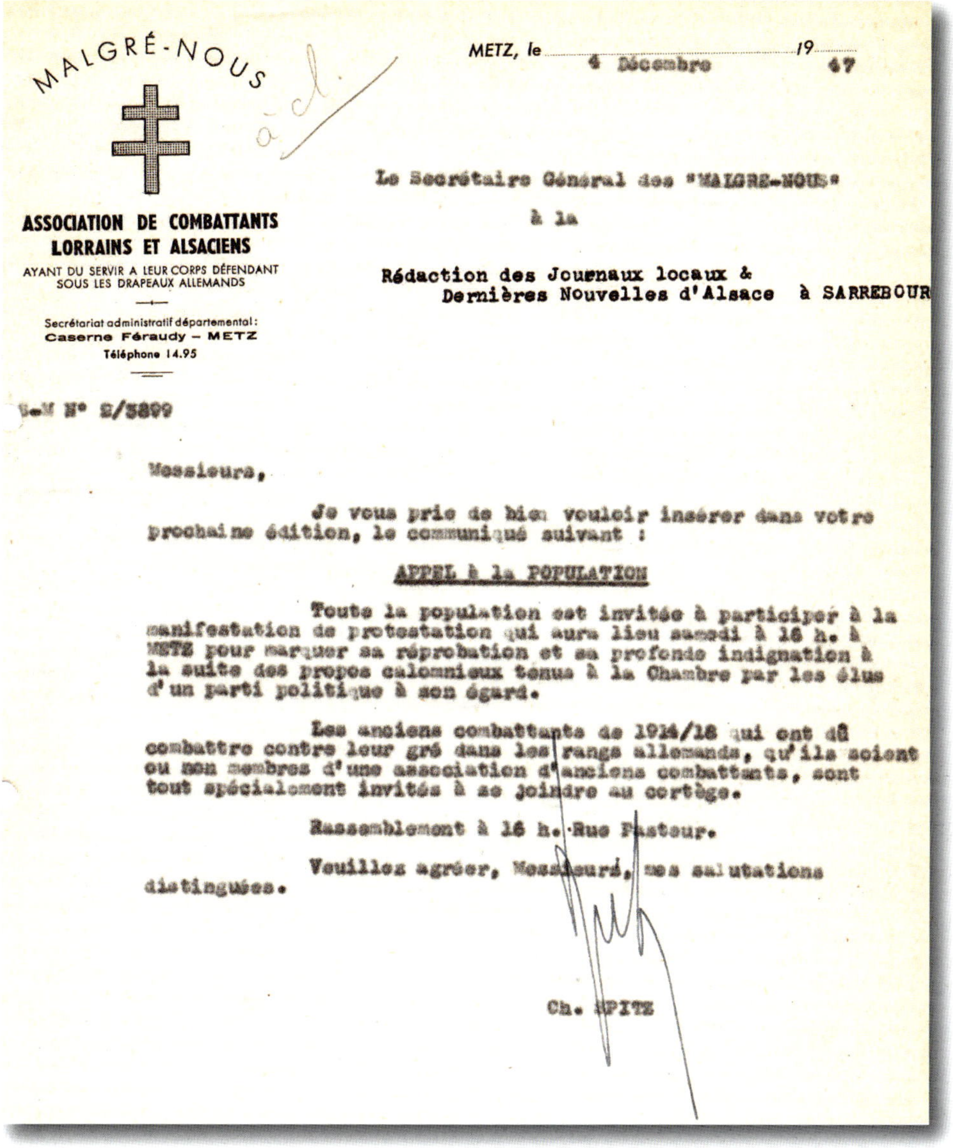

MALGRÉ-NOUS

ASSOCIATION DE COMBATTANTS LORRAINS ET ALSACIENS

AYANT DU SERVIR A LEUR CORPS DÉFENDANT SOUS LES DRAPEAUX ALLEMANDS

Secrétariat administratif départemental :
Caserne Féraudy – METZ
Téléphone 14.95

METZ, le 4 Décembre 1947

Le Secrétaire Général des "MALGRE-NOUS"
à la
Rédaction des Journaux locaux &
Dernières Nouvelles d'Alsace à SARREBOUR

[illegible] N° S/3899

Messieurs,

Je vous prie de bien vouloir insérer dans votre prochaine édition, le communiqué suivant :

APPEL à la POPULATION

Toute la population est invitée à participer à la manifestation de protestation qui aura lieu samedi à 16 h. à METZ pour marquer sa réprobation et sa profonde indignation à la suite des propos calomnieux tenus à la Chambre par les élus d'un parti politique à son égard.

Les anciens combattants de 1914/18 qui ont dû combattre contre leur gré dans les rangs allemands, qu'ils soient ou non membres d'une association d'anciens combattants, sont tout spécialement invités à se joindre au cortège.

Rassemblement à 16 h. Rue Pasteur.

Veuillez agréer, Messieurs, nos salutations distinguées.

Ch. SPITZ

Lettre de l'association des Malgré-Nous du 4 décembre 1947 demandant aux *Dernières Nouvelles d'Alsace*, édition de Sarrebourg, de diffuser un appel à manifester à Metz contre les propos de Duclos envers Robert Schuman. (fonds ACMNR, Ascomémo-Hagondange)

Silence aussi parce que le procès de Bordeaux intervient en plein débat sur la Communauté Européenne de Défense (CED) dans laquelle doit être intégrée une armée allemande[399]. Si Robert Schuman s'oppose au réarmement de l'Allemagne, pour faire avancer l'Europe, il s'est rallié à la CED proposée par Monnet. Pour préserver la paix, Robert Schuman est pour la réconciliation franco-allemande qui passe par « *l'égalité. Nous avons manqué la paix en 1919 parce que nous avons introduit la discrimination et l'esprit de supériorité* »[400]. Le procès de Bordeaux est aussi le procès de soldats allemands que Robert Schuman ne veut pas stigmatiser.

9 juin 1950. Cérémonie du souvenir des victimes à Charly-Oradour en présence de Robert Schuman, ministre des Affaires étrangères, Raymond Mondon, député Robert Sérot, conseiller à l'Union française et ancien président du Conseil général de la Moselle, et de Paul Spiquel, maire de Charly. (coll. Maire)

Silence enfin pour ne pas donner matière à polémique avec le parti communiste qui, on l'a vu, s'oppose violemment à la modification de la loi et aussi violemment à Robert Schuman. Même si Robert Schuman a rarement prêté gare à ses dernières attaques, s'est-il résolu au silence pour ne pas réactiver la polémique ?
Le vote de Robert Schuman illustre toutes les interférences qui peuvent intervenir dans les choix des élus.

Les dissidents du RPF

Alors que quatre élus mosellans du RPF suivent les consignes de leur parti qui appelle à l'apaisement, deux autres élus mosellans adoptent une autre position. Il faut cependant préciser que ces deux élus sont déjà en dissidence avec leur parti puisque Raymond Mondon (1914-1970) et Jules Thiriet (1906-1984) font partie du groupe des 27 députés RPF qui, refusant la discipline du parti, permettent l'investiture d'Antoine Pinay le 6 mars 1952. Ils quittent le RPF en juin et participent à la fondation de l'ARS (Action Républicaine et Sociale). Le député Raymond Mondon intervient au cours du débat parlementaire pour la modification de la loi « *à la fois douloureux et délicat pour un Français et un Lorrain* ». Immédiatement, par ces mots, le député met en évidence la complexité et la dualité de la position mosellane : douleur des victimes et délicatesse pour un « annexé », mais pas de solidarité. Puis, nous l'avons déjà vu, Mondon brosse un vaste tableau de l'attachement de la Moselle et de l'Alsace à la France depuis l'annexion de 1871. Il « gradualise » les souffrances de la seconde guerre mondiale : « *période tragique pour tous les Français, mais particulièrement dramatique pour la Moselle et l'Alsace* ». Pour lui, les territoires annexés ont plus soufferts que le reste de la France, s'inscrivant dans cette mémoire victimaire.

Raymond Mondon n'est pourtant pas en Moselle pendant la guerre. Lieutenant, fait prisonnier, libéré en tant qu'Alsacien-Mosellan sur intervention de son père, évadé sur Nancy où il termine ses études, il est magistrat à Saint-Mihiel dans la Meuse. Résistant dans le Mouvement National des Prisonniers de Guerre et Déportés (MNPGD), il est arrêté, mais réussit à s'évader par deux fois. Il revient en Moselle en octobre 1944 en qualité de directeur de cabinet du préfet Rebourset.

Raymond Mondon (1914-1970).
(coll. Ascomémo-Hagondange)

Dans son intervention, Mondon pose le problème de la désobéissance, en soulignant les risques encourus et le cas de conscience individuel : « *À l'appel des consciences et de la France Libre, insoumissions et désertions commencèrent alors suivies de représailles terribles pour les intéressés et leurs familles dont des milliers furent déportés en Allemagne. Fallait-il se soumettre ? Fallait-il risquer la désobéissance ? Chacun de nos compatriotes résolut ce problème en pensant à sa famille, à son village, à la France* ».

Mondon défend ensuite les Malgré-Nous à qui « *depuis la Libération, il n'a jamais été fait grief à un quelconque de nos compatriotes contraint et forcé d'avoir endossé l'uniforme allemand* ». Il donne une explication de divisions qui apparaissent depuis le procès : « *Hitler a incorporé de jeunes Alsaciens dans les divisions SS. Ces divisions, notamment à Oradour, ont violé les règles les plus élémentaires de l'humanité et se sont conduites non en unités de guerriers, mais en assassins de femmes et d'enfants* ». Il s'interroge : « *Faut-il assimiler les dizaines de milliers de Malgré-Nous aux quelques-uns de ces divisions ? Faut-il faire un test de fidélité de la France à nos départements ? Sincèrement, je ne le crois pas* ». Il rappelle le crime et notamment la présence de 44 Mosellans parmi les victimes.

Il poursuit : « *Que nous demande-t-on aujourd'hui mes chers collègues ? La disjonction de la procédure des Alsaciens pour dissocier leur cas de celui des Allemands et ne pas approuver ainsi le crime nazi de l'incorporation de force dans les SS ? En somme, on nous demande une mesure législative en cours de débat judiciaire... Allons nous arrêter ce procès, jeter le trouble dans le pays ? Je ne déteste pas la générosité et la noblesse d'intention de nos collègues d'Alsace. Mais pourquoi assimiler ces douze hommes à tous les Malgré-Nous d'Alsace et de Moselle ?...* » Il déclare notamment qu': « *il ne s'agit pas de mettre en cause le patriotisme des populations d'Alsace et de Moselle qui ont tant souffert pour leur fidélité à la France. Il y a malheureusement un fait brutal à juger et je ne crois pas qu'il soit bon, non seulement pour l'accusation, mais aussi pour la défense, de dissocier des faits perpétrés en commun et qui forment un tout... Le drame d'Oradour est douloureux, trop douloureux au cœur des hommes et des Français pour que d'un côté comme de l'autre il donne lieu à des discussions qui confinent à la politique... Ils avaient subi l'incorporation mais devant les femmes et les enfants d'Oradour ne fallait-il pas maintenir ce que représente la France, sa civilisation ?* » Il conclut : « *La Justice française est saisie ; ne la troublons pas* ».

Raymond Mondon demande donc que la Justice fasse son travail sans aucune interférence du législateur[401].

L'intervention de Mondon soulève des réactions négatives au sein des Malgré-Nous. L'abbé Sutter, archiprêtre de Pange, ancien de Tambow, lui adresse une lettre : « *Votre intervention publiée au BO du 28 janvier a peiné tous les incorporés de force mosellans que j'ai rencontrés... Pesez longuement l'âge des accusés, l'éducation donnée par le régime à ces jeunes, la tristesse de se voir politiquement abandonnés, la peur pour ses parents, le « c'est la guerre », etc... Ajoutez que la jeune élite alsacienne et lorraine n'était pas dans la Wehrmacht, mais en France !... Ne divisez pas les Malgré-Nous en ceux-ci et en ceux-là. Même si je n'ai pas toujours eu de la sympathie pour le tempérament alsacien, ici la question est indivisible... De grâce, ne dites plus rien de dur à propos des Malgré-Nous* »[402].

Le député Jules Thiriet, maire d'Obreck, ancien expulsé, prend également la parole le 27 janvier. Il rappelle son expérience personnelle en pointant du doigt la responsabilité du Reich nazi. « *Le véritable responsable, c'est incontestablement le Reich* ». Il condamne aussi le silence de Vichy face à l'annexion de fait. Il rappelle la présence de « *44 Lorrains parmi les victimes et de 12 Alsaciens parmi les assassins* ». Les Alsaciens « *assassins* », un jugement clair, illustration magistrale de la désolidarisation mémorielle de cet élu mosellan. Il prend nettement position contre l'abrogation de la loi sur la responsabilité collective. Il justifie ses déclarations par la volonté de ne pas entraver la bonne marche de la Justice afin que les « bourreaux » puissent être jugés. Il réaffirme qu'il ne se permettrait « *jamais de mettre en doute le loyalisme de la vieille Alsace qui au travers des cahots de l'Histoire a toujours dirigé ses regards vers la ligne bleue des Vosges. Je ne voudrais pas davantage jeter la moindre suspicion sur les sentiments qui animent nos collègues d'Alsace qui ne peuvent admettre qu'en 1953, huit ans après la tragédie d'Oradour, certains de leurs compatriotes soient assis sur les mêmes bancs d'infamie que les soldats allemands. Le procès d'Oradour n'est pas et ne sera pas le procès de l'Alsace* ». Cependant, « *les accusés devraient prouver leur innocence* » car il lui paraît impossible « *de modifier le texte d'une loi qui sert de base à un procès en cours... Aussi dur que cela puisse paraître à nos cœurs d'Alsaciens et de Lorrains, rien ne doit entraver la marche de la Justice* ». Il préfère parler des victimes plutôt que des bourreaux[403].

Jules Thiriet (1906-1984).
(coll. Assemblée nationale)

Pierre Barral souligne que ces deux députés sont de « *circonscriptions francophones* »[404]. Certes, et leur passé de réfugié ou d'expulsé, explique également leur intervention. Mais ils sont les seuls élus mosellans – avec le député communiste, lui par discipline du parti – qui s'opposent à une modification d'une loi voulue par leurs confrères alsaciens. Leur personnalité, leur vécu, leur conscience ont de toute évidence influencé cette prise de position que Guillaume Javerliat qualifie d'« *atypique* ». Mais cette réaction originale n'est pas rééditée à l'occasion du vote de l'amnistie.

PRESQUE TOUS POUR L'AMNISTIE

Le dépôt d'une proposition de loi d'amnistie pleine et entière à tous les enrôlés de force est examiné en urgence le 17 février 1953. Les débats sont houleux. Lorsqu'un député laisse entendre que les jeunes Allemands condamnés à Bordeaux pouvaient eux aussi faire valoir leur qualité d'incorporé de force, les députés alsaciens et mosellans, Alfred Krieger en tête, crient des « *Non !* »[405]. Finalement, l'amnistie est adoptée le 18 février. Tous les élus mosellans à l'exception du député communiste Pierre Muller votent pour l'amnistie.

L'amendement de Pierre Muller

Les communistes opposent l'attitude des Alsaciens à celle des Mosellans : « *Les Lorrains ont prouvé que l'on pouvait servir la cause française en fuyant la Wehrmacht*[406] ». Ils refusent de discuter le texte de loi tant que ne sont pas jugés les responsables de l'annexion de fait de l'Alsace et de la Moselle et tous ceux qui ont soutenu le maréchal Pétain. Un rappel historique vise à discréditer la droite qui vote majoritairement le projet d'amnistie :

Pierre Muller (1901-1977).
Député communiste de la Moselle.
(coll. Assemblée nationale)

« *Le blanchiment officiel des SS d'Oradour a donc été réalisé pour tenter de faire oublier les crimes de trahison de ceux qui avant 1940 ont préparé en Alsace et en Lorraine la venue d'Hitler*[407] ». Pour ralentir la procédure de vote, le député Pierre Muller dépose un amendement le 18 février 1953 visant à compléter l'article premier par ces mots : « *sauf si la preuve est rapportée de leur participation personnelle à l'action criminelle* » « *Fidèles à nos positions de principe* », il s'explique longuement à la Chambre reprenant une partie de l'argumentation de son vote opposé à la modification de la loi : « *En qualité de Lorrain appartenant à une population qui a été livrée sans condition à Hitler, comme le fut celle d'Alsace, je ne veux pas m'associer à la réhabilitation des individus qui ont personnellement participé au crime d'Oradour-sur-Glane. Je ne peux pas tolérer qu'on exploite la situation de tous les « Malgré-Nous » aux fins de couvrir un crime aussi horrible. Il se trouve parmi les assassins 13 Alsaciens* ».

Pour lui, les Alsaciens sont donc des criminels au même titre que les Allemands. L'incorporation ne serait pas une circonstance atténuante. Il exprime immédiatement sa solidarité avec les « *réfugiés lorrains et alsaciens, victimes de ce crime horrible. La commune de Charly en Moselle compte 44 des siens morts à Oradour. Elle a pris depuis le nom de Charly-Oradour* ».

Il s'oppose à l'argument de la contrainte : « *On nous a dit qu'ils ont agi en vertu d'une contrainte particulièrement sévère. Mais la contrainte a ses limites. Le massacre de 640 personnes innocentes dont plus de 200 petits enfants est une chose tellement horrible qu'elle aurait pu inciter les SS alsaciens à chercher à fuir cette contrainte. Or les débats du tribunal de Bordeaux ont montré qu'ils n'ont pas eu cette intention, ni même celle de sauver quiconque. Il faut reconnaître qu'il est des actes que même un homme contraint doit se refuser à commettre* ». Il prône l'héroïsme, plutôt la mort que d'assassiner des innocents : « *Je tiens à vous rapporter ces propos d'une mère de Charly-sur-Oradour (sic) en Moselle qui a perdu six de ses proches à Oradour : « Un vrai Alsacien devait courir tous les risques, y compris la mort, plutôt que de participer à l'assassinat des pauvres civils dont certains de ses compatriotes* ».

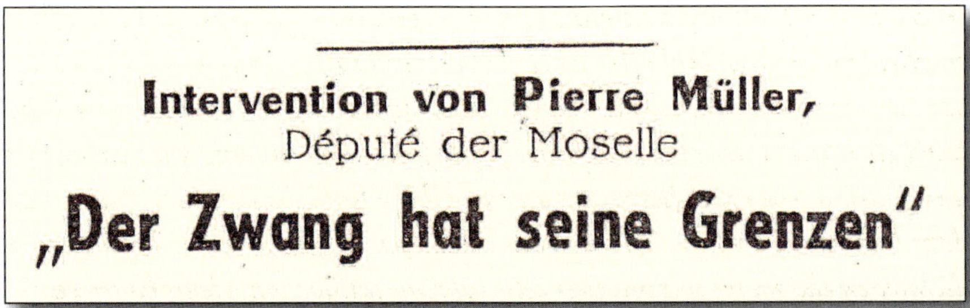
Intervention von Pierre Müller,
Député der Moselle
„Der Zwang hat seine Grenzen"

L'Humanité d'Alsace-Lorraine, 22 février 1953 : intervention de Pierre Muller, député de la Moselle : « *La contrainte a ses limites* ». (coll. ADM)

Il rappelle les valeurs de justice et de morale chez l'homme qu'il estime être bafouées : « *On nous a dit qu'une telle attitude nécessitait un courage exceptionnel ; mais demander que ces crimes soient exempts de tout châtiment comme on nous le propose revient en fait à nier toute qualité et toute valeur morale chez un homme. Abandonner dans ces conditions ces grands principes consiste en fait à préparer d'autres soldats à de nouveaux crimes de ce genre et à absoudre les criminels de guerre. Il est particulièrement révoltant de voir que l'on exploite la situation pénible de tous les incorporés de force pour justifier l'impunité des crimes commis par les treize Alsaciens à Oradour-sur-Glane* ». Il rejoint ainsi les positions des résistants.
Enfin il reproche aux « *députés d'Alsace qui demandent la réhabilitation des criminels* » de « *creuser un fossé entre les populations d'Alsace et de Lorraine et de la France* ». Curieusement il n'implique pas les élus mosellans qui n'interviennent pas dans le débat. Son amendement est rejeté par 184 pour et 405 contre[408].

Le « oui » de la droite mosellane

À l'exception du député communiste, tous les autres élus mosellans votent pour l'amnistie, même ceux qui se sont abstenus ou opposés à la modification de la loi de 1948 quelques jours auparavant. Est-ce à dire que les élus mosellans ont modifié leur position ?
Les députés mosellans justifient leur vote par un communiqué de presse : « *Les députés de la Moselle se sont trouvés placés dans le double devoir d'une part de ne pas trahir ni la mémoire des victimes d'Oradour, ni les exigences de la Justice ; d'autre part de sauvegarder l'unité morale de la nation, ainsi qu'elle s'est affirmée à travers l'annexion et la résistance particulièrement entre la Moselle et l'Alsace, au prix des sacrifices les plus douloureux. Ils déplorent que dans le récent procès qui s'est déroulé plus de huit ans après l'horrible méfait ceux qui en portent la responsabilité aient pu jusqu'à présent se dérober à toute poursuite. Ils ne sauraient admettre qu'en frappant des Français impliqués malgré eux dans ce drame sans précédent, on puisse considérer la justice comme étant satisfaite. Le jugement intervenu dans de telles conditions met en cause et atteint en son honneur une population française qui a souffert cruellement au lieu de châtier les criminels véritables. C'est pourquoi en s'élevant au-dessus des considérations purement juridiques, ils se joignent à leurs collègues représentant toute la France pour effacer une sentence qui ne pourrait qu'aboutir à une grave flétrissure au cœur de l'Alsace. Ils sont sûrs d'agir ainsi dans l'esprit des victimes qui ne voudraient pas que le spectacle de la France déchirée en elle-même pût procurer cette suprême satisfaction à leurs bourreaux* ».

Les conseillers de la République auraient fait une déclaration analogue[409]. C'est donc au nom de l'unité nationale que les élus mosellans décident de voter l'amnistie. En réaction, la population d'Oradour indignée les fait figurer au même titre que tous les élus qui ont voté l'amnistie sur une plaque apposée à l'entrée des ruines du village jusqu'en 1965.
La Moselle a le plus souvent manqué de solidarité avec l'Alsace pendant tout le procès, mais elle se résigne, au nom de l'unité nationale, à voter l'amnistie. Pour autant, aucune manifestation de solidarité même dans la Moselle germanophone souligne les Renseignements généraux[410] . « *Au nom de nos populations lorraines que j'ai l'honneur de représenter ici* », le conseiller de la République meurthe-et-mosellan, Raymond Pinchard, intervient brièvement pour éviter que « *le silence de la Lorraine ne soit mal interprété par sa province sœur… Au nom de nos populations lorraines, (…) je supplie mes collègues du Conseil de la République de ne pas prendre l'effroyable risque de voir brisée à nouveau l'unité de notre communauté nationale* ». Parle-t-il aussi au nom des Mosellans ? Il déclare sa compréhension pour le drame alsacien et sa solidarité : « … *Par notre situation géographique au voisinage de l'Alsace, nous sentons en Lorraine battre de très près le cœur fragile de notre province reconquise. Cela m'autorise peut-être à vous assurer que ce cœur fragile des Alsaciens bat cependant sans faiblesse au rythme de notre fraternité française… L'Alsace convalescente et aussi compatissante que quiconque aux victimes d'Oradour s'est donnée tout entière à la France* ». Il en appelle de nouveau à l'unité nationale : « *Notre vote n'aura pas d'autre signification que d'affirmer notre volonté nationale commune que ce soit enfin et définitivement pour toujours*[411] ». « *Cette ambiance différente est*, selon Claude Puhl, *amplifié par l'opposition des tempéraments régionaux : offensif et décomplexé en Alsace, réservé et prudent en Lorraine*[412] ». L'abbé Georges Stenger indique que « … *si le procès de l'assassinat d'Oradour et le verdict du tribunal de Bordeaux n'ont pas provoqué de remous dans la vie publique du département de la Moselle, il ne faudrait pas se leurrer. Les Mosellans ne sont pas restés indifférents, ils ont suivi avec un intérêt passionné ce qui s'est dit et écrit depuis des semaines…*[413] ».
Quel est cet intérêt alors que la Moselle s'est quasiment tue ?
Comme le rappellent les élus, les Mosellans ont un « *double devoir* » : participer au maintien de l'unité nationale et rester solidaire avec Charly-Oradour. Constamment dans toutes les prises de position des Mosellans plane l'ombre des 44 victimes mosellanes. « … *Par respect à leurs frères de Charly, les incorporés de force se sont tus* » écrit l'un d'eux au député Raymond Mondon[414].
Comment ces morts ont-ils pesé sur la position mosellane ?

ORADOUR 10 Juin 1944

SOUVIENS-TOI !

Ces 322 Députés ont réhabilité les monstres S. S. qui ont assassiné, brûlé, pillé à Oradour-sur-Glane

Extrait du J. O. N° 18 A. N. du 19-2-53 - Scrutin N° 1597 (Compte tenu des rectifications de vote parues dans les J. O. N° 19 A. N. du 20-2-53 et N° 21 A. N. du 24-2-53)

Ait Ali Ahmed, Andre Adrien (Vienne), Andre Pierre (M.-et-M.), Anthonioz, Aubier, Apithy, Aubame, Aubry Paul, Aujoulat, Bacon, Bapst, Barange Charles (M.-et-L.), Barbier, Bardoux Jacques, Barrachin, Barres, Barrier, Barrot, Bayrou, Beaumont (de), Bechir Sow, Becquet, Begouin, Ben Aly Cherif, Benard François, Bendjelloul, Bengana Mohamed, Benouville (de), Ben Tounes, Bergasse, Bessac, Bettencourt, Bichet Robert, Bidault Georges, Bignon, Billiemaz, Billotte, Blachette, Boganda, Bonnefous Edouard, Bourdellès, Bouret Henri, Bourgeois, Bourgès-Maunoury, Bouvier O'Cottereau, Bouxom,

Bricout, Briot, Brusset Max, Buron, Caillavet, Caillet François, Caliot Olivier, Carlini, Cartier Gilbert (S.-et-O.), Catoire, Catrice, Catroux, Cavelier, Cayeux Jean, Charpentier, Charret, Chastellain, Chatenet, Chevalier Jacques, Chevigné (de), Chupin, Clostermann, Coirre, Colin André (Finistère), Commentry, Conombo, Cornaglion-Molinier, Coste-Floret Alfred (H.-G.), Coste-Floret Paul (Hérault), Coudert, Coudray, Couinaud, Coulon, Courant Pierre, Couston Paul, Crouzier, Damette, Dassault Marcel, David Jean Paul (S.-et-O.), Degoutte, Delachenal, Delbez, Delcos, Delhaume, Delmotte, Denais Joseph,

Desgranges, Deshors, Devemy, Devinat, Dicko Hamadoun, Dienesch M., Diethelm, Dixmier, Dommergue, Dorey, Douala, Dronne, Ducos, Dumas Joseph, Dupraz Joannès, Duquesne, Durbet, Duveau, Estèbe, Faggianelli, Faure Edgar (Jura), Ferri Pierre, Flandin Jean-Michel, Fonlupt-Esperaber, Fouchet, Fouques-Duparc, Fourcade Jacques, Fouyet, Frédéric-Dupont, Fredet Maurice, Frugier, Furaud, Gabelle, Gaillard, Gaillemin, Garavel, Garet Pierre, Garnier, Gau, Gaubert, Gaulle Pierre (de), Gaumont, Gavini, Georges Maurice, Giliot, Godin,

Golvan, Grimaud Maurice (L.-I.), Grousseaud, Grunitzky, Guérard, Gueye Abbas, Guisson Henri, Guthmuller, Hakiki, Halbout, Halleguen, Haumesser, Hettier de Boislambert, Huel, Hugues Emile (A.-M.), Hulin, Hutin-Desgrées, Ihuel, Isorni, Jacquet Marc (S.-et-M.), Jacquinot Louis, Jean-Moreau (Yonne), Joglas, Jules-Julien, July, Kauffmann, Kir, Klock, Koenig, Krieger Alfred, Kuehn René, Lacaze Henri, La Chambre Guy, Lacombe, Lalle, Laniel Joseph, Laurens Camille (Cantal), Laurens Robert (Aveyron), Lebon, Lecanuet, Lecourt, Le Cozannet, Lefebvre Francine (Seine), Lefevre Raymond (Ardennes), Lefranc, Legaret,

Legendre, Lemaire, Lenormand Maurice, Leroy Ladurie, Letourneau, Levacher, Liautey André, Liquard, Louvel, Lucas, Maga Hubert, Magendie, Malbrant, Mamba Sano, Manceau Bernard (M.-et-L.), Marcellin, Marie André, Martel Louis (Haute-Savoie), Martinaud-Déplat, Masson Jean, Maurice-Bokanowski, Mayer René (Constantine), Mazel, Mazuez Pierre-Ferdinand, Meck, Mehaignerie, Mekki, Menthon (de), Mercier André-François (Deux-Sèvres), Mercier Michel (L.-et-C.), Michaud Louis (Vendée), Mitterand, Moatti, Moch Jules, Mosan, Molinatti, Mondon, Monsabert (de), Monteil André (Finistère), Montel Pierre (Rhône), Montillot, Morice, Mouchet, Moynet, Mutter André, Naegelen Marcel,

Nazi-Boni, Nigay, Ninine, Nisse, Nocher, Noë (de la), Noël Léon (Yonne), Olmi, Oopa Pouvanaa, Ouedraogo Mamadou, Ou Rabah Abdelmadjid, Palewski Gaston (Seine), Palewski Jean-Paul (S.-et-O.), Pantaloni, Paternot, Patria, Pebellier Jean, Pelleray, Peltre, Petit Eugène-Claudius, Petit Guy (Basses-Pyrénées), Peytel, Pflimlin, Pinvidic, Pleven René, Pluchet, Poinso-Chapuis (Mme), Prache, Prélot, Priou, Pupat, Queuille Henri, Quinson, Raingeard, Ramarony, Ranaivo, Raymond-Laurent, Reille-Soult, Renaud-Joseph (S.-et-L.), Revillon Tony, Ribère Marcel (Alger), Ribeyre Paul (Ardèche), Ritzenthaler, Rolland, Rousseau, Rousselot,

Salah Menouar, Saint-Cyr, Saivre (de), Sailliard du Rivault, Sanogo Sékou, Sauvajon, Schaff, Schmitt Albert (Bas-Rhin), Schmittlein, Schneiter, Schuman Robert (Moselle), Schumann Maurice (Nord), Secrétain, Senghor, Serafini, Sesmaisons (de), Sidi El Mokhtar, Siefridt, Silvandre, Simonnet, Sissoko Fily-Dabo, Smail, Sou, Sourbet, Soustelle, Teitgen Pierre-Henri, Temple, Thibault, Thiriet, Tinguy (de), Tirolien, Triboulet, Turines, Valle Jules, Vallon Louis, Vassor, Vendroux, Viatte, Vigier, Villard, Villeneuve (de), Violette Maurice, Wagner, Wasmer, Wolff, Zodi-Ikhia

Ces 183 Sénateurs ont confirmé le vote des Députés

Extrait du J. O. N° 17 C. R. du 19-2-53 - Scrutin N° 58 (Compte tenu des rectifications de vote parues dans les J. O. N° 19 C. R. du 20-2-53 et N° 21 C. R. du 24-2-53)

Abel-Durand, Ajavon, Alric, Augarde, André Louis, Argenlieu Philippe (d'), Barret Charles (H.-M.), Bataille, Beauvais, Benchiha Abdelkader, Benhabyles Cherif, Bernard Charles, Berthoin Jean, Biatarana, Boisrond, Boivin-Champeaux Jean, Bonnefous Raymond, Bordeneuve, Borgeaud, Boudinot, [illegible], Bousch, Boutonnat, Bozzi, Brousse Martial, Brune Charles (E.-et-L.),

Brunhes Julien (Seine), Capelle, Cardot Marie-Hélène, Castellani Jules, Chambriard, Chastel, Chevalier Robert (Sarthe), Chevigny (de), Claireaux, Clavier, Clerc, Cordier Henri, Cornat Henri, Cornu André, Coty René, Coudé du Foresto, Courroy, Cozzano, Debré Michel, Delabie Marcelle, Delalande, Delorme Claudius, Delrieu, Deutschmann, Devaud Marcelle, Doussot Jean,

Driant, Dubois René, Duchet Roger, Dulin, Durand-Réville, Enjalbert, Estève, Ferhat-Marhoun, Flechet, Fleury Pierre, Fournier Bénigne (Côte-d'Or), Fournier Gaston (Niger), Fousson, Fraissinette (de), Gadoin Jacques, Gaspard, Gatuing, Gautier Julien, Gay Etienne, Geoffre (de), Giacomoni, Giauque, Gilbert Jules, Gouled Hassen, Gondjout, Grassard,

Gravier Robert, Grimaldi Jacques, Gros Louis, Hartmann, Hoeffel, Houcke, Houdet, Ignacio-Pinto Louis, Jaouen Yves, Jaubert Alexis, Jézéquel, Jozeau-Marigné, Kalb, Kalenzaga, Koessler, Lachèvre, Lachomette (de), Laffargue Georges, Lafleur Henri, Lagarrosse, Laingo Ralijaona, Landry, Lanet René, Lassagne, Le Basser, Le Bot,

Le Digabel, Le Gros, Lelant, Le Léannec, Le Sassier-Boisauné, Liautaud Emilien, Litaise, Lodéon, Longchambon, Longuet, Mahdi Abdallah, Maire Georges, Malécot, Mamadou Dia, Marcou, Maroger Jean, Maroselli, Menu, Michelet, Milh, Molle Marcel, Montalembert (de), Montullé (de), Motais de Narbonne, Muscatelli Léon, Novat,

Pajot Hubert, Paquirissamypoullé, Parisot, Patenôtre François, Perdereau, Pernot Georges, Peschaud, Pezet Ernest, Pinchard Raymond (M.-et-M.), Pinsard Jules (S.-et-L.), Plaisant Marcel, Plait, Plazanet, Poher Alain, Puaux Gabriel, Radius, Raincourt (de), Ramampy, Razac, Restat, Reveillaud, Riviérez, Robert Paul, Rochereau, Rogier, Rotinat,

Rucart Marc, Ruin François, Rupied Marcel, Sahoulba Gontchomé, Saller, Satineau, Schleiter François, Schwartz, Sclafer, Sid-Cara Cherif, Sido-Yacouma, Tamzali Abdennour, Ternynck, Traore Diongolo, Valeau Amédée, Vandaele, Varlot Henri, Vauthier, Villoutreys (de), Voyant, Wach, Walker Maurice, Yver Michel, Yvon Joseph, Zafimahova, Zéle, Zussy

Au lendemain de l'amnistie, cette plaque est apposée à l'entrée des ruines d'Oradour. Elle donne la liste des élus qui ont voté pour l'amnistie dont les élus alsaciens et mosellans. (coll. CMO)

CHARLY
GODFRIN ARTHUR 37A
GEORGETTE N. MAILLARD 35
M. JEANNE 13
PIERRETTE 11
CLAUDE 4
JOSETTE 3

Solidarité avec les victimes mosellanes d'Oradour

Dans la plupart des interventions des élus mosellans, dans la presse locale, la présence de Mosellans parmi les victimes est avancée pour demander que justice se fasse ou pour justifier le silence mosellan.

Ainsi, dès avant le procès, Raymond Mondon rappelle dans la presse nationale le bilan des victimes mosellanes à Oradour : « *Penchons-nous sur le cas des Alsaciens mais n'oublions pas que des Lorrains ont été assassinés à Oradour. Il n'en reste pas moins que la Lorraine demande que justice soit faite car elle ne peut oublier que 44 Mosellans ont laissé leur vie à Oradour.* »[415]

Il se range clairement du côté des victimes, au même titre que toutes les victimes d'Oradour qui réclament depuis 1945 le jugement des responsables du massacre quelle que soit leur nationalité. Le 27 janvier 1953, dans sa longue intervention contre la modification de la loi de 1948 à l'Assemblée nationale, le député messin se réfère encore aux victimes mosellanes pour justifier sa position. Le même jour, son collègue, Jules Thiriet va plus loin. Il oppose les « *44 Lorrains parmi les victimes* » aux « *12 Alsaciens parmi les assassins* ». Lui aussi a choisi le camp des victimes, sans complaisance avec les Alsaciens, car « *il y a aujourd'hui en Moselle un village triste, dépeuplé*[416] *qui s'appelle Charly-Oradour où une messe des morts est célébrée le jour anniversaire du massacre* ».[417]

Mais comment expliquer la présence aussi importante de ces Mosellans à Oradour-sur-Glane ? Comment s'est construite la mémoire de Charly autour du massacre ?

DES MOSELLANS PARMI LES VICTIMES D'ORADOUR

Janvier 1953. Roger Godfrin, rescapé mosellan du massacre, devant les noms des membres de sa famille gravés dans la pierre à Charly-Oradour.
Radar, 18 janvier 1953

Village agricole, dans le canton de Vigy, Charly[418] compte 184 habitants au recensement de 1936. Ce village va être tragiquement lié au massacre d'Oradour-sur-Glane. Il faut y associer un autre village oublié lors du procès de Bordeaux, à savoir Montoy-Flanville, dans le canton de Pange, bourg rural de 254 habitants. Ces deux villages sont situés dans la zone francophone de la Moselle, non loin de la frontière linguistique entre roman et francique[419].

Le vendredi 15 novembre 1940[420], au petit matin, 153 habitants de Charly, 10 de son annexe Rupigny, soit 88% de sa population de 1936 sont embarqués par la *Schupo* dans le cadre des expulsions orchestrées par le *Gauleiter* Bürckel. C'est quasiment tout le village qui part. Seulement six familles peuvent rester. À Montoy-Flanville, 40% de la population de 1936, soit 104 habitants, sont concernés. Ne restent là que des cheminots et des ouvriers. Conduits à la gare de marchandises de Metz-Sablon, les habitants de Charly et Montoy montent dans les trains numéros 24 et 26. Les destinations sont programmées par les autorités françaises. Après Lyon, le train n° 24 arrive à Tulle (Corrèze) le 17 novembre avec 64 habitants de Charly et 85 de Montoy-Flanville alors que le train n° 26 pousse jusqu'en Haute-Vienne avec 89 habitants de Charly, 10 de Rupigny et 19 de Montoy-Flanville. Le train n° 26 s'arrête à Limoges (Haute-Vienne) le dimanche 17 novembre vers 15 heures. Les Mosellans sont ensuite répartis dans les différentes communes du département. En 1941, la Haute-Vienne compterait environ 7 500 Mosellans évacués non rentrés, expulsés et optants confondus[421]. 38 habitants de Charly sont conduits à Champnetery et 51… à Oradour-sur-Glane avec 28 habitants de Montoy-Flanville[422].

Aussi, parmi les victimes du 10 juin 1944, on compte 39 habitants de Charly issus de 10 familles et 5 habitants de Montoy-Flanville[423] de 2 familles, soit 10 hommes, 17 femmes et 17 enfants. Sept d'entre eux sont nés en exil, le plus jeune ayant à peine deux mois. Le prêtre de Charly, Jacques Lorich, originaire de Hottviller et l'instituteur de l'école lorraine précédemment en place à Argancy sont parmi les victimes. Et parmi les rescapés, on compte deux habitants de Charly.

Il faut préciser ici que onze Alsaciens figurent également parmi les victimes d'Oradour, dont 9 évacués de Schiltigheim (Bas-Rhin) non rentrés pendant l'été 1940. Si initialement, les victimes lorraines et alsaciennes sont confondues dans un même hommage[424] à une période où on ne savait pas encore que de jeunes Alsaciens avaient participé au massacre, rapidement, les victimes alsaciennes sont oubliées. Volontairement ? En 1953, elles ne sont quasiment jamais évoquées dans les débats parlementaires, et jamais dans la presse mosellane. Au tribunal, le maire de Schiltigheim relève « *la mort de six*[425] *de ses habitants à Oradour* » et en même temps les 418 incorporés de force non rentrés. «…*Nous ressentons profondément cette détresse qui nous frappe deux fois dans notre cœur et dans notre âme…*[426] ». Marie-Louise Neumeyer de Schiltigheim dont le frère et la sœur comptent parmi les victimes témoigne également à décharge : « … *Ce drame d'Oradour est extrêmement douloureux pour nous. Nous ressentons avec toute la population d'Oradour l'horreur de ce crime, mais malheureusement, à côté d'Oradour, j'ai vécu un autre drame celui de l'Alsace, en*

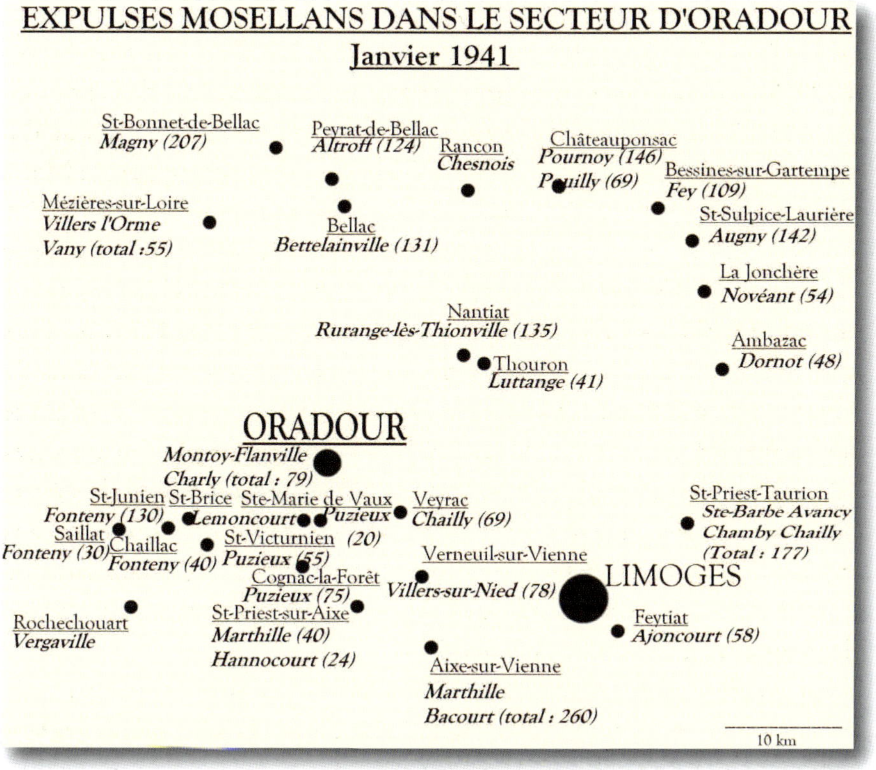

Les communes soulignées sont les communes d'accueil, les autres, les communes expulsées de Moselle avec le nombre d'habitants. (sources : ADM 3W82)

particulier celui de l'incorporation de force ». Monseigneur Neppel, curé de Schiltigheim avant guerre rappelle aussi la présence d'habitants de sa commune parmi les victimes mais explique surtout « *l'amoralisme de ces principes hitlériens qu'inconsciemment on fait pénétrer dans ces populations* – alsaciennes – *ainsi que la fidélité de l'Alsace à la France*[427] ». Pourquoi ce quasi-oubli, même par les Alsaciens ? A-t-on eu peur d'opposer des Alsaciens victimes à d'autres Alsaciens potentiellement leurs assassins ? Il faudra attendre 2003 pour que Jean-Laurent Vonau rappelle les victimes alsaciennes[428] et juin 2004 pour que France 3 Alsace leur consacre un reportage[429]. Ce n'est qu'en novembre 2009 que les victimes de Schiltigheim sont inscrites sur le monument aux morts de leur commune.

Les 44 Mosellans tués à Oradour font basculer « naturellement » les Mosellans dans le camp des victimes. C'est un élément essentiel de la désolidarisation mémorielle des Mosellans envers les Alsaciens, d'autant, qu'on a vu la portée symbolique et émotionnelle du crime d'Oradour. Par solidarité avec les 44 victimes mosellanes, même les Malgré-Nous mosellans restent silencieux : « *par respect à leurs frères de Charly, les incorporés de force se sont tus* », écrit l'abbé Sutter[430]. Pour Pierre Barral, « *l'épreuve de l'expulsion qu'ont vécue des dizaines de milliers de Lorrains francophones marque les esprits dans le sens de la répression*[431] ».

Et en effet, la tragédie d'Oradour est aussi devenue un symbole fort du drame de l'expulsion, tant et si bien qu'elle figure sur l'un des douze panneaux de l'exposition « *De gré ou de force* » des archives départementales en 2010[432]. Ce symbole est aussi le résultat d'une construction mémorielle élaborée dès 1945.

ORADOUR INSCRIT DANS LA MÉMOIRE DE CHARLY ET DE LA MOSELLE

Très rapidement, la nouvelle du massacre se répand au sein de la communauté expulsée et au-delà, parmi tous les Mosellans.
Ainsi, malgré les difficultés de communication, la nouvelle est connue jusqu'à Charly au cours de l'été 1944, alors que le département est toujours annexé. Jules Bauchat y apprend la tragédie par une lettre clandestine passée par des employés de la *Reichsbahn* de Montigny-lès-Metz[433].
De même, madame Watrin-Oury de Novéant écrit à son cousin Jean Henry à Sartrouville le 4 août 1944 : « *Malgré les barrières qui nous séparent de nos frères lorrains exilés, nous avons appris avec une intense émotion l'atroce tuerie d'Oradour. Tout de suite nos pensées sont allées là-bas vers tante Lucie et notre sympathique ami Louis Perette. Nous avons cherché aussitôt à calmer notre vive inquiétude en nous renseignant partout, ne nous fiant pas aux rumeurs qui circulaient ici, souvent contradictoires en l'absence de renseignements précis et contrôlés. Nous espérions aussi vaguement que nos beaux-parents s'étaient rapprochés de vous, vers Paris. Hélas nous venons de recevoir votre missive qui relate les affreux détails et qui vient éclairer brutalement les faits que nous redoutions secrètement… Pire même, puisque par un fatal hasard, vous étiez venus vous-mêmes vous jeter dans les griffes du monstre immonde…* » La femme de Jean Henry, Gilberte, originaire de Charly, réfugié à Oradour après les bombardements de mai 1944 autour de la capitale, et sa fille Michelle ont effectivement péri le 10 juin 1944[434]. Dans le premier numéro du *Lorrain* réédité[435] à Riom (Puy-de-Dôme) le 30 septembre 1944, l'hebdomadaire de liaison des expulsés consacre en première page un article sur le massacre d'Oradour en indiquant qu'une cinquantaine de Lorrains y étaient réfugiés sans pouvoir préciser s'ils figuraient parmi les victimes. Les numéros suivants de l'hebdomadaire donnent les noms des victimes mosellanes[436]. La nouvelle du massacre se répand même jusqu'au camp de concentration de Dachau (Bavière). En effet, Gustave Lorich, frère de l'abbé Lorich, y est déporté le 26 novembre 1944 pour avoir refusé de livrer ses chevaux. Il se confie à l'abbé Goldschmitt de Sarralbe et l'informe de la mort de son frère à Oradour et des circonstances du drame[437].

Lors de leur remplacement, deux vitraux de l'église de Charly font référence à l'enfer d'Oradour. Le 19 septembre 2005, une plaque en mémoire des expulsés est inaugurée en face de la mairie par l'association PRAF-GERAL. Enfin, une « *place Oradour-sur-Glane* » est inaugurée le 19 septembre 2008. À Clouange, une place est dénommée depuis 1999 « *Françoise Bertrand* », native de cette commune. Le 11 novembre 2010, à Montoy-Flanville, une plaque sur laquelle figure le nom des 5 victimes de ce village a été inaugurée à l'initiative d'Ascomémo.
Toutes ces initiatives témoignent du lien indéfectible qui unit Charly, et au-delà la Moselle, au drame d'Oradour-sur-Glane. Un lien fort cultivé depuis 1945. En 1953, le drame de ces expulsés morts à Oradour est connu de la plupart des Mosellans, d'autant plus qu'en même temps il leur est souvent rappelé le destin du petit Roger Godfrin, rescapé mosellan d'Oradour.

Charly-Oradour.
Vitrail de l'église représentant les flammes d'Oradour.
(coll. Charly)

ROGER GODFRIN, LE HÉROS MOSELLAN

Le 28 janvier 1953, alors qu'il était absent la veille, date de sa convocation, Roger Godfrin, se présente devant les juges du tribunal de Bordeaux. Il a réchappé au massacre en se sauvant de l'école alors que ses parents et ses quatre frères et sœur sont morts à Oradour. Il a désormais 16 ans et travaille à l'usine à Hagondange, après trois ans d'études à l'Institut de La Salle à Metz-Queuleu. À la barre, il refuse initialement de témoigner : « *Monsieur le Président, je tiens à vous dire que je ne témoigne pas ; une loi a été votée cette nuit*[443] » faisant allusion au vote de l'Assemblée nationale sur la modification de la loi de la responsabilité collective. Mais, le président du tribunal lui explique que quoi qu'il ait été décidé, le procès continuerait. Alors, Roger Godfrin livre son récit.
Roger Godfrin a déjà déposé auprès de la justice militaire à Limoges le 1er décembre 1944, mais par sa nature même, ce témoignage initial est resté secret et ne participe pas à la construction mémorielle jusqu'en 2007, date de sa publication dans un ouvrage[444].
Par contre, dès décembre 1944, son histoire est déjà connue puisque le premier livre consacré au massacre, *Dans l'enfer d'Oradour* de Pierre Poitevin[445] lui consacre une page intitulée « *La désobéissance d'un petit Lorrain* ». Sa qualité de Lorrain[446] est clairement identifiée dans ce sous-titre. L'auteur explique ainsi en préambule la raison de sa présence à Oradour, c'est-à-dire l'expulsion par les Allemands. Sans trop de détails, Poitevin explique la fuite de l'école du « *petit Roger Godfrin* » qui avec trois autres est classé parmi « *les seuls enfants rescapés de l'épouvantable tragédie* ».

Groupe des rescapés d'Oradour-sur-Glane : Roger Godfrin est le seul enfant. (photo AFP)

UN ANGE RESCAPÉ DE L'ENFER

Roger GODFRIN

HUIT ans et demi, le plus jeune des deux rescapés lorrains de l'horrible massacre du 10 juin dernier, à Oradour-s/-Glane, où il était réfugié avec sa famille, originaire de Charly, disparue dans cette tuerie. Ce jour-là, comme tous ses petits camarades, il se trouvait à la modeste école du village quand survint la horde de criminels. Son instinct lui dicta la fuite et, avec un sang-froid remarquable, il enjamba la fenêtre de la classe et suivit un sentier qui le conduisit à un champ de légumes. Les Allemands, l'ayant aperçu, cherchèrent à l'abattre, mais le courageux petit atteignit en rampant la Glane fort heureusement peu profonde en cet endroit et la traversa. Il était sauvé !

Il alla se réfugier chez des compatriotes des environs. En route, il avait perdu une chaussure et arriva, le pied gauche ensanglanté par vingt-deux épines. Il restera le témoignage vivant de la cruauté nazie.

Le Lorrain, 17 mars 1945.

Donc très rapidement, Roger Godfrin est reconnu comme lorrain et rare enfant à avoir échappé au massacre, ce qui lui confère un statut particulier. D'ailleurs, sur la photo de groupe des rescapés du massacre diffusée par l'Agence France Presse à partir de 1945, il est le seul enfant, placé au centre du cliché. À sa boutonnière, une Croix de Lorraine.
Aussi, la presse mosellane de l'exil[447], dès sa reparution, lorsqu'elle évoque le massacre d'Oradour liste les victimes de Charly mais aussi ses deux rescapés, Arsène Pister[448] et Roger Godfrin. Puis le 17 mars 1945, pour la première fois, les Mosellans en exil découvrent en une le visage[449] « d'*ange* » du « *rescapé de l'enfer... qui restera le témoignage vivant de la cruauté nazie*[450] ». Son visage réapparaît toujours en une du *Républicain Lorrain*[451] à l'occasion du premier anniversaire du massacre et du *Lorrain*[452] pour les commémorations à Charly en juin 1945. À force d'apparaitre dans la presse, qui plus est en photo, il entre dans tous les foyers. Même son mariage le 29 décembre 1957 est couvert par les journaux locaux qui lui consacrent chacun deux demies pages, parce que Roger Godfrin a eu, de l'avis du *Républicain Lorrain,* « *un destin exceptionnel* ». Il devient une icône de la souffrance endurée par les expulsés. Rapatrié en Moselle le 17 août 1945, il est reçu à la gare de Metz par Mme Sabatier, directrice départementale des Prisonniers Déportés et Réfugiés accompagnée de M. Bastien, sous-préfet. « *Le jeune héros d'Oradour est revenu en Moselle* » déclare Ségolène de Wendel, présidente du Comité départemental de la Croix-Rouge[453]. Il trouve finalement refuge dans la famille de son oncle, Émile Maillard, à Olgy. Il connaît une enfance difficile[454]. Il est souvent associé aux commémorations qui se déroulent à Oradour et à Charly chaque année depuis juin 1945. « *C'est l'époque où on me*

montrait partout. J'étais la bête curieuse, le Petit Poucet martyr, le poil-de-carotte orphelin. Trois fois, j'ai déjeuné avec Mgr Rastouil, l'évêque de Limoges[455] ». Marielle Larriaga le compare à « *un monstre de foire exhibé par son oncle et gâté par des « honneurs » dispensés sans discernement*[456] ». Pourtant, selon Godfrin, dès qu'il voyait des journalistes, il se sauvait. « *Depuis 45, ils sont des dizaines qui m'ont cité dans leurs livres... Ils ont repris mon histoire et bien sûr, elle se modifiait chaque fois d'un bouquin à l'autre. Vous êtes le premier depuis cinquante ans qui soit venu me voir, d'homme à homme, pour me demander mon avis !* » lance-t-il à Jacques Gandebeuf en 1998[457]. Il participe à des conférences sur Oradour, comme à Sainte-Marie-aux-Chênes le 3 avril 1946 où il est présenté comme « *l'unique enfant rescapé du massacre* ». Régulièrement, son témoignage, sans trop de détails, est repris dans la presse locale et même nationale[458] notamment lors des commémorations en juin et lors de l'érection du monument de Charly en 1949. Dans ces articles se construit une image idyllique de l'enfant qui a écouté les recommandations de sa mère, de l'enfant courageux qui s'est caché dans les hautes herbes et a traversé la Glane en se faisant à plusieurs reprises tirer dessus. Partout, il est présenté comme, « *le seul Lorrain – ou Mosellan – rescapé – ou survivant – d'Oradour*[459] », « *l'enfant miracle d'Oradour*[460] ». Roger Godfrin est fêté comme un véritable héros mosellan, symbole de la souffrance endurée par les expulsés. Ce statut « d'unique » le médiatise. Au cours du procès, la revue populaire *Radar* du 18 janvier lui consacre un reportage photographique, alors que les hebdomadaires américains *Life Magazine* et anglais *Time Magazine* publient des photos du procès sans oublier le seul enfant rescapé.

C'est avec cette image et ce statut d'unique écolier rescapé du massacre que Roger Godfrin témoigne au procès de Bordeaux[461]. À l'instar de Marguerite Rouffanche, unique rescapée de l'église, le témoignage de Roger Godfrin est l'un des plus émouvants du procès. « *Vous êtes un pauvre gosse et c'est un père de famille qui vous écoute* », lance le président Nussy Saint-Saens. Un témoignage sans concession envers les inculpés. Toute la famille Godfrin a péri dans les flammes d'Oradour et donc, son témoignage ne peut être qu'à charge. « *Ces sales boches ont jeté ma famille dans les flammes* ». lance-t-il au tribunal, ne faisant d'ailleurs aucune distinction entre Allemands et Alsaciens. Le président du tribunal doit alors le rappeler à l'ordre : « *Vous avez juré de déposer sans haine* ».

Malgré son jeune âge au moment des faits, il n'avait pas encore huit ans, et malgré les huit années écoulées depuis le massacre, Godfrin, tout imprégné de son tragique destin et fidèle à son récit maintes fois répété à la presse depuis 1945, relate avec force détails sa fuite à travers Oradour :

Février 1953. Oradour-sur-Glane. Roger Godfrin pose pour la revue américaine *Life* près du monument dédié aux écoliers et à leurs enseignants massacrés le 10 juin 1944. Roger Godfrin est le seul écolier à avoir réchappé au massacre. *Life*, 24 février 1953 (coll. Ascomémo-Hagondange)

Février 1953. Oradour. Roger Godfrin pose devant l'église d'Oradour pour le *Time Magazine*, 16 février 1953 (coll. Ascomémo-Hagondange)

«... *Nous étions en Lorraine. Nous avions la liberté et nous voulions la garder. Les Allemands nous ont expulsés, nous sommes venus à Oradour. À Oradour, j'ai perdu mon père, ma mère, trois sœurs et un frère. Ma plus jeune sœur était âgée de trois ans... Le 10 juin 1944, j'étais à l'école lorraine avec M. Goujon. Nous étions donc à l'école lorraine bâtie essentiellement pour les enfants de chez nous. Nous ne devions pas aller avec les enfants limousins. C'était un peu retiré du village. L'école était située sur la route des Bordes. C'étaient des matériaux très fins et cela ne pouvait pas nous protéger des balles. Notre instituteur nous a fait mettre à plat ventre. Aussitôt, nous avons exécuté son ordre, mais cela ne nous protégeait pas des rafales de mitrailleuses. Alors, nous partions par un petit chemin qui nous conduisait à l'école maternelle. J'étais là avec mes deux sœurs. Aussitôt un Allemand est rentré braquant sur nous sa mitraillette. Nous n'avons compris qu'un seul mot : « Raus ! ». Notre instituteur parla quelque temps avec lui. J'en profitais pour dire à mes deux sœurs de venir avec moi. Mais aussitôt, elles commencèrent à pleurer : elles voulaient revoir notre mère. Dans toute l'école, il y avait des cris apeurés : on voulait revoir sa mère. Nous sommes allés dans la cour de récréation de l'école. Il y avait un chemin. Dans ma course, je perdis un soulier, mais je ne me suis pas retourné. Il y avait trop d'Allemands et des brutes pareilles n'auraient pas hésité à tirer sur moi. J'ai fait cent mètres à peu près mais ça ne tirait pas sur moi. J'entendais des coups de feu, mais on ne tirait pas sur moi. Je suis arrivé près de la route des Bordes. Je me suis penché sur une palissade et je vis un Allemand. Il a tiré sur moi. Par un hasard... je ne comprends pas... Je me suis laissé tomber. L'Allemand est venu aussitôt près de moi... Je faisais le mort. Sur la route des Bordes, il y avait un chemin qui conduisait au cimetière et c'était juste au coin de la France et du chemin qui conduisait au cimetière. Alors, l'Allemand est venu près de moi, je faisais le mort. Il m'a donné un coup de pieds dans les reins. J'attendais que l'Allemand soit parti pour me relever et j'ai pris la direction du cimetière. Je me suis rappelé la parole de ma mère : « Si tu vois le Boche, va te cacher dans le bois qui est derrière le cimetière. » Alors je suis arrivé à 25 mètres de la porte du cimetière. Je courrais pour aller me mettre derrière le cimetière. J'entendais siffler. Je me suis subitement arrêté et j'ai vu deux Allemands qui étaient derrière les deux colonnes de la porte. Ils se sont rejoints au milieu et m'ont fait signe de repartir, sans me tirer dessus mais en outre ils se sont revanchés sur M. Poutaraud qui passait sur le même chemin. Alors en vitesse, je fis demi-tour et je me suis caché. J'aperçus M. Thomas, le patron de mon père qui lui aussi tentait de s'échapper. Je suis allé me cacher derrière une haie. Il y avait Mme Octavie, sa nièce et moi...* » Le président du tribunal intervient alors en interrogeant l'Alsacien Graff pour lui demander confirmation qu'il avait bien tiré sur les femmes :

« ... *C'est une fois de plus la confirmation de ce drame : un Français d'Alsace tirant sur une femme lorraine*[462] ». Cette phrase forte, hautement symbolique, mettant en opposition les deux provinces anciennement perdues, rajoute de l'émotion comme si le drame s'était déroulé entre deux sœurs que l'on pensait et présentait comme indissociables. Cette phrase stigmatise un Alsacien comme assassin d'une Lorraine. Elle est reprise le lendemain dans la presse locale. Quel impact a-t-elle pu avoir sur l'opinion mosellane ? A-t-elle été comme un électrochoc pour désolidariser l'opinion mosellane de l'opinion alsacienne ? Difficile à dire.

Après cette intervention, Godfrin poursuit : « *Graff aurait bien tiré sur moi, mais ma petite taille ne le lui permettait pas beaucoup. Alors je suis parti. J'étais tellement effrayé que je courrais n'importe où. Je suis arrivé à un endroit où se trouvait M.* (illisible) *Robert derrière un mur. Lui m'a vu, il pourrait le certifier. Il n'a pas voulu m'appeler, bien entendu, parce qu'il y avait deux Allemands de chaque côté. S'il s'était fait voir, on était tous les deux morts, ils auraient tiré sur nous, bien entendu. Je suis arrivé à proximité de la route des Bordes. Là, il y avait un petit jardin et au fond de ce jardin une cabane pour les outils. J'ai vu une chenillette qui s'avançait vers moi. Je me suis caché derrière cette cabane. La chenillette s'est arrêtée. L'Allemand est venu, a ouvert la porte, n'a vu personne, a contourné la petite cabane. J'ai contourné en même temps que lui. Heureusement, les Allemands qui étaient sur la route ne m'ont pas aperçu, autrement, encore une fois, c'était ma mort. Quand l'Allemand est remonté dans la chenillette et que la chenillette est partie, je suis parti moi aussi* ».

Le Républicain Lorrain
29 janvier 1953.

C'était au mois de juin, au mois de juin, il y a du blé. Je me suis couché dans un champ et je pensais que mes parents rassemblés au champ de foire devaient s'inquiéter de moi, devaient m'appeler quand ils voyaient que je n'étais pas là. Ils pleuraient en silence, comme beaucoup le faisaient. Alors ? à Oradour, naturellement, les Allemands comme les Alsaciens se faisaient des signaux. C'est alors que j'ai vu une espèce de balle enflammée qui montait en l'air. C'étaient des signaux. Alors effrayé par cette balle, je me suis enfui. C'est alors la fameuse course qui s'est produite : six Allemands, deux par deux... J'étais dans des herbes plus hautes que moi. Ils tiraient sur moi. Ils ne m'ont pas eu heureusement. Alors un petit chien, qui était effrayé lui aussi, courait en direction de la Glane. Je ne savais pas que c'était la Glane : je courais éperdu ; j'étais tellement effrayé... Les Allemands tiraient toujours sur moi. Je suis arrivé devant la Glane. Si j'hésitais à sauter dans la Glane, les autres m'attrapaient, n'est-ce-pas. Alors j'ai plongé dans la Glane et le chien est resté de l'autre côté. Je suis monté. Il y avait un gros chêne. Je me suis planqué derrière. Et par la rage que les Allemands avaient au cœur de ne m'avoir pas eu,

ils ont tué le petit chien. C'est alors qu'il y avait une forêt. Je me suis étendu sur l'herbe. J'étais tellement effrayé. J'avais tellement peur que je me disais : « Si les Allemands viennent, je me laisse prendre. »
Je suis resté là quelques minutes et j'entendis un bruit dans les haies. C'est bien simple : quand on entend un bruit, on se lève pour se sauver. Heureusement, ce n'était pas un Boche, c'était un cantonnier. C'est alors que j'ai été amené chez madame la vicomtesse de Saint-Venant qui habitait à deux kilomètres à Laplaud. Elle m'a très bien accueilli et huit jours après un cousin m'a recueilli à son tour… »
Godfrin intervient une dernière fois sans y être invité : « *Je voulais dire que je lis souvent dans les journaux le fameux procès de Bordeaux, entre autre. J'entends dire que les Alsaciens sont moins fautifs que les Allemands…* »
Le président du tribunal intervient : « *Une appréciation cela regarde le tribunal* » et pas les témoins. Et il le congédie fermement[463].
La charge émotionnelle de son récit est du « pain béni » pour la presse : « *Roger Godfrin est ce petit Lorrain qui averti par atavisme d'avoir à se méfier des soldats quand ils viennent d'Allemagne, s'enfuit tout seul de son école et fut tout seul sauvé* [464] ». *Le Figaro Littéraire* fait sa une du 7 février 1953 avec une lettre de l'académicien Pierre Gaxotte adressée « *à Roger Godfrin Lorrain d'Oradour.* » : « … *Ta déposition au procès d'Oradour m'a bien ému. J'étais fier que notre Lorraine ait produit un petit bonhomme si avisé, si courageux, si décidé, si maître de lui, capable de duper la mort au milieu des plus grands dangers…*[465] »
La presse mosellane rapporte dans son intégralité « *sa terrible odyssée* » dès le lendemain de son intervention au tribunal[466], lui confortant un peu plus son statut – malgré-lui – de héros mosellan de la tragédie d'Oradour et rappelant aux Mosellans que de leurs compatriotes ont péri ce 10 juin 1944. Rare témoin et rare rescapé d'Oradour[467], son témoignage, à l'instar des témoignages des autres rescapés d'Oradour-sur-Glane, lui donne valeur de vérité, jamais remise en cause, même au tribunal[468].
Depuis, dans la plupart des livres sur Oradour, quelques lignes ou même un chapitre sont consacrés au « miraculé »[469], la force itérative de son témoignage depuis 1945 se poursuit jusqu'à sa disparition puisqu'il est sollicité régulièrement par la presse, même allemande[470], notamment au moment du jugement du *SS* Barth en 1983, dans des ouvrages[471], des reportages[472]. Sans défaillir, il ressasse le même récit, avec les mêmes détails tragiques, la chaussure perdue, le chien Boby… 54 ans après les faits, Roger Godfrin crie toujours son mépris : « *Moi je n'ai jamais pardonné ce qui s'est passé là-bas. Je n'ai trouvé aucune excuse aux incorporés alsaciens* »[473].
En 2002, un an après son décès[474], le collège Bossuet de Brive-la-Gaillarde

réalise un travail pédagogique à partir de son témoignage et écrit un livre pour enfants : « *Sauve-toi Roger !* » qui consacre son statut de jeune héros. À travers ce témoignage itératif, les Mosellans sont indubitablement du côté des victimes. Le 8 février 1953, dans l'église provisoire d'Oradour, Roger Godfrin sert la messe célébrée par Mgr Rastouil, évêque de Limoges, en mémoire des victimes. Le verdict n'est pas encore énoncé. Légitimement par rapport à sa famille, Roger Godfrin a choisi le camp des victimes entraînant avec lui certainement une partie de l'opinion mosellane, touchée par son histoire.

8 février 1953.
Messe de Mgr Rastouil devant l'église provisoire d'Oradour.
Au premier rang, à gauche, Roger Godfrin.
Paris-Match, 14 février 1953

DES MOSELLANS PARMI LES SECOURISTES

Le lendemain de la déposition de Roger Godfrin, un autre Mosellan est appelé à la barre, car il est l'un des premiers à entrer dans Oradour après le massacre.

En effet, le 14 juin 1944[475], une équipe de secouristes entre dans Oradour pour inhumer les victimes. Parmi eux, l'abbé René Tousch, originaire de Rombas, réfractaire au RAD, ordonné prêtre le 10 avril 1944 à Limoges et l'abbé Norbert Timmer, également de Rombas qui raconte : « *Tout ce que l'on avait pu dire concernant Oradour n'était qu'un tableau peu approchant de la réalité et quand le tramway départemental arriva dans ce pauvre bourg, une douleur poignante nous étreignit à la vue de tous ces pans de murs sur lesquels planait l'ombre de la mort. Ce n'était que ruines encore fumantes. L'église romane présentait un aspect encore plus lamentable. De nombreux ossements jonchaient le chœur et la chapelle de droite. L'autel avec son tabernacle fracturé demeurait là comme seul témoin muet des souffrances sans nom endurées par plusieurs centaines de femmes et d'enfants* ». Dans le jardin de Mme Laudy, le cadavre d'Octavie Dalstein est découvert, tuée par des projectiles, légèrement calcinée mais reconnaissable. Identifiée par Hubert Desourteaux, elle est placée dans un cercueil et inhumée dans le cimetière. C'est la seule victime mosellane qui peut être identifiée et pour laquelle un acte de décès est établi. « *Le lendemain nous réservait un spectacle bien plus pénible encore,* continue l'abbé Timmer. *Une fosse ayant été découverte près de l'église, l'exhumation des cadavres fut décidée. Durant plusieurs heures, ce fut alors une affreuse besogne. Jetés pêle-mêle, des corps à moitié carbonisés voisinaient avec des jambes, des bras et des pieds d'enfants en bas âge. La plupart des corps étaient méconnaissables. Et devant tous ces restes humains, horriblement mutilés, devant ces corps de bébés et d'adolescents qui, quelques jours auparavant, respiraient encore la joie et le bonheur de vivre, un profond sentiment de tristesse envahit nos âmes…*[476] »

Aussi, l'abbé Tousch est convoqué le 29 janvier 1953 devant le tribunal de Bordeaux. « *Ce qui m'a le plus impressionné,* raconte-t-il en 2011, *c'est d'être devant des assassins de mon âge qui n'ont pas voulu avouer* ». Témoin à charge ? « *Nous étions des témoins et nous devions raconter ce que nous avions vu et non pas ce que nous pensions. Cela nous avait d'ailleurs été rappelé par le président du tribunal* ». S'il réfute aujourd'hui le qualificatif de « témoin à charge », il n'empêche que la description objective de ce qu'il a vu, les cadavres, les cendres, l'odeur, forcément, charge de fait les prévenus. « *À l'intérieur de l'église sur le dallage, il y avait toute une série de cadavres et de morts que les Allemands n'ont pas enlevés parce que qu'ils étaient collés par terre à cause de la chaleur,* explique-t-il. *Nous les avons enlevés avec des bêches ou des morceaux de tôle et nous avons gratté*[478] ».

Soixante-sept ans après les faits, l'abbé Tousch reste toujours marqué par l'odeur dégagée par les cadavres humains, mais également par ceux des animaux. Entré parmi les premiers secouristes dans Oradour, l'abbé n'a pu décrire que des scènes apocalyptiques d'autant que son équipe est plus spécialement chargée de l'église, le lieu des exactions les plus abominables. Il s'appuie d'ailleurs sur une dizaine de photos qu'il a prises. « *Montrez leur ces photographies, qu'ils les regardent bien et qu'ils contemplent l'œuvre du vaillant régiment Der Führer* » ordonne le président du tribunal. L'abbé Tousch rend « *un vibrant hommage d'abord aux martyrs d'Oradour, aux femmes, qui, je crois, se sont comportées d'une façon admirable d'après ce que nous avons vu des cadavres, aux séminaristes lorrains et limousins…*[479] ».

Réfractaire à la *Wehrmacht*, au moment du procès, il ne dit mot sur l'incorporation de force. Pour lui, les assassins[480] n'avaient pas de nationalité.

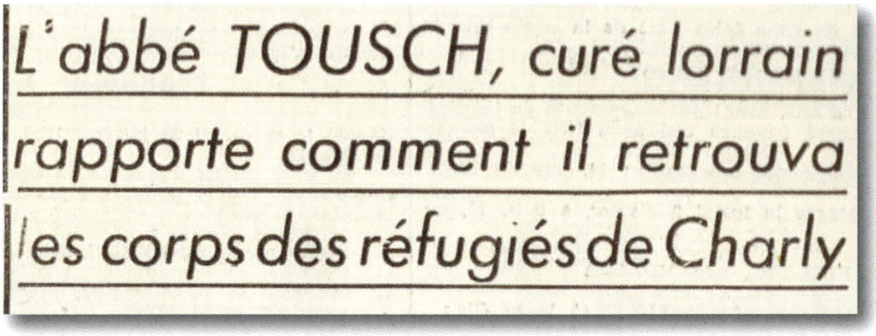

L'abbé TOUSCH, curé lorrain rapporte comment il retrouva les corps des réfugiés de Charly

Titre du *Républicain Lorrain* du 30 janvier 1953

Mais il admet aujourd'hui que « l*es assassins l'étaient sans le vouloir, car s'ils refusaient de faire ce qu'on leur ordonnait, ils étaient abattus ; ils n'avaient donc pas le choix. Ce qui est en cause, c'est la guerre qui met des gens dans des situations dont ils ne peuvent pas se sortir* ». Était-ce son sentiment en 1953[481] ? Bien après le procès, des amis alsaciens lui ont souvent reproché de ne pas avoir pris la défense des « treize ». Son intervention fait la une du *Républicain Lorrain* et du *Lorrain* du 30 janvier 1953. Elles insistent sur la qualité de Lorrain de l'abbé Tousch. Quelle influence a pu avoir le témoignage relayé par la presse d'un prêtre auprès de lecteurs très majoritairement catholiques ? Difficile la aussi de répondre.

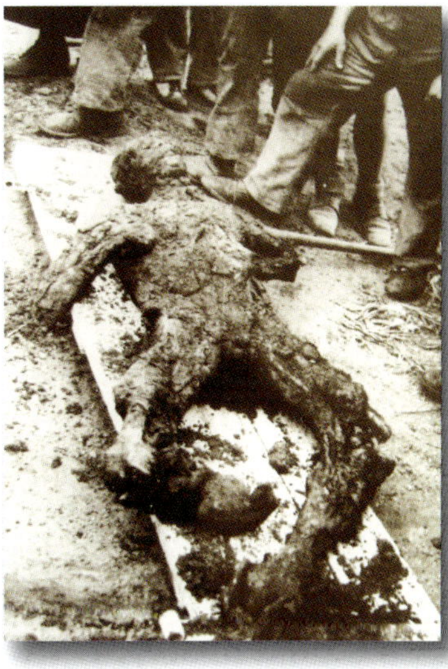

L'une des photos présentée par l'abbé Tousch au tribunal de Bordeaux le 29 janvier 1953. « *Les corps calcinés et non identifiables furent placés sur des volets en bois* »[427] (coll. abbé Tousch)

MANIFESTATION À CHARLY

La présence des Mosellans parmi les victimes et les témoignages à charge de Mosellans lors du procès de Bordeaux rangent indéniablement une partie de la population mosellane du côté des victimes qui réclament justice, en particulier les expulsés et les associations de Résistants qui réunissent essentiellement d'anciens expulsés. Aussi, cette partie de la population au demeurant essentiellement francophone s'indignent de la décision d'amnistie concernant les treize Alsaciens.

Le 23 février 1953, vingt-et-une associations patriotiques mosellanes[482], se réunissent à Metz à l'initiative de la Fédération des Insoumis en présence d'une délégation de Charly-Oradour présidée par son maire. Elles publient un communiqué dans la presse. Pour ces associations, les « treize » sont coupables ! Elles décident de s'abstenir jusqu'à nouvel ordre de participer à toutes les manifestations patriotiques officielles et de se réunir avec la population de Charly-Oradour le 8 mars 1953 pour rendre un solennel hommage aux compatriotes de cette localité, « *innocentes victimes d'un crime sans précédent* » et pour protester, car « *Metz et la Moselle n'ont pas le droit d'oublier les Lorrains de Moselle assassinés le 10 juin 1944 à Oradour* »[485]. Plusieurs appels sont lancés dans la presse.

8 mars 1953, à Charly.
Départ de la manifestation silencieuse en souvenir des victimes d'Oradour.
Rassemblement des drapeaux des associations patriotiques au cœur du village.
(photo Jouaville, coll. Linden)

Ce jour-là, à Charly-Oradour, les cloches sonnent le glas à la mémoire des victimes. Près de 5 000 personnes manifestent « *dans la dignité muette des grands deuils une protestation contre l'oubli* ».

Un long cortège silencieux réunit les associations patriotiques avec une soixantaine de drapeaux. Il se dirige jusqu'au monument commémoratif où des gerbes sont déposées par maître Kedinger, président des Insoumis, et Roger Godfrin. Devant le monument, le maire de Charly-Oradour fait l'appel aux morts. Aucun discours, seule la sonnerie aux morts d'un clairon et d'un tambour. Une messe clôt la manifestation. Aucun officiel n'est présent ! [486] Décemment, les parlementaires qui ont voté l'amnistie ne peuvent assister à une manifestation hostile à leur vote. C'est la seule manifestation de protestation en Moselle. Elle demeure symbolique et symptomatique de la réaction mosellane solidaire des morts mosellans d'Oradour, dans un lourd silence[487].

A Charly-Oradour, dans le calme et la dignité la Lorraine a fait entendre sa voix

Le Républicain Lorrain, 9 mars 1953.

Conclusion

Le procès de Bordeaux creuse une désolidarisation mémorielle entre la Moselle et l'Alsace entamée dès le retour à la France en 1918 et accentuée par la politique d'épuration du *Gauleiter* Bürckel et d'éducation par la force de son homologue alsacien. Au sortir de la guerre, les deux entités que l'on croyait unies par une histoire devenue finalement parallèle consomment leur divorce. Le procès de Bordeaux est l'aboutissement d'un long processus. Pour Sarah Farmer, « *le débat révéla et exacerba un autre conflit régional.* »[488] Douglas W. Hawes souligne : « *les Alsaciens n'avaient pas pu compter sur le soutien sans faille des élus et des habitants de la Moselle, dont les fils étaient aussi des Malgré-Nous.* »[489]

En Moselle, la « balkanisation » mémorielle ne permet pas de créer une unité, voire une identité liée à la seconde guerre mondiale. Pour pouvoir continuer à vivre ensemble, les « restés » et les « partis » refoulent leur histoire et le silence s'impose. Le procès de Bordeaux contribue à figer ce long silence, car il crée un malaise profond chez les Malgré-Nous. Les débats judiciaires et parlementaires révèlent leur drame à la nation qui ne retient finalement que la participation de treize d'entre eux au massacre d'Oradour. L'amalgame est facile. Ce miroir grossissant et déformant crée une presque obligation à se taire dans la surenchère victimaire. Mais, comme le soulignent Sarah Farmer et Pierre Barral : « *il n'y avait aucun Mosellan dans la compagnie qui massacra Oradour. Plus précisément : 44 réfugiés de la ville de Charly avaient été tués à Oradour.* »[490]

Cette double causalité est l'élément clé du silence mosellan qui est exprimé de façon magistrale par l'éditorialiste du journal *Le Lorrain* : « *Au procès de Bordeaux, on n'a pas parlé de Charly. Peut-être parce que nos gens n'ont pas mêlé leur voix aux cris de la foule. Sans doute, parce que malgré leur ressentiment et leur douleur, ils n'ont pas voulu que devant la stèle commémorant le souvenir de leurs morts, les passions viennent ternir leurs chères mémoires. Ils auraient surtout des raisons de haïr, eux, les expulsés, les sinistrés, les trois fois persécutés. Bien sûr il n'y a guère de degré dans la douleur, mais Charly-Oradour répondrait aussi « Vous qui pleurez, voyez si votre souffrance est compatible à la mienne. » Cependant Charly s'est tue. Le silence n'est pourtant pas l'oubli. Il réclame lui aussi justice mais permet en même temps aux cœurs de se débarrasser des scories (…) et de s'élever à ces hauteurs où l'on voudrait que se rejoignent et les consciences et les intelligences pour que naisse enfin la communauté des hommes de bonne volonté. Charly-Oradour, par son silence, a été le plus éloquent des témoins de Bordeaux.* »[491]

Ce silence, on l'a vu, a accompagné les manifestants du 8 mars 1953 dans ce petit village du pays messin. Si ce silence a prévalu, des voix se sont toutefois fait entendre pour manifester contre la réaction alsacienne. Jean-Laurent Vonau admet que « *la perception était différente* »[492] entre l'Alsace et la Moselle. Les voix les plus fortes, celles des Insoumis, mettent à mal l'argumentation de l'absence de choix des Alsaciens, de l'Histoire subie. L'Alsace préfère finalement le silence de sa voisine. Elle peut ainsi surenchérir dans la victimisation : « *Nous, nous avons Schirmeck, des condamnations à mort, des incorporés dans la Waffen SS...* ».

La Moselle a longtemps laissé dire d'autant plus que la mémoire mosellane déjà éclatée[493] s'est diluée. L'apport de populations venues de « l'intérieur » de la France et immigrée[494] a créé, selon, Albert Weyland, une « *Moselle plurielle* » avec « *une identité complexe* »[495] construite en dehors des événements de la guerre.

L'Alsace, qui n'a pas connu le même brassage de population[496], blottie derrière la ligne bleue des Vosges, plus unifiée linguistiquement et historiquement, connaît grâce au procès de Bordeaux « *un sursaut de la conscience alsacienne*[497] » selon Bernard Fischbach et Roland Oberlé, une conscience alsacienne qui attise la peur d'un autonomisme pourtant moribond. L'affaire d'Oradour devenue l'affaire des incorporés de force alsaciens, et seulement alsaciens, a au moins soudé une génération autour du drame de l'incorporation de force et de sa victimisation. Nicole Pfister démontre dans sa thèse que l'incorporation de force est consubstantielle à l'identité alsacienne[498] .

Cette désolidarisation s'est matérialisée avec le nouveau découpage administratif apparu en 1955, un découpage qui s'est fait sans bruit, sans appel à la réunion des deux terres annexées. La page est donc tournée.

Mais en 1997, un projet mémoriel réunit à nouveau les deux sœurs qui se sont éloignées depuis 1953 et qui aboutit le 18 juin 2005 à l'inauguration du Mémorial de l'Alsace-Moselle à Schirmeck[499]. Le politique crée là un ensemble géographique original associant les deux entités, une résurgence pour « *un lieu de mémoire régionale*[500] ». Mais ce Mémorial ne s'est pas construit sans mal car cette réassociation mémorielle suscite des difficultés et les réserves des Mosellans, qui selon l'historien François Roth « *ont montré à quel point l'histoire et les mentalités des deux régions demeurent différentes* »[501]. Des voix, en particulier, l'Amicale 57 des Déportés et Internés Résistants et Politiques, l'Association départementale 57 des Déportés, Internés Résistants et Patriotes et l'Association pour la Conservation de la Mémoire de la Moselle en 1939-45 présidée par l'auteur s'élèvent pour contester la pertinence de cette entité.

Mémorial de Schirmeck
Galerie de portraits.
(Fluor Architecture)

Pourquoi cette réassociation alors, que, nous l'avons vu, depuis 1945, ce concept est dépassé et qu'une désolidarisation mémorielle est effective depuis 1953 ?
Le ministre des Anciens combattants de l'époque, Jean-Pierre Masseret, élu mosellan[502], ne peut décemment oublier la Moselle dans cette initiative prise par des élus bas-rhinois alors qu'en Moselle un autre projet dans un lieu de mémoire était déjà lancé depuis deux ans[503]. Une concurrence mémorielle insupportable pour les Alsaciens : « *La Moselle aurait son lieu de mémoire sur l'annexion alors que nous Alsaciens avons plus souffert d'elle.* » Mais le Conseil régional alors présidé par Gérard Longuet, meusien, ne s'intéresse pas à cette mémoire particulière d'un de ses départements. Le Conseil général de la Moselle présidé par Philippe Leroy, originaire de Lille, ne s'intéresse que depuis 2007 à la mémoire récente de son département. Au final, le projet mosellan reste dans les placards. Le Conseil général de la Moselle et le Conseil régional de Lorraine, ne participent que modestement (3,5% chacun) au budget d'investissement du-dit Mémorial et refusent d'adhérer au syndicat mixte qui en gère le fonctionnement. Ce désintérêt des politiques lorrains conduit le ministre mosellan à choisir les payeurs d'autant que le Bas-Rhin veut son Mémorial.
Celui-ci est en effet justifié par la nécessité d'expliquer pour permettre de comprendre car, « *durant de longues décennies après la fin des hostilités, l'Alsace en particulier a souffert notamment d'une perception erronée du rôle des jeunes incorporés de force dans l'armée allemande que d'aucuns ont injustement qualifiés de soit-disant Malgré-Nous. En cela la réalisation est un acte politique*[504] ». Le Mémorial est donc une explication « contextualisée » du drame considéré comme incompris de l'incorporation de force dans l'armée allemande[505] plus particulièrement des Alsaciens. Pourquoi disjoindre dans cette justification les Alsaciens des Mosellans alors que 30 000 d'entre eux ont également été incorporés de force ? L'explication est peut-être donnée par Philippe Richert, ancien président du Conseil général du Bas-Rhin et initiateur du projet, qui explique que l'objectif du Mémorial de Schirmeck est de « *faire connaître aux Français et en particulier aux habitants du département de Haute-Vienne la situation exacte de l'Alsace et de la Moselle durant le conflit avec l'Allemagne, car la méconnaissance a entraîné une rupture durable et pénible entre l'Alsace et le Limousin*[506] ».
Le procès de Bordeaux est toujours vécu par les Alsaciens comme une stigmatisation et un drame de l'incompréhension de l'annexion nazie. Aussi est-il anodin que la date butoir du Mémorial de Schirmeck soit 1953 ? La construction muséographique et donc mémorielle du-dit Mémorial est entièrement vouée à une explication de l'annexion, et donc

à une explication de la présence d'Alsaciens au sein des troupes qui ont perpétré le massacre d'Oradour. Au bout d'un long cheminement dans un espace de 3 000m^2, le visiteur est invité à se pencher vers une évocation du procès de Bordeaux avec notamment la diffusion des actualités d'époque le concernant. Accoudés à ce que certains ont perçu comme une « barre des accusés », tête basse, certains y ont vu la mise en scène d'une demande de pardon, une repentance devenue la règle. Est-il anodin que le Mémorial de Schirmeck ouvre ses portes six ans après celui du Mémorial d'Oradour-sur-Glane où si l'essentiel du contenu est bien la démonstration des pratiques barbares de la *Waffen SS*, la présence d'Alsaciens soumis au « *service militaire obligatoire*[507] » allemand est évoquée, « *avec une pudeur excessive* » selon l'historien Alfred Wahl[508], sans explication de l'annexion ?

Mais alors pourquoi avoir associé la Moselle à l'Alsace dans cette explication alors qu'elle s'est désolidarisée 50 ans auparavant ? On a voulu insister sur les éléments communs aux deux anciens *Gaue* comme l'annexion, la germanisation, la nazification, l'incorporation de force... sans qu'une comparaison ne puisse être établie. Les protestations de 1953 auraient pu ressurgir. La Moselle aurait pu faire entendre ses différences et notamment remettre en cause la notion de l'absence de choix, élément fondamental de la mémoire victimaire alsacienne. L'Alsace n'aurait plus eu la primauté sur l'échelle de la souffrance, à défaut du monopole.

Mais ces dissensions ont-elles encore un sens aujourd'hui alors que l'annexion est toujours un traumatisme non résolu de l'histoire nationale ? Comment la Moselle peut-elle faire entendre sa différence dans la refonte des collectivités territoriales où elle sera encore plus « assimilée » que sa voisine qui a au contraire fusionné ses collectivités territoriales et peut ainsi asseoir son identité alsacienne une et indivisible ?

Pourtant, depuis 2007, la Moselle fait valoir sa différence d'avec sa voisine. Depuis, le Conseil général de la Moselle organise chaque année une « *Journée de la mémoire patriotique spécifique de la Moselle* », une communion du monde patriotique autour de l'Histoire de la Moselle en 1939-45 pour que cette mémoire construise, enfin, un élément de l'identité mosellane après plus de 60 ans de silence. Depuis 2009, sur demande du Conseil général, les Archives départementales de la Moselle, en partenariat avec l'association Ascomémo, organise chaque année une exposition d'envergure sur un thème de la Moselle pendant la seconde guerre mondiale. Pour rompre le silence. Pour que l'Alsace ne soit pas seule à expliquer les drames de l'annexion que la Moselle a également subie, de façon parallèle. Enfin !

GRAPHIQUES

Renvoi page 56

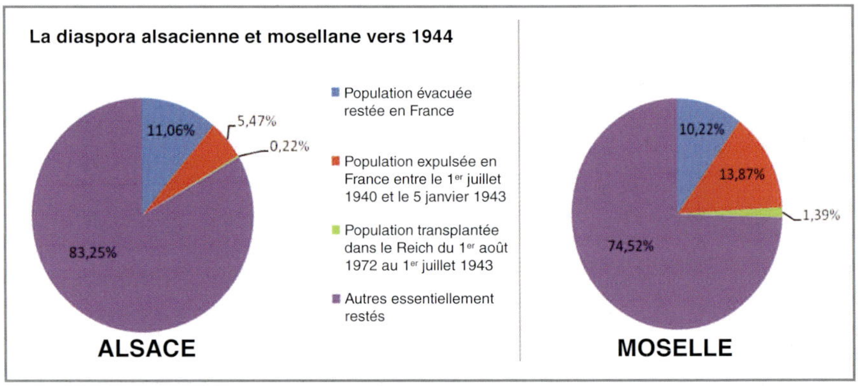

Renvoi page 82

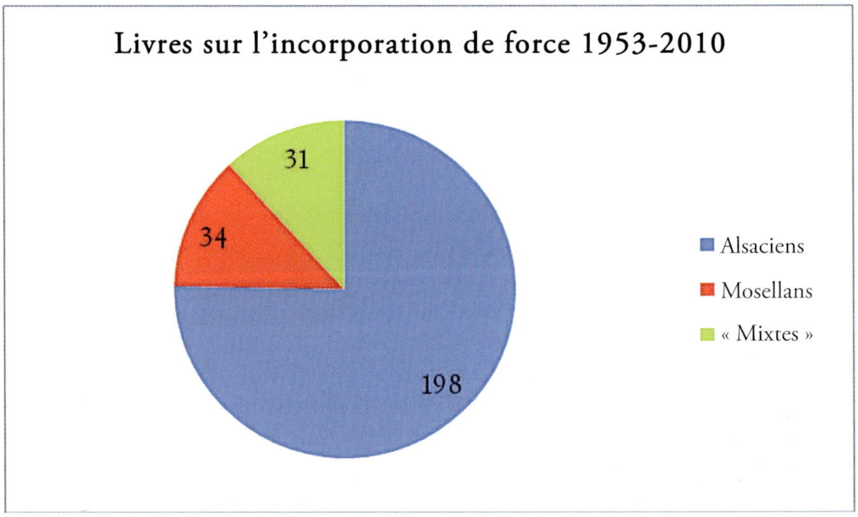

Renvoi page 83

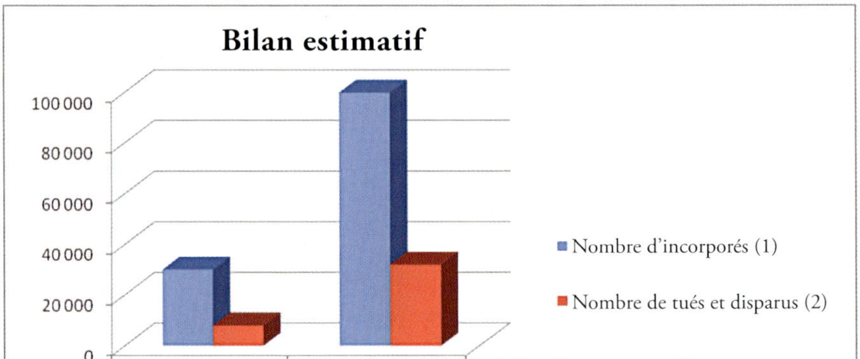

(1) *La Charte*, *op. cit.*, p 43
(2) d'après le site www.encyclopedie.bseditions.fr

TABLEAUX

	Alsace[112]	Moselle[113]
Population au recensement de 1936	1 219 000	685 000
Population évacuée restée en France	134 800	70 000
Population expulsée en France entre le 1er juillet 1940 et le 5 janvier 1943	Entre 21 720 et 45 000	95 000
Population déplacée dans des camps spéciaux au cœur du Reich du 1er août 1942 au 1er juillet 1943 (PRO)	2 735	9 500

Renvoi page 56

Renvoi page 60

Internements et libérations au camp de Labroque-Schirmeck[121]			
Période	Nombre d'arrivées d'Alsaciens-Mosellans à Schirmeck	Nombre de libérés parmi ces arrivées	Pourcentage de libérés parmi ces arrivées
1940	60	37	61,7
Janvier à juin 1941	71	57	80,3
Juillet 1941	94	82	87,2
Août à décembre 1941	163	142	87,1
Janvier à juillet 1942	351	185	52,7
Août 1942 à décembre 1942	268	168	62,7
Janvier à mars 1943	552	428	77,5
Avril à août 1943	449	281	62,6
Septembre à décembre 1943	398	208	52,3
Janvier à juillet 1944	605	207	39,8
Août à novembre 1944	532	96	18,0
	3543	2067	58,3

<table>
<tr><th colspan="2">CLASSES D'ÂGE</th><th rowspan="2">DATES DE L'INCORPORATION DANS LA WEHRMACHT OU LA WAFFEN SS (*) [146]</th></tr>
<tr><th>MOSELLE</th><th>ALSACE</th></tr>
<tr><td></td><td>1908*</td><td rowspan="4">25 avril 1944</td></tr>
<tr><td></td><td>1909*</td></tr>
<tr><td></td><td>1910*</td></tr>
<tr><td></td><td>1911</td></tr>
<tr><td></td><td>1912</td><td rowspan="2">10 janvier 1944</td></tr>
<tr><td></td><td>1913</td></tr>
<tr><td colspan="2">1914</td><td rowspan="6">18 avril 1943</td></tr>
<tr><td colspan="2">1915</td></tr>
<tr><td colspan="2">1916</td></tr>
<tr><td colspan="2">1917</td></tr>
<tr><td colspan="2">1918</td></tr>
<tr><td colspan="2">1919</td></tr>
<tr><td colspan="2">1920</td><td rowspan="2">15 janvier 1943</td></tr>
<tr><td colspan="2">1921</td></tr>
<tr><td colspan="2">1922</td><td rowspan="3">12 octobre 1942</td></tr>
<tr><td colspan="2">1923</td></tr>
<tr><td colspan="2">1924*</td></tr>
<tr><td colspan="2">1925</td><td>21 mai 1943</td></tr>
<tr><td colspan="2">1926*</td><td>8 février 1944</td></tr>
<tr><td colspan="2">1927</td><td>Partie au RAD le 10 juillet 1944, directement versée dans la Wehrmacht en novembre 1944[144]</td></tr>
<tr><td colspan="2">1928</td><td>Concernent des Alsaciens de la poche de Colmar et des Mosellans du Bitcherland ou évacués en Thuringe le 4 septembre 1944[145]</td></tr>
<tr><td></td><td>1929</td><td>Concernent des Alsaciens de la poche de Colmar</td></tr>
</table>

Natifs mosellans tombés avec l'uniforme de la *Waffen SS*			
Année de naissance	« *Mort pour la France* »	« *Mort pour la France* » refusé	Total
1915	1	2	3
1918		1	1
1919	2	2	4
1920		2	2
1921	1	2	3
1922	3	4	7
1923	1	5	6
1924	1	2	3
1925	2	1	3
1926	12	4	16
1927		1	1
Total	23	26	49

Renvoi page 104

Page de gauche :

Renvoi page 65

ABRÉVIATIONS

ACMN : Anciens combattants Malgré-Nous
ACMNR : Anciens combattants Malgré-Nous et réfractaires
ADEIF : Association des déserteurs, évadés et incorporés de force
ADM : Archives départementales de la Moselle
BO : Bulletin officiel
CED : Communauté européenne de Défense
DAF : *Deutsche Arbeitsfront* (front du travail allemand)
DVG : *Deutsche Volksgemeinschaft* (communauté du peuple allemand)
FEVAL : Fédération des Engagés Volontaires d'Alsace et de Lorraine
FFI : Force Française de l'Intérieur
FNDIRP : Fédération Nationale des Déportés, Internés, Résistants et Patriotes
GEM : Groupement des Expulsés de la Moselle
GERAL : Groupement des Expulsés et Réfugiés d'Alsace et de Lorraine
LVF : Légion des Volontaires Français
MRP : Mouvement Républicain Populaire
NSDAP : *Nationalsozialistisches Deutsche Arbeiter Partei* (parti national-socialiste des travailleurs allemands, dit parti nazi)
NSFK : *Nationalsozialistisches Fliegerkorps* (corps des aviateurs nationaux-socialistes)
NSKK : *Nationalsozialistisches Kraftsfahrtkorps* (corps des conducteurs nationaux-socialistes)
NSKOV : *Nationalsozialistisches Kriegsopferversorgung* (association nationale-socialiste d'assistance aux anciens combattants
OCM : Organisation Civile et Militaire.
ONAC : Office National des Anciens Combattants
PCF : Parti Communiste Français
PRO : Patriotes Résistants à l'Occupation
RAD : *Reicharbeitsdienst* (service du travail du Reich)
RPF : Rassemblement du Peuple Français
SS : *Schutzstaffel* (section de sécurité)
UNADIF : Union Nationale des Anciens Déportés, Internés et Familles de Disparus
URL : Union Républicaine Lorraine
UPR : Union Populaire Républicaine

NOTES

1 Jean-Marc Théolleyre, *Procès d'après-guerre*, La Découverte-Le Monde, Paris, 1985, p. 40
2 On exceptera les génocides, c'est-à-dire le massacre systématique d'une population, comme la Shoa par balles ou dans les camps d'extermination. Pendant la seconde guerre mondiale, le massacre de civils le plus important en nombre est celui du Mont Sole en Italie du 29 septembre au 1er octobre 1944 avec 955 tués. En France, on peut relever les massacres de Maillé (Indre-et-Loire) le 25 août 1944 avec 124 victimes, de Tulle (Corrèze) le 9 juin 1944 avec 99 pendus, d'Ascq (Nord) le 2 avril 1944 avec 86 victimes, de la vallée de la Saulx (Meuse) le 29 août 1944 avec 86 victimes, de Buchères (Aube) le 24 août 1944 avec 68 victimes…
3 *Le Républicain Lorrain,* 10 juin 1945, p.1.
4 Sarah Farmer, *Oradour : arrêt sur mémoire*, Calman-Lévy, Paris 1994, p.15.
5 Lettre de Claude Puhl, 28.02.2011.
6 Nicolas Mengus et André Hugel, *Entre deux fronts*, Pierron, Sarreguemines 2008, p. 128.
7 Pierre Barral, « L'affaire d'Oradour, affrontement de deux mémoires » *in actes de colloque sur Mémoire de la seconde guerre mondiale,* université Metz, 1983, p. 243.
8 Guillaume Javerliat, *Bordeaux 1953, le deuxième drame d'Oradour*, Pulim, Limoges 2008. Publication de son mémoire de maitrise à l'université de Limoges sous la direction du professeur François Cochet.
9 Pierre Barral, *op. cit.* p. 249.
10 En 1953, il faut parler d'Alsace et de Moselle.
11 G. Javerliat, *op. cit.* pp. 128-147.
12 Pierre Barral, *op. cit.* p. 249.
13 Jean-Jacques Fouché, Oradour, la politique et la justice, Lucien Souny, Saint-Paul, 2004, p. 287.
14 Guillaume Javerliat n'a pas puisé d'informations en Moselle, ni dans les archives départementales, ni dans la presse locale, ni parmi les témoins mosellans. On peut aussi lui reprocher d'argumenter ses démonstrations avec des déclarations de députés meurthe-et-mosellans, certes représentants de la Lorraine, mais de la Lorraine non annexée où légitimement aucune solidarité mémorielle ne pouvait être espérée ou encore de ne faire appel qu'à des témoins alsaciens pour commenter l'attitude mosellane. Son regard, et c'était normal à Limoges, portait essentiellement sur les dimensions limousines.
15 Guillaume Javerliat, *op. cit.* p. 128.
16 Le texte de ce livre est le mémoire de master 2 de l'auteur validé avec mention « Très bien » par les professeurs François Cochet et Olivier Dard en juin 2011 à l'université de Metz.
17 E. Riedweg, *Les Malgré-Nous*, éditions du Rhin, Mulhouse, 1995, p. 273.
18 Pierre Barral, *op. cit.* p. 246.
19 Rapport du capitaine Lesieur, juge d'instruction à Bordeaux en date du 10 octobre 1946, cité par Jean-Jacques Fouché, *op. cit.* pp.89-90.
20 cité par Jean-Jacques Fouché, *op. cit.* pp. 86-87.
21 Sept *SS* alsaciens sont tués dans les combats en Normandie.
22 Jean-Luc Leleu, *La Waffen SS, soldats politiques en guerre*, Perrin, Paris, 2007, pp. 803-808.
23 Jean-Laurent Vonau, *Le procès de Bordeaux*, La Nuée Bleue, Strasbourg 2003, pp.71-75.
24 Dix des treize Alsaciens incorporés sont nés en 1926 et ont donc 17-18 ans le 10 juin 1944. L'âge de la majorité était de 21 ans en 1944.
25 Cette circulaire indique que les crimes de guerre sont commis par l'ennemi, excluant *de facto* les Français.

26 Ce « et » a permis le jugement des Français.
27 Sarah Farmer, *op. cit.* p.24.
28 Pierre Barral, *op. cit.* p. 243.
29 JORF, p. 539, intervention du député alsacien Michel Kauffmann à l'Assemblée nationale 27 janvier 1953.
30 *L'Aurore* 12 décembre 1952, p.1.
31 Pierre Barral, *op. cit.* p. 246.
32 *L'Alsace* 12 décembre 1952, p.1.
33 Il faut comprendre la Moselle.
34 CMO, 5FP6, sténographe de la plaidoirie de l'avocat André Moser 10 février 1953.
35 *Le Monde* 11 février 1953, p.4.
36 *Le Républicain Lorrain* et *Le Lorrain*, 14 février 1953, page 1.
37 Vincent Auriol, *Journal du Septennat*, tome VII, Armand Colin, Paris, 1971, p.58.
38 On peut citer : le Mouvement de Sauvegarde de l'Unité nationale ou le Mouvement Populaire Alsacien.
39 Guillaume Javerliat, *op. cit.* pp. 235-237.
40 Citation de Germain Muller, déserteur de la *Wehrmacht*, auteur dramatique et homme politique proche de Pierre Pflimlin.
41 Parmi les victimes, une famille évacuée de Schiltigheim non rentrée en 1940.
42 François Roth, *La Lorraine annexée,* thèse de doctorat, université de Nancy,1976.
43 L'Alsace et une partie des territoires de la Moselle sont depuis le VIe siècle sous influence de la langue germanique. À l'époque moderne, ces territoires appartiennent au Saint Empire romain germanique. En 1552, la ville de Metz est conquise par le roi Henri II et officiellement annexée à la monarchie française après le traité de Westphalie en 1648. Les duchés de Lorraine et de Bar sont réunis à la France en 1766. L'Alsace devient française en 1659, Strasbourg en 1683. Les traités de 1815 fixent les frontières orientales de la France.
44 Le décret du 22 décembre 1789 crée les départements français dont les limites sont définies le 26 février 1790.
45 Georges Bischoff, *La guerre des paysans*, La Nuée Bleue, Strasbourg, 2010 : les 16 et 17 mai 1524, les troupes menées par Antoine, duc de Lorraine, tuent environ 20 000 insurgés à Lupstein, Saverne et Neuwiller. Le 20 mai, la bataille de Scherwiller fait plus de 4 000 morts parmi les paysans.
46 Alphonse Irjud, rédacteur en chef au *Nouvel Alsacien*, l'évoque en 2003 lors d'une entrevue avec Guillaume Javerliat, *op. cit.* p. 144.
47 François Roth, *Alsace-Lorraine, Histoire d'un pays perdu,* éditions Place Stanislas, Nancy, 2010, p.57.
48 ADM, *Gesetzblatt für Elsass-Lothringen* N°3 du 9 février 1892.
49 Témoignage Chrétien, « *Alsace et Lorraine, terres françaises* », éditions clandestines, 4e trimestre 1943, pp. 59-63.
50 François Roth, *op. cit.* p.14.
51 Philipp Bankwitz, *Les chefs autonomistes alsaciens 1919-1947, dans Saisons d'Alsace* N°71-1980, p. 13
52 François Roth, *op. cit.* p. 122.
53 Par exemple à Toulouse, Saintes, Nice, Grenoble, Noisy-le-Sec, Tarbes, Lavelanet, Lectoure, Rueil-Malmaison, Brive, Laniel-Bévannes, Bourg-en-Bresse, Jonzac, Belley…
54 Notamment avec en 1871 : *Histoire du plébiscite* ; *Lettre d'un électeur à son député* (pamphlet contre les réactionnaires) ; *Les Deux Frères* et en 1874 : *Le Brigadier Frédéric, histoire d'un Français chassé par les Allemands*, éditions Hetzel, Paris.
55 En 1901 : *Les Oberlés*, éditions Calmann-Lévy, Paris.
56 En 1905 : *Au service de l'Allemagne*, éditions Fayard, Paris; en 1909 : Colette Baudoche - *Histoire d'une jeune fille de Metz*, éditions Émile-Paul frères, Paris et en 1913 : *La Colline inspirée*, éditions Émile-Paul frères, Paris.
57 JORF 27 janvier 1953, p. 471
58 Le 8 décembre 1918, à Metz, le président de la République, Raymond Poincaré, déclare : « *Votre accueil prouve à toutes les nations alliées combien la France disait vrai lorsqu'elle affirmait que le cœur de la Lorraine et de l'Alsace n'avaient pas changé.* » De nombreuses « marches » perdues en 1918 à la périphérie du Reich ont été consultées, la dernière, la Sarre, le 13 janvier 1935.
59 JORF 27 janvier 1953, p. 471.
60 Pierri Zind, *Alsace-Lorraine,* une nation interdite, Copernic, Paris, 1979, p. 107.
61 Cette situation a perduré puisque l'Académie de Strasbourg englobe la Moselle jusqu'en 1972 tout comme l'université de Strasbourg. La Cour d'Appel pour l'Alsace et la Moselle est à Colmar jusqu'en 1973.
62 Paul Durand, *En passant par la Lorraine*, Le Lorrain, Metz, 1947, p. 138.
63 L'enseignement religieux est toujours obligatoire dans les écoles élémentaires publiques en Alsace et en Moselle, à raison d'une heure hebdomadaire.
64 Damien Schaeffer, « Les catholiques en Moselle 1919-1924 », *mémoire de maîtrise*, université de Metz.
65 *Ligue de la Patrie.*
66 Philipp Bankwitz, *op. cit.* p. 25.
67 Marie-Joseph Bopp, *L'Alsace sous l'occupation allemande 1940-1945*, Xavier Mappus, Le Puy, 1945, p.26.
68 CMO, 5FP6, sténographe de la séance du 12 janvier 1953.
69 Pierre Rigoulot a justifié ce titre auprès de Philippe Wilmouth qui lui en avait fait la critique par une obligation éditoriale, voire « économique ». L'introduction justifie et rectifie l'utilisation mal à propos de cette expression pour cette période.
70 François Roth, *op. cit.* p.170.
71 Guillaume Javerliat, *op. cit.* p. 128.
72 CMO, 5FP6, sténographe des dépositions des 21 personnes présentées par la défense alsacienne : élus, présidents de l'ADEIF, anciens résistants ou internés, incorporés dans la *Waffen SS*, policier-enquêteur sur le *Gauleiter* Wagner, habitants de Schiltigheim qui compte neuf

victimes... Le seul qui ne soit pas alsacien est un cafetier d'Espelat qui indique avoir été prévenu par l'Alsacien Graff d'une descente de la Gestapo.
73 Le ministre de l'époque est Jean Laurain, mosellan, évadé, engagé dans la 1re Armée française. Le coordonnateur est Alfred Wahl, alsacien, professeur d'Histoire contemporaine à l'université de Metz.
74 Robert Ernst, *Rechenschaftsbericht eines Elsässers*, Berlin, 1954, p.235.
75 Il est généralement indiqué dans les différents ouvrages sur l'Alsace et la Moselle annexés que le cordon douanier de 1871 est rétabli le 24 juillet 1940. Erreur de transcription ?
76 *Bundesarchiv* R 43/1337 a.
77 Lettre aux députés alsaciens par Robert Wagner le 31 mai 1941 : « *Comme la situation politique a complètement changé à la suite de l'introduction en Alsace de l'administration civile, je vous somme de vous démettre immédiatement de votre mandat* » citée dans *Témoignage Chrétien, op. cit.* p. 10.
78 Dans certains registres de délibérations de conseils municipaux figurent des comptes rendus de délibérations de membres du conseil municipal français jusqu'en septembre 1940. Leurs prérogatives ne concernent que la gestion communale, mais parfois aussi la germanisation des noms de rue. Voir par exemple les archives municipales de Talange ou de Marange-Silvange (Moselle).
79 *Verordnungsblatt*, décret du 1er octobre 1940.
80 *Le Parisien Libéré*, 15 novembre 1944
81 On peut citer en exemple : *Diedenhofen* (Thionville), *Salzburgen* (Château-Salins), *Saarburg* (Sarrebourg), *Bolchen* (Boulay), *Saargemünd* (Sarreguemines) en Moselle ; *Strassburg* (Strasbourg), *Kolmar* (Colmar), *Mülhausen* (Mulhouse), *Senheim* (Cernay), *Schlettstadt* (Sélestat), *Wissemburg* (Wissembourg) en Alsace.
82 Par exemple, place de la République à Metz et place Broglie à Strasbourg deviennent Adolf Hitler-Platz.
83 Pour l'Alsace, ordonnance du 16 août 1940.
84 En Moselle paraissent la *Metzer-Zeitung* et la *Deutsche Front* remplacée par la *NSZ Westmark*. En Alsace paraissent la *Strassburger Neueste Nachrichten,* la *Kolmar Kurier* et la *Mulhauser Tagblatt.*
85 Par exemple, à Metz, *le Poilu libérateur*, les maréchaux Fabert et Ney disparaissent. Le monument aux morts est modifié notamment avec l'inscription « *Sie starben für das Reich* » (Ils sont tombés pour le Reich).
86 Pour l'Alsace, décret du 13 décembre 1941 avec une peine de 150 RM. Le béret « *assombrit le cerveau* ».
87 Eugène Philips, *Umschulung, mode d'emploi* dans Saisons d'Alsace n°117 automne 1992.
88 Le *Gruppe 16* du NSFK regroupe les organisations alsaciennes et mosellanes. C'est une exception.
89 *NSZ Westmark* 30 août 1942, p.1.
90 Lothar Kettenacker, *op. cit.* p. 51.
91 Adolf Hitler, *Mon combat*, (traduction de *Mein Kampf*), éditions Latine, Paris, 1939, p. 356.
92 Eberhard Jäckel, *La France dans l'Europe d'Hitler*, Fayard, Paris 1968, p. 113.
93 Nom donné aux autonomistes internés à Nancy de septembre 1939 à mai 1940.
94 Pierri Zind, *op. cit.* p. 684. Le manifeste est celui dit des Trois-Épis (Haut-Rhin) car signé à cet endroit, résidence du Dr Ernst.
95 En 1943, l'Alsacien Jacques Bockel répond à cette publication par la brochure de *Témoignage Chrétien* « Alsace et Lorraine, terres françaises ».
96 Entre le 16 août et le 18 septembre, 10 000 Messins essentiellement francophiles sont expulsés en même tant que 13 000 autres Mosellans.
97 Eberhard Jäckel, *op. cit.* p. 113.
98 Pierre Rigoulot, *op. cit.* p. 116.
99 AM Metz, affiche d'un appel signé Bürckel du 10 novembre 1940.
100 *NSZ Rheinfront*, 22.9.1940, p.1.
101 BA R 43 II/1339 cité par Dieter Wolfanger, *op. cit.* 119-120 et Lothar Kettenacker, *op. cit.* p.128.
102 *Mulhauser Tagblatt* 22 décembre 1940, p.1.
103 *Témoignage Chrétien, op. cit.* p. 5.
104 Critères du *Kreisleiter* de Thann, cités par *Témoignage Chrétien, op. cit.* p.26.
105 *NSZ Westmark* 1er décembre 1940, p.3.
106 Philippe Wilmouth, *50 kilos de bagages et 2 000 francs*, imprimerie Koehl, Maizières-lès-Metz, 2003.
107 *NSZ Westmark*, 31 août 1942 p.2, discours de la veille de Bürckel à l'Hôtel des Mines à Metz.
108 *Verordnungsblatt für Elsass* 2 mai 1941.
109 Eugène Schaeffer, *L'Alsace et la Lorraine, leur occupation en droit et en fait,* Libraire générale de droit et de jurisprudence, Paris, 1953, p.77.
110 *NSZ Westmark*, 5 avril 1942, p. 5.
111 Cette statistique est difficile à établir précisément. Elle est pourtant d'importance. Aux évacués non rentrés, aux expulsés, aux optants volontaires, il faut rajouter ceux de l'exode, les démobilisés non rentrés et les évadés.
112 Jacques Granier, *Schirmeck*, éditions des Dernières Nouvelles, Strasbourg, 1968, pp. 38-39.
113 Philippe Wilmouth, *op. cit.* pp. 18-70.
114 Léon Strauss, *L'Alsace annexée, germanisée et nazifiée*, dans catalogue d'exposition sur l'archéologie en Alsace et en Moselle au temps de l'annexion, p.16.
115 Léon Strauss, *op. cit.* p.16.
116 Il faudrait comparer le matériel de propagande diffusé dans les deux Gaue. Mais, il semble qu'il existe beaucoup plus d'affiches, de brochures de propagande spécifiques à l'Alsace qu'à la Moselle.
117 Le camp de Labroque-Schirmeck devient également plus tard *Sicherungslager* (camp de sécurité), antichambre des camps de concentration.
118 Philippe Wilmouth et Cédric

Neveu, *Les camps d'internement du fort de Metz-Queuleu*, Sutton, St-Cyr-sur-Loire, 2011.
119 Olga Wormsser-Migot, *Le système concentrationnaire nazi 1933-1945*, PUF Paris 1968, p.147.
120 J. Patrick Schaeffer, *L'Alsace et l'Allemagne 1945 à 1949*, thèse de doctorat université Metz 1976, p.8.
121 D'après Fondation de la Mémoire de la Déportation à Paris, étude de Manuel Maris.
122 À l'exception d'arrestations de mineurs du bassin houiller, il s'agit essentiellement de transfert de Mosellanes le 17 août 1944 depuis le fort de Metz-Queuleu avant leur déportation.
123 En même temps que le procès de Bordeaux, le procès de Karl Buck se déroule à Metz.
124 Au 19 janvier 1944, selon les statistiques de l'administration civile en Alsace, il y eut 72 condamnations à mort. Cité par Lothar Kettenacker, *op. cit.* p. 122.
125 Réquisitoire du procès Wagner dans Pierre Crenesse, *Le procès de Wagner*, office français d'édition, Paris 1946, pp. 39-40. Le 14e avait été jugé faible d'esprit.
126 BA : R43 II/1338.
127 *Verordnungsblatt für Elsass* 17 février 1943.
128 Eugène Bopp, *op. cit.* p.279.
129 Consignation de l'entretien de Bürckel du 21 avril 1943 cité par Lothar Kettenacker, *op. cit.* p.122.
130 BA R 43II/1339a, fol.192 cité par Dieter Wolfanger, *op. cit.* note 39 p. 175.
131 La première condamnation annoncée dans la *Metzer-Zeitung* date du 10 décembre 1940 sur une colonne et en cinquième page. Elle concerne l'écoute d'une radio étrangère.
132 Me Nonnenmacher, *La grande Honte*, imprimerie Alsatia, Colmar, 1965.
133 Jean Patrick Schaeffer, *op. cit.* p. 15.
134 Robert Ernst, *op. cit.* p. 360.
135 *Verordnungsblatt* 3 septembre 1942 et 18 février 1943.
136 Lothar Kettenacker, *op. cit.* p. 235.
137 *Strasburger Neueste Nachrichten* 25 août 1942, p.3.
138 ADM, 1W226 rapport réunion du 5 juin 1942 sur l'attribution de la nationalité allemande.
139 *Verordnungsblatt* 3 septembre. 1942 et 18 février 1943.
140 Dieter Wolfanger, *op. cit.* p. 158.
141 *NSZ Westmark* 30 août 1942, p. 1 et SHAA rapport sur la situation de l'Alsace-Lorraine 13 octobre 1942.
142 En septembre 1942, de nombreux Mosellans sont exclus de la DVG, notamment parce qu'ils ont demandé conformément aux dispositions de Bürckel à émigrer vers la France. En janvier 1943, les « *peu sûrs à la frontière* » sont finalement transplantés en Silésie et dans les Sudètes dans des camps spéciaux pour la consolidation de la race.
143 D'après *La Charte*, n° spécial sur *les incorporés de force, ces méconnus*, de la Fédération André Maginot août 1985, p.43. Quand les décrets d'incorporation concernent la *Waffen SS*, nous l'avons indiqué par un astérisque (*).
144 Clément Jules, *10 juillet 1944*, chez l'auteur, Thionville, 1995.
145 Philippe Wilmouth, *L'évacuation du 4 septembre 1944*, imprimerie Koehl, Maizières, 1997. On peut aussi considérer que les *Luftwaffenhelfer*, les auxiliaires de la *Flak*, formation hybride entre *Hitlerjugend* et *Luftwaffe*, sont également des incorporés de force. Cela concerne les classes 1926 à 1928 pour l'Alsace et la Moselle.
146 ADM 29J2107, fonds du vicaire général Léon Schmit.
147 Sept leaders autonomistes obtiennent des fonctions politiques dans le NSDAP comme *Kreisleiter*. Paul Schall est nommé rédacteur en chef adjoint des *Strassburger Neueste Nachrichten* ; Joseph Rossé est nommé directeur général des éditions Alsatia à Colmar… En Moselle, Eugène Foulé est nommé *Stadtkommissar* de Sarreguemines et chef de la propagande de la DVG du *Gau Westmark* et Victor Antoni *Bauernführer* de Fénétrange.
148 Huit leaders autonomistes appellent dans un manifeste les Alsaciens à l'allégeance au IIIe Reich.
149 À Nancy, le maréchal Pétain est ovationné le 26 mai 1944 ; quatre mois plus tard, le 25 septembre, sur la même place, la même ovation pour le général de Gaulle.
150 La 3e armée américaine de Patton a eu des coups de main de FFI locaux. Une dizaine d'entre eux sont tués dans la bataille de Metz. Des régiments de BCP ont symboliquement défilé à Metz le 24 novembre 1944.
151 Anthony Kemp, *The unknown battle Metz 1944*, éditions Stein and Day, New-York 1981.
152 Nous avons relevé pour 1945 les publications suivantes (liste non exhaustive) : Roger Vaillard, *La Bataille d'Alsace*, Paris éditions Haumont ; Clément Woerly, *L'Alsace retrouvée*, SEPE, Paris ; Léon Gros, *La victoire d'Alsace*, éditions Rouff, Paris ; Anonyme, *La Victoire de Colmar*, éditions d'Histoire et d'Art, Paris. Il n'y a pas d'équivalent pour la Moselle.
153 Colmar est définitivement libérée le 9 février 1945. Le dernier village libéré en Moselle est Sturzelbronn le 21 mars 1945.
154 Ministère des Anciens combattants, *Atlas de la Libération*, DMPA, Paris 1994.
155 Depuis les années 1990 et la fermeture des usines et des mines, la Moselle tente de rattraper son retard. Le TGV et des réussites comme le Centre touristique d'Amnéville et le Centre Pompidou contribuent à changer l'image de la Moselle.
156 Jean-Claude Bonnefont, « Une autre Lorraine politique » dans *Histoire de la Lorraine de 1900 à nos jours*, Privat, Toulouse, 1979, p. 406.
157 On peut noter par exemple que jusqu'en 1972, la Moselle était rattachée à l'Académie de Strasbourg. Puis, on a créé l'Académie de Nancy-Metz.
158 Dans son livre *Alsace-Lorraine, histoire d'un « pays perdu »*, *op. cit.* p. 186. François Roth donne l'exemple

de la violente réaction des présidents des régions d'Alsace et de Lorraine lorsque l'évêque de Metz, Mgr Raffin, a évoqué en 2007 le regroupement administratif de l'Alsace et de la Lorraine.
159 Henri-Charles Hiegel, *La Moselle, Terre française de l'Est*, Pierron, Sarreguemines, 1945. À cette époque, l'auteur est professeur au lycée de Sarreguemines. Il initie une collection : *La Lorraine, terre d'épreuves* dans laquelle sont publiés *Alsaciens et Lorrains à Dachau* de l'abbé Goldschmitt, *Erching-Guiderkirch, Résistance d'un village lorrain* d'Eugène Heiser et *Une cité lorraine dans la tourmente, Forbach 1944-1945* de Louis Jacobi, Pierron, Sarreguemines, 1945-47.
160 Texte anonyme, *Les mémoires françaises de la seconde guerre mondiale*, p. 7 sur le site de l'Inspection académique de Clermont-Ferrand.
161 Charles Hoeffel, *Sonderlager Fort Queuleu Metz*, Ical, Strasbourg, 1946.
162 François Goldschmitt, *Tragédie vécue par la population des marches de l'Est sous l'occupation nazie,* chez l'auteur, Rech, 1947-48.
163 Dieter Wolfanger, *Nazification de la Lorraine mosellane*, éditions Pierron, Sarreguemines 1982 et le collectif dirigé par le professeur François-Yves Le Moigne et la SHAL, *Moselle et Mosellans dans la deuxième guerre mondiale*, éditions Serpenoise, Metz 1984. Ces deux ouvrages maintenant trentenaires sont encore des références sur la Moselle en 1939-45. À ce jour, un seul doctorat a été présenté sur la Moselle pendant la seconde guerre mondiale, à savoir Marcel Neigert, *Internements et déportations des Mosellans*, université de Metz, en 1978.
164 Pierre Bockel (1914-1995), expulsé en 1940, est un des auteurs de *Témoignage Chrétien* clandestin autour de Pierre Chaillet. C'est le rédacteur presque exclusif du numéro consacré à l'*Alsace-Lorraine, terres françaises* en novembre 1943.
165 *Témoignage Chrétien, op. cit.* p.63.
166 Texte anonyme, *op. cit.* p.6
167 Pierre Nora, définition du mot « mémoire » dans le *Grand Robert*, Laffont, 1993. Voir à ce sujet, Pierre Nora, *Les lieux de mémoire*, Gallimard, Paris 1984.
168 ADM, 3W70.
169 JORF 10 avril 1948.
170 Jacques Gandebeuf, *Le silence rompu*, Serpenoise, Metz 1996, p. 33.
171 Les expulsés obtiennent le titre de Patriotes Résistants à l'Annexion de Fait (PRAF) par l'arrêté ministériel du 7 juin 1973 et une médaille spécifique par décret du 7 décembre 1998. Une exposition organisée par l'ONAC leur est consacrée pour la première fois en 1990, à l'occasion du 50e anniversaire des expulsions. En 2010, les Archives départementales de la Moselle en partenariat avec l'Ascomémo présentent une seconde exposition *De gré ou de force*.
172 Une étude sur les Alsaciens-Mosellans dans la Résistance en France reste à faire. On peut citer pour exemples : l'abbé Krebs d'Azoudange aumônier des maquis de l'Oisans qui entre le premier dans Briançon libérée ; Paul Mirguet de Metz, chef départemental des FFI de l'Indre qui obtient la reddition de la colonne Elster à Châteauroux ; Jean Boisselet, de Metz, qui joue un rôle important dans la libération d'Ussel (Corrèze). On peut aussi noter la Brigade Alsace-Lorraine dans le sud-ouest commandée par André Malraux ou la Compagnie Alsace-Lorraine en Savoie commandée par Octave Landwerlin qui rassemblent des Alsaciens-Lorrains pour continuer le combat dans l'Est de la France.
173 Almanach de *l'Est Républicain* 1945, p.2.
174 Madeleine Steil, *Les Restés*, imprimerie Louis, Boulay, 1984, p.59.
175 ADM 29J1198 : rapports des archiprêtres à Mgr l'évêque 1946.
176 Jacques Gandebeuf, *op. cit.* p. 17.
177 ADM 151W362, note du préfet sur l'organisation des Commissions de vérification 16 avril 1945.
178 Brochure paroissiale de Saint-Julien-lès-Metz, *Bulletin familial* n°22 15 février 1945.
179 Jacques Gandebeuf, *op. cit.* p. 34.
180 Aurélie Bludszus, *op. cit.* p. 82.
181 On peut citer : Robert Bour, *Un Lorrain dans la Kriegsmarine*, France-Empire, Paris 1977 ; Jules Dauendorffer, *J'étais un Malgré-Nous*, auto-édité, Oberderdorff, 1982 ; Joseph Burg, *Malgré-Nous à 18 ans en Russie*, Pierron, Sarreguemines, 1985 ; Grimmer, *Écoliers-Soldats*, Sarreguemines 1989.
182 Charles Spitz, président de l'association des Malgré-Nous et Albert Thiam, ancien de Tambow y donnent leur témoignage.
183 *Le Républicain Lorrain*, réactions de lecteurs dans la rubrique « *Les lecteurs ont la parole* », juin 1979. Philippe Wilmouth, 17 ans, déjà passionné d'Histoire, avait pris position dans cette rubrique pour défendre le reportage.
184 Le professeur François Cochet parle de « *balkanisation des associations de victimes et mémorielles en Moselle ce qui n'arrange pas la clarté d'une ligne de combat mémoriel.* » Entretien avec François Cochet, avril 2011.
185 Jacques Gandebeuf, *op. cit.* pp.36-37.
186 Jacques Gandebeuf, *op. cit.* et *La parole retrouvée*, Serpenoise, Metz 1998.
187 Ascomémo, 50 Lib, lettre de Charles Grosse 8 février 1955.
188 On peut citer rien que pour 1945 : Médard Brogly, *La grande épreuve, L'Alsace sous l'occupation allemand*, éditions du Cerf, Paris ; Marie-Joseph Bopp, *L'Alsace sous l'occupation allemande (1940-1945)*, éditions Mappuys, Le Puy ; G.-R. Clément, *Avec l'Alsace en guerre (1940-1944)*, Librairie Istra, Paris-Strasbourg ; M Hoffarth, *Erlebnisse aus Tambow*, (Mémoires de Tambow), auto-édité.
189 Sénateur Brogly, *op. cit.* pp. 142-146.
190 Joseph-François Gross, *Les Fléchards, Malgré-Nous et évadés*, imprimerie Scheuer, Drulingen, 1997.
191 Ève Cerf, *Récits de guerre alsaciens*,

dans Revue des sciences sociales de la France de l'Est n°17; p. 946.
192 Le dernier rentré est un Alsacien, Jean-Jacques Remetter, le 13 avril 1955.
193 Alfred Wahl, *Après Tambov, une mémoire particulière*, dans *Tambow, op. cit.* p. 89.
194 Interview de Freddy Raphaël, sociologue à l'université de Strasbourg, *Libération* 25 novembre 1999.
195 *Dernières Nouvelles d'Alsace* juin 99.
196 Jean-Jacques Fouché, *op. cit.* p. 783.
197 Joël Arnold, « L'ADEIF du Haut-Rhin 1945-195 », *mémoire de master d'Histoire*, université de Mulhouse sous la direction de Marie-Claire Vitoux.
198 Considérés comme « déportés militaires », les incorporés touchent à la Libération une prime de 5 000 francs et ont droit au vestiaire.
199 Les incorporés de force ont droit à la carte de combattant en 1948 et les réfractaires à la *Wehrmacht* à la carte de réfractaire en 1951, un an après le vote de la loi.
200 Il existe pour la Moselle des affiches avec les non rentrés mélangeant parfois Malgré-Nous et déportés. Ce sont des initiatives municipales. Le seul répertoire photographique connu a été constitué par la ville de Thionville. À voir à Ascomémo-Hagondange.
201 Citons l'action de la Fédération des anciens de Tambow de Jean Thuet qui a implanté depuis 1983 des monuments à Mulhouse, Riedisheim, Ribeauvillé, Cernay, Haguenau et Sélestat.
202 Ce monument jouxte le musée de Tambow installé dans la médiathèque d'Amnéville. Ce n'est qu'en 2010 qu'un monument dédié aux Malgré-Nous fut inauguré au cimetière de Chambière. Un monument en mémoire des internés de Tambow se trouve également à Farébersviller.
203 Éditions Jo Bentzinger à Colmar.
204 Nicolas Mengus et André Hugel, *Malgré-Nous, Les Alsaciens et les Mosellans dans l'enfer de l'incorporation de force*, éditions Presses du Belvédère, Pontarlier 2010.
205 Serge Barcelleni et Annette Wieviorka, *Passant, souviens-toi !*, éditions Plon, Paris, 1995, p. 153.
206 Eugène Riedweg, *op. cit.* p. 282.
207 Geneviève Herberich-Marx et Freddy Raphaël, *Les incorporés de force alsaciens, déni, convocation et provocation de la mémoire* dans revue du 20e siècle, année 1985, volume 6 pp. 83.
208 F. Fröhlig, *Du traumatisme à la réconciliation*, dans *Tambow*, La Nuée Bleue, Strasbourg, 2010, p. 142.
209 Eugène Schaeffer, *op. cit.* p.7.
210 Jean-Laurent Vonau, *op. cit.* p. 203. Le 8 mai 2010, le président de la République reconnaît à Colmar que l'incorporation de force est « *une tragédie … qui fait partie de notre histoire nationale, de notre mémoire collective et que leur douleur mérite la compréhension et le respect.* »
211 Eugène Schaeffer, *op. cit.* p. 7.
212 Déclaration des maires du Haut-Rhin suite à la condamnation des Alsaciens, 19 février 1953.
213 Freddy Raphaël dans *Les Dernières nouvelles d'Alsace*, 11 mai 1995.
214 Les incorporés alsaciens décédés représenteraient 1/6e des victimes militaires de toute la France pendant la seconde guerre mondiale. La mémoire de Tambow en Alsace s'inscrit dans cette victimisation. Aujourd'hui, le discours change légèrement, expliquant qu'il n'y a pas eu volonté de tuer les prisonniers mais que la surmortalité est due aux conditions très difficiles partagées d'ailleurs par la population civile. Voir à ce propos, le dernier ouvrage collectif sur *Tambow*, Nuée Bleue, Strasbourg, 2010.
215 J.-L. Leleu, *op. cit.* introduction.
216 Acronyme tiré de l'allemand *Geheime Staatspolizei* signifiant « police secrète d'État ». La Gestapo était la police politique du Troisième Reich.
217 Traduction littérale : commando d'intervention. Chargé de l'élimination de populations civiles, en particulier les Juifs, à l'arrière du front dans les territoires occupés de l'Est. Ces groupes dépendaient du *Reichssicherheitshauptamt*, l'Office central de la sécurité du Reich ou RSHA.
218 Bataillons de surveillance chargés de la garde des camps de concentration et d'extermination.
219 George Stein, *The Waffen SS* dans sa version anglaise, traduit seulement en 1977 en français : *Histoire de la Waffen SS*, éditions Stock, Paris, 1977.
220 Surtout en Russie et en Yougoslavie où la destruction de villages et de leurs habitants était quasi-quotidienne. Christian Ingrao, *Les chasseurs noirs, la brigade Dirlewanger*, éditions Perrin, Paris, 2006.
221 George Stein, *op. cit.* p. 450.
222 L'institut de recherches sociales de Hambourg est à l'initiative d'une exposition qui a fait grand bruit en Allemagne et en Autriche en 2004 : « *Crimes de guerre de la Wehrmacht* » qui a mis à mal l'idée consensuelle que seule la *SS* était responsable des crimes nazis.
223 Jean-Jacques Fouché, *op. cit.* pp. 161 et 165.
224 Entretien avec Jean-Laurent Vonau 16 octobre 2010. Propos également livrés à Marie-Brassart-Georg dans le cadre d'un TPE visible sur internet zecancres.free.fr/contenu/cours/LCR/l.
225 *L'Humanité d'Alsace et de Lorraine*, 21 février 1953, p. 2.
226 Jean-Luc Leleu, *op. cit.* p. 772.
227 ADM 69J11-21 : fonds Neigert, fiches des Mosellans internés, déportés et fusillés, articles des journaux *Le Lorrain* et *Le Républicain Lorrain* parus depuis 1945.
228 ADM 1W722, rapport sur le dispositif policier concernant les expulsions de novembre 1940.
229 Les *SS* avaient des runes ; la police un aigle spécifique.
230 *Bundesarchiv Berlin* R70/36, rapport *Polizeipräsident* Metz du 10 décembre 1940. Ils étaient 12 officiers et 75 hommes de troupe.

231 Dans les années 1970, sortent différents numéros spéciaux sur la *SS* dans *Historia* ou *Histoire pour tous*, notamment sur les volontaires étrangers, dont des Français. C'est l'époque où Jean Mabire publie ses livres « populaires » sur les *SS* français dont certains titres ont été publiés aux éditions « Livre de poche » : *La Brigade Frankreich*, Paris, Fayard, 1973 (réédition : Grancher, 2005) ; *La Division Charlemagne*, Paris, Fayard, 1974 (réédition : Grancher, 2005) ; *Les Waffen SS*, sous le pseudonyme d'Henri Landemer, Paris, Balland, 1974 ; *Mourir à Berlin*, Paris, Fayard, 1975 (réédition : Grancher, 1995) ; *Les Jeunes Fauves du Fürher. La division SS Hitlerjugend en Normandie*, Paris, Fayard, 1976 (réédition : Grancher, 2000) ; *La Division « Wiking »*, Paris, Fayard, 1980

232 *Le Canard Enchaîné* 20 mars 1996 et *Le Républicain Lorrain* 20 et 28 mars 1996.

233 Robert Hébras, *10 juin 1944, Oradour-sur-Glane. Le drame, heure par heure,* Les Chemins de la Mémoire, Honfleur 2002, p.34.

234 Le 6 .09. 2010, suite à une plainte d'associations alsaciennes, la chambre civile du tribunal de Strasbourg a statué sur ces phrases en déboutant les associations d'incorporés de force alsaciens en indiquant que M. Hébras avait le droit d'émettre une opinion. Le 14 .09. 2012, la cour d'appel de Strasbourg a contredit cette décision en estimant que l'incorporation de force est « *une vérité historiquement et judiciairement établie* », et donc même dans la *Waffen SS* condamnant M Hébras à l'euro symbolique.

235 Des membres de l'*Allgemeine SS*, de la *Grenzpolizei*, de la douane, des formations de garde des camps de concentration ... ont été versés d'office dans la *Waffen SS*.

236 D. Wolfanger, *op. cit.* p.78 note 29.

237 *NSZ Westmark* 7-8 mars 1942, p.5.

238 NARA, RG 165/Entry 179/Box 719 *Consolited Report on 21 Alsacians of SS 13.07.1944* cité par J.-L.Leleu, *op. cit.* p. 225. Selon Eugène Riedweg, *op. cit.* p. 135 : en décembre 1940, en Alsace, on compte 68 volontaires.

239 Jean-Luc Leleu, *op. cit.* p. 236.

240 Rapport du NSDAP du *Gau Baden* cité par Eugène Riedweg, *op. cit.* p. 58.

241 Eugène Riedweg, *op. cit.* p. 63.

242 Pierre Philippe Lambert et Gérard Le Marec, *Les Français sous le casque allemand*, Grancher, Paris, 1994.

243 Nicolas Mengus et André Hugel, *Entre deux fronts*, Pierron, Sarreguemines, 2008, p. 4.

244 CMO, 5FP6, sténographe de la déposition d'Édouard Richard au tribunal de Bordeaux 30 janvier 1953.

245 J.-J. Fouché, *op. cit.* p. 348.

246 *Bulletin de l'Association des incorporés de force du Haut-Rhin*, 4e trimestre 1982.

247 *Bulletin de l'Association Malgré-Nous et réfractaires de la Moselle*, 4e trimestre 1982.

248 Eugène Riedweg, *op. cit.* p 133.

249 George Stein, *op. cit.* pp. 338-341.

250 NARA, *RG 165/Entry 179/Box 719 Consolited Report on 21 Alsacians of SS* 13.07.1944 cité par Jean-Luc Leleu, *op. cit.* p. 228.

251 Otto Weidinger, *Division Das Reich*, tome V, p.130. cité partiellement par François-Georges Dreyfus, directeur de l'Institut des hautes études européennes dans un article « Pour en finir avec une douloureuse question : L'affaire des Malgré-Nous » dans *Historama* n°13 en 1985

252 Rapport de 1950 cité par Nicolas Mengus et André Hugel, *op. cit.*, p. 147.

253 J.-L. Leleu, *op. cit.* pp. 160-161.

254 Ascomémo, fonds de l'ACMNR, lettre de l'*Office of Chief of consel for war crimes 14 juillet 1947*.

255 Eugène Riedweg, *op. cit.* p. 137. Dans son livre, il est indiqué que l'entretien a lieu le 7 novembre 1945. Erreur d'impression certainement.

256 *BAMA RS3-2/8 : SS-Pz-Gr.Rgt 4 Der Führer* cité par Jean-Luc Leleu, *op. cit.* p. 1078.

257 *BAMA, RH 10/313 Aufstellungsstab 2 SS-PZ.Div Meldung* 01.03.1944 cité par Jean-Luc Leleu, *op. cit.* p. 269.

258 Kurt Rödel, *Je fus ce SS*, Marguerat, Lausanne, 1945.

259 *Bundesarchiv Berlin*, R49/79 rapports cités par Dieter Wolfanger, *op. cit.* p. 120 et p. 145.

260 Dieter Wolfanger *op. cit.* p. 123. Berkelmann s'exprima ainsi suite à la possibilité donnée à la population de partir vers la France en août 1942 par Bürckel. Selon lui, 1/3 à 1/4 de la population alla s'inscrire pour le départ ce qui témoigne de l'échec de la politique de Bürckel.

261 Ascomémo, 42-50 IF, fonds de l'ACMNR.

262 Laurent Kleinhentz, *Malgré-Nous, qui êtes-vous ?*, chez l'auteur, Farébersviller, 1997-et 1999, tome 1 pp.310-311 et tome 3 pp. 107-109. René Ditsch mentionne un Amnévillois dans son régiment.

263 Grégoire Eury, « Les Malgré-Nous mosellans », *mémoire de maitrise* université Nancy II 1992, pp. 142-146.

264 Cela pouvait concerner également des Mosellans enrôlés dans la *Luftwaffe* au sol, mais, aucun cas n'a pu être recensé.

265 R. Z. nous a demandé de garder son anonymat tant qu'il serait vivant : « *Toi, tu comprends...* » nous a-t-il indiqué qui témoigne encore de la difficulté de témoigner alors qu'on est incorporé dans la *Waffen SS*.

266 Témoignage écrit non daté et oral de R. Z.

267 AM Moyeuvre, fiche de renseignements.

268 Anne Wey, *Les Alsaciens-Mosellans incorporés de force dans la Kriegsmarine 1943-1945*, tome 2 témoignages, mémoire de master Histoire sous la direction de Jean-Noël Grandhomme

269 Jean-Luc Leleu pense qu'il y a eu confusion entre le *3e SS-6e Panzer Korps* et la *11e Freiwilige-Panzer Grenadier Divizion* (message de Jean-Luc Leleu décembre 2010).

270 *BAVCC Caen, 40R.* au moins deux Mosellans de ce régiment ont obtenu la mention « Mort pour la France ». L'un natif d'Amnéville est

tombé en Allemagne en mars 1945, l'autre natif de Porcelette est tombé en décembre 1944 en Belgique. Informations communiquées par Cédric Neveu.
271 Pour l'instant, il n'a pas pu nous fournir tous les noms, n'ayant consulté que les fiches de A à M. Sur sa liste, figuraient deux natifs d'Allemagne, un autre du Bas-Rhin et un né en 1903 incorporé dans la *SS Polizei* que nous avons écartés.
272 L'attribution de la mention « *Mort pour la France* » est une opération relative à l'état civil. Après enquête, elle est attribuée aux membres des forces armées françaises, aux requis ou engagés à titre étranger, tués au combat, morts des suites de maladies contractées ou d'accidents survenus en service commandé notamment au cours des guerres mondiales.
273 Ascomémo : fichier de la DVG de Hagondange août 1944.
274 ADM 3W70, liste des expulsés enregistrés en gare de Lyon en novembre 1940. Pour Hagondange, cela concerne 119 personnes, soit moins de 2% de la population. Il faut certes rajouter les expulsés de l'été 1940 et les optants du printemps 1941.
275 Renseignements communiqués en février 2011 par l'agence Wast à Berlin d'après la liste des Hagondangeois nés en 1926 fournie par Philippe Wilmouth.
276 JORF, pp. 471, séance du 27 janvier 1953.
277 L'abbé Jacques Lorich était le curé de Charly. Il est l'une des 44 victimes mosellanes.
278 ADM 84J9, lettre de l'abbé Sutter 16 février 1953.
279 Jacques Gandebeuf, « Le choc d'Oradour », sur son site internet : *La Moselle humiliée.*
280 Cité dans *Oradour, les voix de la douleur*, film INA 1993 de Michel Follin et Marc Wilmart.
281 *Bulletin de l'Association des incorporés de force du Haut-Rhin,* 4e trim. 1982. Émission du 24.9.1982.
282 Il est admis que le nombre d'expulsés mosellans est de 100 000.
283 JORF 27.1.1953, pp.-524-525.
284 Eugène Riedweg, *op. cit.* p 133.
285 Son livre fait suite à une *thèse de doctorat* sur « L'Alsace et les Alsaciens de 1939 à 1945 » soutenue en 1984 à l'université de Strasbourg.
286 Sous le pseudonyme de Sadi Schneid, Élimar Schneider, né en 1926 à Strasbourg, *SS Beutedeutscher*, éditions Askania Lindhorst, 1979.
287 Eugène Finance, *Un Alsacien dans la Waffen SS*, Michel Dragom, Rouen, 1996 ; Jean Hartmann, *Une tranche de ma vie*, Do Bentzinger, Colmar, 2004 ; Raymond Klock, *Happé par la tourmente*, imprimerie Scheuer, Drülingen, 2002 ; Kurt Rödel, opus cité; Sadi Schneid, *op. cit.* Charles Weckel, *Récits de jeunesse 1939-1945 en Alsace*, Do Bentzinger, Colmar 2001.
288 Nicolas Mengus et André Hugel, *Entre deux fronts, les incorporés de force alsaciens dans la Waffen SS*, deux tomes, Pierron, Sarreguemines , 2007 et 2008.
289 Robert Hébras, *op. cit.* p. 34.
290 BO, proposition n° 3 411 du 21 novembre 2001.
291 Lettre de protestation du conseiller de la République alsacien Henri Goetschy citée dans *Le Monde* 29 mars 1994.
292 *Le Monde* 29 mars 1994.
293 Cette page est le texte publié par Yann Porte, docteur en philosophie, dans le bulletin *Les Échos de notre Mémoire* de l'association Ascomémo, n°64, juin 2006.
294 JORF pp. 471, séance du 27 janvier 1953.
295 Jacques Gandebeuf, sur son site, *op. cit.*
296 Entretien de l'auteur avec Jean-Laurent Vonau, Château-Salins, octobre 2010.
297 *Le Républicain Lorrain,* 6 février 1953, p.7.
298 Claude Puhl est né le 16 septembre 1930 à Metz. Il épousera Marguerite Demange, fille de Maurice Demange, PDG du journal. Il sera successivement éditorialiste (1958), rédacteur en chef adjoint (1962), administrateur général (1965), directeur général (à partir de 1975), puis président directeur général à partir du 8 mars 1999 et jusqu'à la revente du journal en 2007.
299 *Le Lorrain*, 5 janvier 1953, p. 1.
300 *Le Lorrain*, 11 février 1953, p.1.
301 *Le Lorrain* du 5 janvier au 9 mars 1953.
302 Avant le procès, Pierre Pflimlin (1907-2000), juriste, est à plusieurs reprises ministre à partir de 1950. Il sera par la suite chef du gouvernement en 1958, maire de Strasbourg de 1959 à 1983 et président du Parlement européen de 1984 à 1987. Il joue un rôle très important dans les débats parlementaires sur la révision de la loi de 1948 et sur l'amnistie.
303 *Le Courrier de Metz* du 6 janvier au 10 mars 1953.
304 François Roth, *Le temps des journaux*, Serpenoise, Metz 1983, p.265.
305 *Le Républicain Lorrain* du 4 janvier au 10 mars 1953.
306 Pour *Le Républicain Lorrain*, la seule exception est le 3 février 1953. La une est entièrement consacrée au raz-de-marée en Hollande.
307 En réalité ils sont donc 21 puisque Boos et Graff déjà emprisonnés rejoignent les 19 inculpés.
308 Lettre de Claude Puhl, 28.2.2011.
309 En 1984, il y avait encore 53 associations ayant un lien avec la seconde guerre mondiale en Moselle d'après une liste de l'ONAC publiée dans SHAL, *Moselle et Mosellans dans la seconde guerre mondiale*, Serpenoise, Metz, 1984, pp. 385-391.
310 Léon Stauss, *Réfugiés, expulsés, évadés d'Alsace et de Moselle 1940-1945,* Do Bentzinger, Colmar, 2010, p. 339.
311 Extrait de *Clairon,* poème revanchard de Paul Déroulède :

À la première décharge
Le clairon sonnant la charge
Tombe frappé sans recours
Mais par un effort suprême
Menant le combat quand même
Le clairon sonne toujours.

312 ADM 15 PRS, *La Voix du Geral,* 1er mars 1953, p. 2.
313 *Ibidem.*
314 ADM 15 PRS, *La Voix du Geral* 15 février 1953, p.1.
315 ADM 1W1739, lettre du préfet 13 octobre 1947.
316 En juin 1940, il se trouve sur le paquebot *Massilia* affrété par le gouvernement Reynaud afin d'emmener des politiques en Afrique du Nord pour constituer un gouvernement en exil. Arrêté à Casablanca, il est jugé le 31 août 1940 à Clermont-Ferrand en même temps que Mendès-France ou Jean Zay.
317 ADM 15 PRS *La Voix du Geral,* 1er mars 1953, p. 2.
318 ADM 151W739, *rapport de la Direction générale de la Sécurité Nationale 12 janvier 1953.*
319 ADM 151W739, *rapport police 9 février 1953.* L'audience est obtenue pour le 25 mars 1953.
320 ADM 20 PRS *L'Expulsé de la Moselle,* oct-nov. 1949.
321 L'Aide pratique aux anciens combattants (APAC), l'Association Générale des Mutilés de Guerre (AGMG), la Fédération nationale des Combattants Républicains (FNCR), Rhin et Danube, l'Union des Invalides et Victimes de guerre.
322 Les Forces françaises de l'Intérieur de la Moselle (FFI), la section mosellane de la Fédération des Engagés Volontaires d'Alsace et de Lorraine (FEVAL), le Groupement des maquisards, Résistance-fer.
323 Le Groupement des Expulsés de la Moselle (GEM), le Groupement des Réfugiés et Expulsés d'Alsace et de Lorraine (GERAL).
324 Le Souvenir français, Les Fils de tués.
325 On retrouve ainsi la Fédération Nationale des Déportés Internés Résistants et Patriotes (FNDIRP) proche du Parti Communiste et la Fédération Nationale des Déportés et Internés de la Résistance (FNDIR), proche de De Gaulle. La Fédération des déportés vient à peine de faire sa scission et au congrès d'avril 1952, elle se tourne majoritairement vers l'UNADIF. La scission de la FNDIRP est prononcée en Moselle dès le 5 février 1950.
326 *Le Républicain Lorrain* 18 janvier 1953, p.1.
327 *Combat* 19 janvier 1953., p.3.
328 Le Nouveau Rhin Français 18 et 19 janvier 1953, p.3.
329 Selon les estimations, le nombre d'insoumis mosellans varie de 7 à 12 000.
330 Jean-Marie Conraud, *1890-1965, militants au travail,* Presses universitaires, Nancy 1988, pp. 153-155.
331 Évasion organisée par l'abbé Victor Leitner, né en 1919, secrétaire à l'évêché pendant la guerre. Témoignage oral, Metz le 21 août 2011.
332 La Fédération des Insoumis ne figure plus dans le listing des associations patriotiques de 1984.
333 Définition de la loi n°50-1027 établissant le statut de réfractaire JORF du 24 août 1950, pp. 9046-9047.
334 *Le Républicain Lorrain* 12 janvier 1953, p. 1.
335 CMO, 5FP6, sténographe de la déposition de Joseph Zimmermann du 30 janvier 1953 sur l'affaire de Ballesdorf (Haut-Rhin).
336 CMO, 5FP6, sténographe de la déposition de Camille Wolff du 2 février 1953 sur « *le choix cornélien d'exposer les familles.* »
337 CMO, 5FP6, sténographe de la déposition d'Albert Martin le 30 janvier 1953 sur la pendaison de deux jeunes déserteurs alsaciens en Italie en juillet 1944.
338 Cité par Henry Allainmat et Betty Truck, *op. cit.*, p. 313.
339 Ascomémo, fonds Unadif, lettre de Charles Grosse, président de l'Unadif-Moselle non datée.
340 Ascomémo, fonds Unadif, lettre du préfet de la Moselle 10.11.1952.
341 *Le Républicain Lorrain* 10 janvier 1953, p. 3.
342 J.-J. Fouché, *op. cit.* p. 155.
343 ADM J7388, fonds FEVAL.
344 *Le Républicain Lorrain,* 28 février 1953. Liste des associations réunies : Fédération des Insoumis, Groupement des Expulsés (GEM), Fédération des Engagés Volontaires, Amputés de guerre, Groupement des passeurs bénévoles, Forces Françaises Combattantes, Forces Françaises de l'Intérieur, Anciens du maquis, Familles déportées, Déportés UNADIF, Anciens de la résistance, Anciens combattants et prisonniers de guerre, Évadés de guerre, Fédération des Anciens Résistants, Fédération des combattants de la Résistance, Résistance Fer, Union Française des Anciens Combattants (UFAC), Cheminots anciens combattants, Anciens combattants Maquisards, Engagés volontaires 1914-18, Rhin et Danube Metz.
345 Notamment dans *Le Républicain Lorrain,* 17 août 1995 ou du 15 novembre 2000.
346 Marcel Neigert, *op. cit.* p. 83.
347 *Le Républicain Lorrain,* 24 février 1953, p. 3.
348 Ascomémo, 45IF, fonds de l'ACMNR, statuts de l'ADEIF du 12 mai 1945.
349 AN F7 15431, Commissariat des renseignements généraux de Colmar n° 665/52 9 décembre 1952 cité par Sarah Farmer, *op. cit.*, pp. 151-152.
350 Ascomémo, 45 IF, fonds de l'ACMNR, statuts du 24 mars1947.
351 Ascomémo 45 IF, lettre de Charles Spitz 26 décembre 1950.
352 Pierre Barral, opus cité p. 249.
353 J. Gandebeuf, « Le choc d'Oradour », sur son site *La Moselle humiliée.*
354 Depuis 1955, l'ACMN est devenue aussi association des Réfractaires et donc devient ACMNR.
355 Joël Arnold, « L'ADEIF du Haut-Rhin de 1945 à 1955, mise en place institutionnelle et intervention dans le rapatriement des Alsaciens-Lorrains », *mémoire master* université de Mulhouse, 2002.
356 Texte de Charles Spitz, *Bulletin de liaison de l'ADEIF* n°23, 1957.
357 AD Haut-Rhin 261J.

358 *Bulletin Malgré-Nous* janvier 1949.
359 Aurélie Bludszus, *op. cit.* p. 82.
360 Ascomémo 45 IF, fonds ACMNR, lettre du président de la section de Thionville 7 septembre 1950.
361 Ascomémo 47 IF, fonds ACMNR, compte rendu de la réunion.
362 Le conditionnel est de rigueur. Si nous avons trouvé des brouillons de lettres dans le fonds Sutter, nous avons un doute sur son envoi effectif.
363 ADM 84J9, fonds Sutter.
364 *Le Républicain Lorrain* 31 janvier 1953 et *Le Figaro* 3 février 1953.
365 Ascomémo, fonds ACMNR, lettres de Charles Spitz qui pointe dans certaines communes la désaffection de l'ACMN au bénéfice de la Fédération des insoumis, surtout après la loi sur le statut des réfractaires en 1950.
366 *Le Républicain Lorrain,* 24 février 1953, p.3.
367 Aurélie Bludszus, *op. cit.* p. 5.
368 J. Gandebeuf, *op. cit.* p. 307.
369 Ascomémo : selon la brochure « Le clergé du diocèse de Metz au cours de la deuxième guerre mondiale », dactylographie, anonyme (supposé évêché), non datée. Georges Stenger, né le 29 décembre 1897 à Sarreinsberg, curé de Moyeuvre, est expulsé le 28 juillet 1941, réfugié à Saint-Max près de Nancy, arrêté le 19 mars 1943 comme passeur et déporté à Buchenwald.
370 *La Paroisse Lorraine*, bulletin pour le diocèse de Metz, mars 1953 p. 2 et p. 27.
371 ADM 84J9.
372 Les séances du CG57 ne se déroulent qu'en mai 1953. Une motion pour le rapatriement des Malgré-Nous alsaciens et mosellans d'URSS y est votée à l'unanimité.
373 *Le Populaire du Centre*, 10 janvier 1953, p. 1.
374 AD Haute-Vienne, note du RG 12 janvier 1953 cité par Guillaume Javerliat, *op. cit.* p.182.
375 ADM, 34PRS 1/3.
376 E.L. Baudon, *Les élections en Moselle 1919-1956*, Coopérative d'Édition net d'Impression, Metz, 1956, p. 43
377 E.L. Baudon, *Les élections en Moselle 1919-1956*, Coopérative d'Édition net d'Impression, Metz, 1956, p. 43
378 Né allemand en 1886, Robert Schuman aurait effectivement pu être incorporé dans l'armée allemande en 1914-18. Il occupa en réalité des fonctions administratives.
379 Robert Schuman est sous-secrétaire d'État chargé des réfugiés de mars au 16 juin 1940 avec le gouvernement Reynaud et il le reste dans le gouvernement Pétain du 16 juin au 12 juillet 1940.
380 Ascomémo, fonds de l'association ACMNR, lettre du PCF Moselle 6.12.1947.
381 Ascomémo : pamphlet « *L'accusé, c'est Robert Schuman !* » diffusé par le PCF en novembre 1951. Tout cela est inexact.
382 JORF 27 janvier 1953, pp. 474-475.
383 Ascomémo 40-Lib, professions de foi élections en Moselle 1945-1956.
384 *Le Patriote Mosellan*, non daté, à priori de 1951, article p. 2 « *La vérité sur Tambow* ».
385 Ascomémo, lettre du PCF de Moselle à l'association des Malgré-Nous, 14 avril 1947.
386 *L'Humanité d'Alsace et de Lorraine*, 1er janvier 1953, p. 1.
387 Site de l'Assemblée nationale, dictionnaire biographique des députés.
388 *Ibidem.*
389 François Roth, *Robert Schuman, du Lorrain des frontières au père de l'Europe*, Fayard Paris 2008, p. 459.
390 ADM1386 W 10 et 11 : registres d'écrou de la prison Maurice Barrès devenu *Gerichtsgefängnis*. Il a le n° d'écrou n° 141/40.
391 Lors de la ratification du pacte atlantique en avril 1949, Robert Schuman déclare : « *La question ne peut se poser ni aujourd'hui ni dans l'avenir. L'Allemagne n'a pas encore de traité de paix. Elle n'a pas d'armée et n'en aura pas. Elle n'a pas d'armement et n'en aura pas.* », cité par François Roth, *op. cit.* p. 367.
392 Lettre de François Roth avril 2010.
393 François Roth, *op. cit.* p. 306.
394 Robert Schuman était pour une assimilation progressive de la législation d'Alsace-Moselle dans le giron national. Républicain, il s'est opposé au courant autonomiste alsacien, même s'il a défendu certains particularismes.
395 Article de Charles Spitz, président des ACMNR dans le bulletin *Malgré-Nous et Réfractaires* 2/1963 à l'occasion du décès de Robert Schuman.
396 Jacques Duclos, député communiste, traite Robert Schuman de « sale Boche ! » à l'Assemblée nationale le 29 novembre 1947. Les associations patriotiques défilent à Metz le 6.12.1947.
397 François Roth, opus cité p. 327.
398 René Lejeune, *Robert Schuman, père de l'Europe*, éditions Fayard, Paris 2000, p. 179.
399 Le traité sur la CED est signé à Bonn et Paris en mai 1952 mais doit encore être ratifié par l'Assemblée nationale, ce qu'elle ne fera pas le 31 août 1954.
400 Déclaration de Robert Schuman à l'Assemblée nationale citée par François Roth, *op. cit.* p. 369. Robert Schuman est à l'origine de la Communauté Européenne du Charbon et de l'Acier (CECA) où l'Allemagne est sur un pied d'égalité.
401 JORF 27.1.1953, pp. 471-472.
402 ADM, 84J9, lettre du 16.2.1953.
403 JORF 27.1.1953, pp.-524-525.
404 Pierre Barral, *op. cit.* p. 249.
405 JORF 18.2.1953, p. 1123.
406 *L'Écho du Centre* 20.2.1953, p.1.
407 *L'Écho du Centre* 28.2.1953, p. 3.
408 JORF p. 1123 séance du 18 février 1953.
409 *Le Républicain Lorrain*, 19 février 1953, p. 5.
410 ADM 1453W46, rapports journaliers de la Brigade de Police de Metz.
411 JORF du 20.2.1953, p. 718.
412 Lettre de C. Puhl, 28.2.2011.
413 *La Paroisse Lorraine*, bulletin pour le diocèse de Metz, mars 1953 p 2.
414 ADM 84J9, lettre de l'abbé Sutter, 16 février 1953.

415 *L'Aurore*, 7 janvier 1953, p.1.
416 Les victimes de Charly à Oradour représentent environ 20% de la population du village au recensement de 1936. En 1946, le village compte 35 habitants de plus qu'en 1936 !
417 JORF 27.1.1953, pp.-524-525.
418 Philippe Wilmouth, *Des Mosellans dans l'enfer d'Oradour-sur-Glane*, Sutton, Saint-Cyr-sur-Loire, 2010.
419 *Annuaire administratif de la Moselle* 1939.
420 ADM 3W70. Il est noté le 16 novembre 1940 pour la date d'arrivée des trains 24 et 26 en gare de Lyon-Brotteaux.
421 Jean-Éric Iung, « Les expulsés mosellans dans les départements d'accueil » in *Catalogue d'exposition des ADM, De gré ou de force*, Saint-Julien-lès-Metz, 2010, p. 76.
422 ADM 3W82, recensement des Alsaciens-Mosellans par département.
423 Entre 1940 et 1944, des familles d'expulsés ont déménagé d'où la différence entre le nombre d'expulsés arrivés en 1940 et le nombre de victimes. Par exemple, la famille Georges Godfrin dans laquelle naissent trois filles entre 1941 et 1943, faute de place, part s'installer à Javerdat à 5 kilomètres d'Oradour, laissant seuls ses parents qui seront massacrés. La famille Paul Spiquel quitte également Oradour pour exploiter un domaine à Nouic, à 20 kilomètres.
424 Mgr Rastouil, évêque de Limoges, écrit dans *La semaine religieuse* de décembre 1944 : « *Des Lorrains et des Alsaciens sont là, dans la tombe géante, tellement mêlés aux Limousins qu'ils sont ensemble comme une expression tragique de la France martyre et qu'ils invitent ainsi tous les Français à être unis dans la victoire.* »
425 En réalité, il y avait 9 victimes de Schiltigheim à Oradour-sur-Glane, 1 d'Erstein et 1 de Strasbourg.
426 CMO, 5FP6, sténographe de la déposition de Gustave Degen, le 2 février 1953.
427 CMO, 5FP6, sténographe de la déposition de Marie-Louise Neumeyer et de Mgr Neppel, le 3 février 1953.
428 Jean-Laurent Vonau, *op. cit.* p. 18.
429 ina.fr, reportage du 9 juin 2004.
430 ADM, 84J9, lettre du 16.2.1953.
431 Pierre Barral, *op. cit.* p. 249.
432 Le massacre d'Oradour et les victimes mosellanes sont largement évoqués dans Philippe Wilmouth, *50 kilos de bagages et 2000 francs*, imp. Koehl, Maizières-lès-Metz, 2003, pp. 167-168. Philippe Wilmouth leur consacre un livre spécifique en 2010, *op. cit.* et communique sur ce sujet lors de la journée de travail consacrée aux expulsions organisée par les ADM à Saint-Julien le 20 novembre 2010.
433 Entretien avec Mme Brunot, fille de Jules Brauchat, printemps 2010.
434 CMO, 8FP4, papiers Henry.
435 La censure vichyste avait interdit sa publication depuis le 18.9.1943.
436 *Le Lorrain*, 30 septembre 1944, 7 et 14 octobre 1944.
437 François Goldschmitt, *Des Alsaciens et des Lorrains à Dachau*, Pierron, Sarreguemines 1947, tome 1, p. 54.
438 *Le Lorrain* 4 novembre 1944, p.1.
439 *Le Républicain Lorrain* et *L'Est Républicain* 17 juin 1945, p. 1.
440 Le 1er juillet 1948, Montoy-Flanville est citée à l'ordre de la division : « ... *Cinq des siens furent victimes des affreux massacres faits par les SS à Oradour-sur-Glane.* » Cette citation est au mur de la salle des mariés à la mairie de Montoy-Flanville. Le 1er juillet 1949, le village de Hottviller reçoit du ministre des Affaires étrangères, Robert Schuman, la Croix de guerre avec étoile d'argent : « *Village de Lorraine durement touché par la guerre, Hottviller,... a subi la perte de 12 des siens dont deux lâchement massacrés à Oradour-sur-Glane par les SS...* »
441 AM Charly, dossier sur le monument et registre des délibérations du Conseil municipal. *Le Républicain Lorrain*, 24 octobre 1949.
442 Témoignage de Roger Godfrin, dans Jacques Gandebeuf, *op. cit.* p.14.
443 CMO, 5FP6, sténographe de la déposition de Roger Godfrin du 28 janvier 1953.
444 On retrouve l'intégralité de cette déposition dans le livre de Michel Bélivier et Benoît Sadry, *Oradour-sur-Glane, Regards et histoire*, Presses atelier graphique, Haute-Vienne, 2007, pp 72-73.
445 Pierre Poitevin, *Dans l'enfer d'Oradour*, imprimerie Gutenberg, Strasbourg, décembre 1944, p. 24.
446 Le statut de Mosellan est rarement identifié. Il est toujours fait référence à l'Alsace-Lorraine.
447 La Moselle est très partiellement libérée à cette époque. Metz l'est le 22 novembre 1944. La presse de l'exil, en l'occurrence *le Trait d'Union-Le Lorrain*, réapparaît à Riom (Puy-de-Dôme) le 30 septembre 1944.
448 Le soir du 10 juin, Arsène Pister qui est à son travail à Limoges veut rejoindre Oradour avec le train mais sa sœur le fait descendre à Verneuil.
449 On retrouve souvent le même portrait, une photo studio prise à Limoges début 1945. René Godfrin de Corny en possède un original.
450 *Le Lorrain*, 17 mars 1945, p.1.
451 *Le Républicain Lorrain*, 11 juin 1945, p. 1.
452 *Le Lorrain*, 17 juin 1945, p.2.
453 *Le Lorrain*, 18 août 1945 et témoignage de Roger Godfrin dans M. Larriaga, *Oradour , 10 juin 1944*, Lucien Souny, St-Paul, 2004, p. 126.
454 Entretiens avec Claudine Conrad, née Godfrin, fille de Roger, à Basse-Ham mai 2010 et à Montoy-Flanville novembre 2010.
455 Témoignage de Roger Godfrin dans Jacques Gandebeuf, *op. cit.* pp.11-14.
456 Marielle Larriaga, *op. cit.*, p. 126.
457 Témoignage Roger Godfrin cité par Jacques Gandebeuf, *op. cit.* p. 13.
458 *Samedi-Soir*, 5.11.1949, p. 1.
459 Par exemple, dans *Le Républicain Lorrain* du 23 octobre 1949 en une, du 29 janvier 1953 en une, du 26 mai 1983 pendant le procès Barth à Berlin, du 13 février 2001 pour son décès.

460 *Le Républicain Lorrain*, 10 juin 1945, p. 1.
461 *L'Humanité d'Alsace et de Lorraine* du 4 janvier 1953 liste les 12 écoliers mosellans décédés à Oradour et évoque en parallèle le sort de Roger Godfrin.
462 Voir déposition de Paul Graff d'Ebersheim (Bas-Rhin) 1946 cité par Jean-Laurent Vonau, *op. cit.* p. 26 : lors d'une patrouille, « *le Russe* – un volontaire dans la *Waffen SS* – *a aperçu un homme couché à plat ventre et a tiré. Le Russe s'est avancé et nous a fait signe de venir le rejoindre. À ce moment là, j'ai vu qu'il y avait deux femmes également couchées à plat ventre auprès de l'homme, l'une devant, l'autre derrière. Le Russe et l'Allemand ont immédiatement fait feu sur elles. L'une d'elles s'est levée et s'est mise à crier en tenant ses bras sur sa poitrine. En voyant ce spectacle, j'ai été tellement affolé que j'ai à mon tour tiré un coup de fusil dans sa direction. Je me trouvais à ce moment à trois ou quatre mètres d'elle. Je ne sais pas si je l'ai atteinte. Je n'ai tiré qu'une seule fois… Aussitôt après le sous-lieutenant Barth est arrivé. Il a dit de jeter les trois corps dans le feu. À ce moment, le village brûlait déjà. Le Russe et l'Allemand ont jeté les corps par-dessus la haie.* »
463 CMO, 5FP6 : sténographe des audiences du procès de Bordeaux, déposition de Roger Godfrin.
464 *Le Figaro* 29 janvier 1953, p. 1.
465 Pierre Gaxotte (1895-1982), Meusien, Maurassien, éditorialiste au *Figaro*, est élu à l'Académie française le 29 janvier 1953.
466 *Républicain Lorrain*, p. 7 et *Le Lorrain*, p. 529, janvier 1953.
467 Ils sont 7 : 5 dans les granges, une dans l'église, un en fuite (R. Godfrin).
468 Une exception : les thèses négationnistes diligentées par Vincent Reynouard qui juge son témoignage comme « *délirant* », « *extravagant* », « *d'affabulation* ». À ce propos, collectif de libres chercheurs, *Le massacre d'Oradour, un demi-siècle de mise en scène*, éditions Fondation Européenne pour le Libre-Examen Historique, Anvers 1999, pp. 251-252, 269.
469 P. Wilmouth, *op. cit.* pp. 73-77.
470 *Stern* avril 1983.
471 Louis Riclafe et Henri Demay, *Paroles de miraculés*, éditions L'Harmattan, Paris 1995 ; J. Gandebeuf, *La parole retrouvée*, éd. Serpenoise, Metz 1998.
472 Michel Follin et Marc Wilmart, *Oradour, les voix de la douleur*, INA Paris 1993 ou France 3 Alsace, *Mourir pour l'ennemi*, date inconnue, consacré à un des Alsaciens ayant participé au massacre.
473 Témoignage dans Jacques Gandebeuf, *op. cit.* p. 10.
474 Roger Godfrin décède le 10 février 2001 à l'âge de 64 ans.
475 Entretien avec l'abbé Tousch, le 4 mars 2011 : l'abbé Tousch accompagné de l'abbé Timmer et d'une autre personne pénètrent dès le 11 juin 1944 au soir dans Oradour mais n'y restent qu'un quart d'heure. Ils reviennent le lendemain mais ne restent pas longtemps de peur d'être surpris.
476 Témoignage de Norbert Timmer cité par P. Poitevin, *op. cit.* pp. 180-182.
477 Entretien avec l'abbé Tousch mars 2011.
478 Témoignage rapporté dans *Le Républicain Lorrain*, 10 juin 1984.
479 *Le Républicain Lorrain*, 30 janvier 1953, p. 1.
480 Au cours de l'entretien, il a regretté avoir utilisé ce terme « assassins ».
481 Aumônier du personnel de la Communauté européenne, l'abbé Tousch est profondément européen, pour la réconciliation franco-allemande et estime aujourd'hui que cette affaire nuit à cette réconciliation.
482 *Le Républicain Lorrain*, 28 février 1953, p. 3. Voir la liste des associations note 344.
483 On l'a vu, il s'agit en fait de 39 habitants de Charly et 5 habitants de Montoy-Flanville.
484 Chiffre exagéré évidemment. Même si on rajoute les évacués non rentrés ou refoulés, les réfugiés de l'exode et les évadés, on arrive au plus à 250 000 Mosellans vivant en France.
485 *Le Républicain Lorrain*, 28 février 1953.
486 *Le Lorrain*, 9 mars 1953 et *Le Républicain Lorrain*, 7-9 mars 1953.
487 En 2010, le procès de Bordeaux est devenu tabou chez les expulsés de Charly toujours vivants. Entretiens avec Alfred Pincemaille et Marie-Louise Linder, expulsés de Charly, printemps 2010.
488 Sarah Farmer, *op. cit.*, p. 255.
489 Douglas W Hawes, *Oradour, le verdict final*, éditions du Seuil, Paris, 2009, p. 121.
490 Sarah Farmer, opus citée, p. 255 et Pierre Barral, *op. cit.* p. 243.
491 *Le Lorrain*, 11 février 1953, p. 1.
492 J.-L. Vonau, *op. cit.* p. 83.
493 Le linguiste Daniel Laumesfeld parlerait de « *Moselle mosaïque* » dans *La Lorraine francique*, L'Harmattan, Paris 1996, p.35.
494 Sources : INSEE. La population immigrée en Moselle passe de 74 241 étrangers en 1954 à 109 280 en 1962 et atteint 170 890 personnes en 1999.
495 Albert Weyland, *Moselle plurielle*, Serpenoise, Metz 2010.
496 Sources INSEE : la population immigrée en Alsace, soit deux départements, passe de 35 405 étrangers en 1954 à 44 700 en 1962 pour atteindre 126 799 personnes en 1999.
497 Bernard Fischbach et Roland Oberlé, *Les loups noirs, autonomisme et terrorisme en Alsace*, Alsatia-Union, Mulhouse, 1990, p. 181.
498 Nicole Pfister, « Guerre et identité, l'incorporation de force et l'identité alsacienne », *thèse EHESS*, Paris 1985.
499 Le 3 novembre 2005, le président Jacques Chirac a visité le Mémorial lors de sa visite inaugurale du Mémorial de la déportation résistante au Struthof. Les journalistes n'avaient pas été conviés à la visite à Schirmeck.
500 Justification du dit Mémorial selon son site internet.
501 F. Roth, *Alsace-Lorraine, histoire d'un « pays perdu »*, pp. 186-187.
502 Jean-Pierre Masseret, né dans l'Allier en 1944, est élu sénateur PS

de la Moselle depuis 1983, conseiller municipal à Metz, puis maire de Hayange de 1995 à 1997, date de son entrée au gouvernement Jospin comme ministre des Anciens combattants.
503 Il s'agit de l'initiative de l'Amicale 57 des Déportés et Internés Résistants et Politiques présidée par André Sondag soutenue par Ascomémo qui voulait créer un Musée sur la Moselle et les Mosellans pendant la seconde guerre mondiale au premier étage du fort de Queuleu, ancien lieu d'internement de la Gestapo.
504 Catalogue du Mémorial pp. 132-134.
505 Souvent, le Mémorial de Schirmeck a été qualifié de « *Mémorial des Malgré-Nous* ».
506 Philippe Richert, initiateur du Mémorial dans catalogue du Mémorial d'Alsace-Moselle, p.6.
507 Ce sont les termes utilisés par le Centre de la mémoire d'Oradour pour désigner les incorporés de force.
508 *Dernières Nouvelles d'Alsace* 10 juin 1999, interview d'Alfred Wahl.

BIBLIOGRAPHIE

• Ouvrages généraux :

Auriol (Vincent), *Journal du Septennat*, tome VII, éditions Armand Colin, Paris 1971

Bonnefont (sous la direction de Jean-Claude…), *Histoire de la Lorraine de 1900 à nos jours*, éditions Privat, Toulouse, 1979

Höffkes (Karl), *Hitlers politische Generale, die Gauleiter des Dritten Reiches*, éditions Grabert, Tübingen, 1986

Wormser-Migot, *Le système concentrationnaire nazi 1933-1945*, PUF, Paris, 1968

• Sur Oradour-sur-Glane :

Bellivier (Michel) et Sadry (Benoît), *Oradour-sur-Glane, regards et histoire*, éditions La Maison d'Oradour, 2007

Collège Bossuet de Brive-la-Gaillarde, *Sauve-toi Roger*, éditions Lavauzelle, Panazol, 2002

Demay (Henri), Louty (Pierre) et Valade (Albert), *Oradour, soixante ans après*, éditions de la Veytitzou, Neuvic-Entier, 2004

Dessourtaux (André) et Hébras (Robert), *Notre village assassiné*, éditions CMD, Montreuil-Bellay, 1998

Farmer (Sarah), *Oradour ; arrêt sur mémoire*, éditions Calman-Lévy, Paris, 1994

Fischbach (Bernard), *Oradour, l'extermination*, éditions Ronald Hirlé, Saverne, 1994-

Follin (Michel) et Wilmart (Marc), *Oradour, les voix de la douleur*, film INA, 1993

Hébras (Robert), *10 juin 1944, Oradour-sur-Glane. Le drame, heure par heure*, éditions Les Chemins de la Mémoire, Honfleur, 2002

Lacan (C), Proux (G-M), du Chalard (R), *Le Limousin de la défaite et de l'occupation*, éditions Dessagne, Limoges, 1978

Larriaga (Marielle), *Oradour , 10 juin 1944*, éditions Lucien Souny, St-Paul, 2004

Mayran (Camille), *Larmes et lumières à Oradour*, éditions Plon, Paris, 1952

Pauchou (Guy) et Masfrand (Pierre), *Oradour-sur-Glane, vision d'épouvante*, éditions Lavauzelle, Limoges, 1969

Poitevin (Pierre), *Dans l'enfer d'Oradour*, imprimerie Gutenberg, Strasbourg, 1944

Riclafe (Louis) et Demay (Henri), *Paroles de miraculés*, éditions L'Harmattan, Paris 1995

Reynouard (Vincent) (Collectif de libres chercheurs « révisionnistes » sous la direction de…), *Le massacre d'Oradour, un demi-siècle de mise en scène*, Anvers, 1997

Valade (Albert), *La page de catéchisme*, éditions Veytizou, Naves, 2000

• Sur le procès de Bordeaux :

Barral (Pierre), *L'affaire d'Oradour, affrontement de deux mémoires*, dans actes du colloque de Metz sur Mémoire de la seconde guerre mondiale, octobre 1983

Fouché (Jean-Jacques), *Oradour, la politique et la justice*, éditions Lucien Souny, Saint-Paul, 2004

Hawes (Douglas W.), *Oradour, le verdict final*, éditions du Seuil, Paris, 2009

Javerliat (Guillaume), *Bordeaux 1953, le deuxième drame d'Oradour*, éditions Pulim, Limoges, 2009

Pottecher (Frédéric), *À voix haute*, éditions Hachette, Paris, 1977

Theolleyre (Jean-Marc), *Procès d'après-guerre*, éditions La Découverte-Le Monde, Paris, 1985

Vonau (Jean-Laurent), *Le procès de Bordeaux*, éditions La Nuée Bleue, Strasbourg, 2003

• Sur l'Alsace-Lorraine en 1871-1939 :

Bankwitz (Philip), *Les chefs autonomistes alsaciens* 1919-1947, Saisons d'Alsace n°71, 1980

Conraud (Jean-Marie), *1890-1965, militants au travail*, éditions Presses universitaires, Nancy, 1988

Durand (Paul), *En passant par la Lorraine*, éditions Le Lorrain, Metz, 1947

Roth (François), *La Lorraine annexée 1870-1918*, thèse de doctorat université de Nancy, 1976

Roth (François), *Le temps des journaux*, éditions Serpenoise, Metz, 1983

Roth (François), *Alsace-Lorraine, histoire d'un « pays perdu »*, éditions place Stanislas, Nancy, 2010

Rothenberger (Karl-Heinz), *Die elsass-lothringische Heimat und Autonomebewegung zwischen die beiden Weltkriegen*, Frankfurt, 1975

Schaeffer (Damien), *Les catholiques en Moselle 1919-1924, rôle politique et défense du statut religieux*, mémoire de maîtrise université de Metz, 1992

Wilmouth (Philippe), 1936, *Front Lorrain contre Front Populaire,* éditions Fensch-Vallée, Knutange, 2006

Wilmouth (Philippe), *Le retour à la France 1918-1919*, éditions Alan Sutton, St-Cyr-Sur-Loire, 2008

Zind (Pierri), *Elsass-Lothringen, nation interdite*, éditions Copernic, Paris, 1979

• Sur les annexions de l'Alsace et de la Moselle en 1940-1945 :

Collectif, *L'archéologie en Alsace et en Moselle au temps de l'annexion 1940-44*, musées de Strasbourg et Metz, 2001

Collectif, revues *Saisons d'Alsace* N°114 : 1941, la mise au pas, N° 117 : 1942, l'incorporation de force, éditions Nuée Bleue, Strasbourg, 1990-1995

Delangle (Philippe) et Poirier (Sylviane), *L'Alsace-Moselle, signes de la collaboration et de la Résistance*, éditions Autrement, Paris, 2002

Goldschmitt, *Des Alsaciens et des Lorrains à Dachau*, Rech, 1945

Jäckel (Eberhard), *La France dans l'Europe d'Hitler*, éditions Fayard, Paris, 1968

Nagyos (Christophe sous la coordination de…), *Mémorial d'Alsace Moselle*, éditions Un, deux…Quatre, Clermont-Ferrand, 2008

Nagyos (Christophe), *Guerre et Paix en Alsace-Moselle*, éditions La Nuée Bleue, Strasbourg, 2005

Rigoulot (Pierre), *L'Alsace-Lorraine pendant la guerre 1939-45*, PUF, Paris, 1997

Schaeffer (Eugène), *L'Alsace et la Lorraine, leur occupation en droit et en fait*, Librairie générale de droit et de jurisprudence, Paris, 1953

Témoignage Chrétien, *Alsace et Lorraine, terres françaises*, éditions clandestines, 4e trimestre 1943

Wahl (sous la direction d'Alfred…), *Les Alsaciens-Mosellans dans la deuxième guerre mondiale*, catalogue d'exposition, Paris, 1985

• Sur l'Alsace :

Der Aubruch des deutschen Elsass, die erste nationalssozialissche Kundgebund im Elsass 20 Oktober 1940, éditions Alsatia, Colmar, 1940

Association L'Essor, *Le camp d'internement de Schirmeck*, n° spécial 1994

Bopp (Marie-Joseph), *L'Alsace sous l'occupation allemande 1940-1945*, éditions Xavier Mappus, Le Puy, 1945

Cerf (Ève), « Le Barabli de Germain Muller, un théâtre frontière » *in Revue des sciences sociales de la France de l'Est n°17*

Crenesse (Pierre), *Le procès de Wagner, bourreau de l'Alsace*, office français d'édition, Paris, 1946

Ernst (Robert), *Rechenschaftsbericht eines Elsässers*, Berlin, 1954

Granier (Jacques), *Schirmeck*, éd. des Dernières Nouvelles, Strasbourg, 1968

Kettenacker (Lothar), *Nationalsozialistische Volkstumspolitik im Elsass*, Stuttgart, 1973

Schaeffer (Patrick J.), *L'Alsace et l'Allemagne 1945 à 1949*, thèse de doctorat université de Metz, 1976

• Sur la Moselle :

Gandebeuf (Jacques), *Le silence rompu*, éditions Serpenoise, Metz, 1996

Gandebeuf (Jacques), *La parole retrouvée*, éditions Serpenoise, Metz, 1998

Holzmann (Otto) et Rumler (Günther), *Freigemachtes Grenzland*, éditions GMBH, Berlin, 1942

Neigert (Marcel), *Internements et déportation en Moselle 1940-45*, thèse de doctorat université de Metz, 1978

Steil (Madeleine), *Les Restés*, imprimerie Louis, Boulay, 1984

Wettstein (Lothar), *Josef Bürckel, Gauleiter Reichsstatthalter Krisenmanager Adolf Hitlers*, chez l'auteur, Norderstedt, 2009

Wolfanger (Dieter), *Nazification de la Lorraine mosellane*, éditions Pierron Sarreguemines, 1982

• Sur la *Waffen SS* :

Beunat (Mario), « *Das Reich* en France », *in Historia hors-série N°21*, Paris, 1971

Ingrao (Christian), *Les chasseurs noirs, la brigade Dirlewanger*, éditions Perrin, Paris, 2006

Lambert (Pierre-Philippe) et Le Marec (Gérard), *Les Français sous le casque allemand*, éditions Grancher, Paris, 1994

Leleu (Jean-Luc), *La Waffen SS, soldats politiques en guerre*, éditions Perrin, Paris, 2007

Penaud (Guy), *La Das Reich, 2e SS Panzer Division*, éditions La lauze, Périgueux, 2005

Stein (George H.), *Histoire de la Waffen SS*, éditions Stock, Paris, 1977

• Sur les Alsaciens-Mosellans dans la *Waffen SS* :

Finance (Eugène), *Un Alsacien dans la Waffen SS*, chez Michel Dragom, Rouen, 1996

Hartmann (Jean), *Une tranche de ma vie*, éditions Do Bentzinger, Colmar, 2004

Klock (Raymond), *Happé par la tourmente*, imprimerie Scheuer, Drulingen, 2002

Mengus (Nicolas) et Hugel (André), *Entre deux fronts*, éditions Pierron, Sarreguemines, 2008

Porte (Yann), « L'incorporation de force des Mosellans dans les *Waffen SS* », *in bulletin d'Ascomémo, Les Échos de notre Mémoire, N°65*, septembre 2006

Rödel (Kurt), *Je fus ce SS*, éditions Marguerat, Lausanne, 1945

Schneid (Sadi), *SS Beutedeutscher*, éditions Askania, Lindhorst, 1979

Weckel (Charles), *Récits de jeunesse 1939-1945 en Alsace*, éditions Do Bentzinger, Colmar, 2001

• Sur l'incorporation de force :

Allainmat (Henry) et Truck (Betty), *La nuit des parias*, Presses de la Cité, Paris, 1974

Bludszus (Aurélie), *L'Association des Anciens Combattants Malgré-Nous et Réfractaires de Moselle*, mémoire master université Strasbourg, 2009

Dourson (Dominique), *L'incorporé de force mosellan et les belligérants au cours de la deuxième guerre mondiale »*, mémoire de maîtrise université de Metz, 1989

Eury (Grégoire), *Les Malgré-Nous mosellans*, mémoire de maitrise université Nancy II, 1992

Fédération André Maginot, « Les incorporés de force alsaciens et mosellans, ces méconnus », *N° spécial de la revue La Charte*, août 1985

Herberich-Marx (Geneviève) et Raphaël (Freddy), « Les incorporés de force alsaciens, déni convocation et provocation de la mémoire » *in Revue du 20e siècle, année 1985, volume 6* pp. 83-102

Hiegel (Henri), « L'enrôlement dans le RAD et la Wehrmacht de 1940 à 1945 », dans *Mémoires de l'Académie de Metz, 1980*

Kleinhentz (Laurent), *Malgré-Nous, qui êtes vous ?*, 3 tomes, chez l'auteur, Farébersviller, 1997-1999

Neigert (Marcel), « L'incorporation de force des Mosellans dans l'armée allemande pendant la deuxième guerre mondiale », *actes du 103e Congrès national des sociétés savantes Metz, 1979*

Nonnenmacher (Georges-Gilbert), *La Grande Honte*, imprimerie Alsatia, Colmar, 1965

Secrétariat d'État chargé des Anciens Combattants, *À propos d'un film... « Les Malgré-Nous »*, Paris, 1984

Ouvrage collectif, *Tambow*, éditions La Nuée Bleue, Strasbourg, 2010

Riedweg (Eugène), *Les Malgré-Nous*, éditions du Rhin, Mulhouse, 1995

Wey (Anne), *Les alsaciens-mosellans incorporés dans la Kriegsmarine 1943-1945*, mémoire de master Histoire Strasbourg 2, 2009

• Sur les parlementaires mosellans :

Avanzato (Gaëtan), *Raymond Mondon, maire de Metz et ministre de la nouvelle société*, éditions Serpenoise, Metz, 2000

Baudon (E.L.), *Les élections en Moselle*, Coopérative d'Édition net d'Impression, Metz, 1956

Chauvy (Gérard), *Les acquittés de Vichy*, éditions Perrin, Paris, 2003

Landrini (Claudio), *Robert Schuman, cet inconnu*, Imprimerie St-Paul, Luxembourg, 1967

Lejeune (René), *Robert Schuman, père de l'Europe*, éditions Fayard, Paris, 2000

Maitron (Jean sous la direction de), *Dictionnaire biographique du mouvement ouvrier français*, les éditions ouvrières, Paris, 1993

Rochefort (Robert), *Robert Schuman, éditions du Cerf*, Paris, 1968

Roth (François), *Robert Schuman, du Lorrain des frontières au père de l'Europe*, éditions Fayard, Paris, 2008

Roth (François), *La vie politique en Lorraine au XXe siècle*, PU Nancy, 1985

• Sur les expulsions :

Fabert (Joseph), *La terre lorraine*, éditions de la Caisse régionale de crédit agricole de la Moselle, 1970

Gandebeuf (Jacques), *La parole retrouvée*, éditions Serpenoise, Metz, 1998

Iung (Jean-Éric), *Les expulsés mosellans dans les départements d'accueil* dans le catalogue d'exposition des ADM, *De gré ou de force*, Saint-Julien-lès-Metz, 2010

Schaeffer (Hans), *Bürckel's Bauersiedlung*, imprimerie Pirrot Sarrebrück, 1997

Strauss (Léon), *Réfugiés, expulsés, évadés d'Alsace et de Moselle 1940-1945*, éditions Do Bentzinger, Colmar, 2010

Wilmouth (Philippe), *50 kilos de bagages et 2 000 francs*, éditions Ascomémo, Hagondange, 2003

Wilmouth (Philippe), *Des Mosellans dans l'enfer d'Oradour*, éditions Alan Sutton, Saint-Cyr/Loire, 2010

• Témoignages écrits conservés par les familles :

Denis Adrien (Rupigny), expulsé à Champnetery

Georges Godfrin (Charly), expulsé à Oradour-sur-Glane, puis déménage à Javerdat

Marie-Louise Moog née Pincemaille (Rupigny), expulsée à Laplaud

Arsène Pister (Charly), expulsé à Oradour-sur-Glane

• Témoignage oraux recueillis en 2010-2011

Conrad Claudine née Godfrin (Basse-Ham), fille de Roger Godfrin

Godfrin René (Corny), cousin de Roger Godfrin

Harig Louis, président de l'Association des Malgré-Nous de la Moselle

Leitner Victor, prêtre à Metz.

Linder née Godfrin Marie-Louise (Charly), expulsée à Oradour/Glane, puis à Javerdat

Pincemaille Alfred (Rupigny), expulsé à Laplaud

Puhl Claude (Pouilly), journaliste au Républicain Lorrain, envoyé spécial au moment du procès de Bordeaux

Tousch René (Reffroy), réfractaire mosellan à la *Wehrmacht*, séminariste à Limoges, parmi les premiers secouristes à entrer dans Oradour, témoin au procès de Bordeaux

Vonau Jean-Laurent, conseiller général du Bas-Rhin, auteur de *Le Procès de Bordeaux*

Z. R., né en 1926, incorporé de force de Nilvange dans la KM, puis versé dans la *Waffen SS*

SOURCES

• *Bundesarchiv*, Berlin (BA)

- Série *R70-Lothringen*, administration de la Moselle

• *Deutsche Dienstelle*, Berlin (Wast) Fiches de renseignements de Hagondangeois nés en 1926

• INA, Paris : reportages de France 3 Alsace sur Oradour 9 juin 2004. Témoignage de Madeleine Schwing-Wolf

• Services Historiques de l'Armée de l'Air, Vincennes (SHAA)

- 3D319, note secrète sur la situation en Alsace-Lorraine et Luxembourg 13 octobre 1942

• Archives départementales de Haute-Vienne, Limoges (ADHV) :
- 187W60 : enquête sur la situation des familles réfugiées 1941
- 187W121 : fiches de recensement
- 187W199 : demandes d'allocations

• Centre de la Mémoire, Oradour-sur-Glane (CMO) :
- 1FP : papiers Linder
- 5FP6 : sténographes des audiences du procès de Bordeaux
- 8FP4 : papiers Henry

• Bureau des archives victimes des conflits contemporains à Caen (BAVCC) vu à votre demande par Cédric Neveu, doctorant en Histoire, avec nos remerciements : 40 AR : fichier des Alsaciens-Lorrains morts pour la France pour les Mosellans morts sous l'uniforme de la *Waffen SS*

• Bibliothèque universitaire, Strasbourg (BNUS) : NBI 1. : collection d'affiches sur l'Alsace 1940-45

• Archives départementales de la Moselle à St-Julien-lès-Metz (ADM) :
sur les expulsions :
- 1W2 : administrations allemandes
- 3W70 : listing des trains arrivés à Lyon-Brotteaux
- 3W82 : communes d'accueil par département
- 69J11-21 : fonds Neigert, fiches des Mosellans internés, déportés et fusillés
sur le silence mosellan :
- 151W738-739 : fonds du GERAL-Moselle, 1945-1955
- 565W22 : fonds de l'ONAC Metz 1953
- 1453W46 : rapports journaliers brigade de police Metz 1953
- 2055W79 : rapports des Renseignements généraux sur des associations patriotiques 1947-2001
- J 7338 : fonds GERAL, section de Metz 1947-53
- J 7388 : fonds FEVAL, section de St-Julien 1952-1970
- 29J : fonds de l'évêché.
- 34J50-51 : fonds Schuman, correspondances 1945-1960
- 67J : fonds FMDIF-UNADIF, section de la Moselle, correspondances
- 84J9 : fonds de l'abbé Sutter, courriers et articles de presse sur le procès de Bordeaux
- 15 PRS : *La Voix du Geral* 1953
- 20 PRS : *L'Expulsé de la Moselle* 1949-50
- 34PRS 1953/1 à 3 : *L'Humanité d'Alsace et de Lorraine*, premier trimestre 1953
- 541 PER1953/2 : Journal Officiel des débats de l'Assemblée nationale et du Conseil de la République février 1953
- Mi : *Le Républicain Lorrain*, *Le Lorrain* et *Le Courrier de Metz* premier trimestre 1953

• Arch. municipales Charly-Oradour :
- Registres délibération conseils municipaux 1940-1953
- Dossier « *Problèmes réglés* » 1944-46
- Articles de presse 1945-2010

• Arch. municipales Montoy-Flanville :
- Registres délibérations conseils municipaux 1940-1953
- Citation pour la Croix de guerre

• Cercle d'Histoire de Clouange : dossier sur Françoise Bertrand.

• Association pour la conservation de la mémoire de la Moselle en 1939-45, Hagondange (Ascomémo) :
- 13 IF : fonds R. Z. de Nilvange, incorporé dans la *Kriegsmarine*, puis versé dans la *Waffen SS*
- 16 IF : dossier de presse procès de Bordeaux 1953
- 21 IF : bulletins *Malgré-Nous* 1946-2011 de l'association ACMNR
- 42-50 IF : fonds de l'Association des Malgré-Nous et Réfractaires 1945-55
- 40 Lib : professions de foi élections 1945-1956
- 50 Lib : statuts des victimes et réfractaires 1948-1955 (fonds de l'association UNADIF-Moselle)
- 12.Ex : Expulsions Charly-Oradour 1944-1953
- Hag-d 3 : recensement des membres de la DVG de Hagondange août 1944
- Journaux : *Paris-Match* 1953, *Radar* 1953, *Times* 1953, *Life* 1953, *Le Lorrain* 1944-45, *Le Républicain Lorrain* 1945 et 1953,
- Mensuel *La Paroisse Lorraine* 1953

• Sitographie :
- www.assemblee-nationale.fr/histoire/biographies/IVRepublique (archives de l'Assemblée nationale)

- www.senat.fr/senateur/ archives du sénat)

- www.bddm.org/liv/index_liv.php, (site de la fondation de la mémoire de la déportation)

- http://mosellehumiliee.free.fr (site de Jacques Gandebeuf)

- www3.ac-clermont.fr/pedago/histgeo2/i...(site de l'académie de Clermont-Ferrand, travail sur la construction mémorielle)
- www.malgre-nous.eu/(site de Nicolas Mengus) - http://www.cartographie.histoire.uha.fr/(site de l'université de Haute Alsace, Mulhouse, cartographie)

- www.maxisciences.com/.../tout-savoir.html (cartes dialectes)

DU MÊME AUTEUR

- *Grosshagendingen*, éditions Impact Longwy 1992, réédité Fensch-Vallée, Knutange, 2005 (épuisé)
- *Hagondange-Mondelange dans la tourmente 1936-1946*, avec Albert Wackermann, éditions Impact, Longwy, 1995 (épuisé)
- *L'évacuation du 4 septembre 1944*, éditions Ascomémo, Hagondange, 1997 (épuisé)
- *Chroniques de la deuxième guerre mondiale dans la vallée de l'Orne*, éditions Ascomémo, Hagondange, 2001 (épuisé)
- *50 kilos de bagages et 2 000 francs*, éditions Ascomémo, Hagondange, 2003 (épuisé)
- *La Moselle en guerre*, éditions Sutton, St-Cyr-sur-Loire, 2004 (épuisé)
- *Front Lorrain contre Front Populaire*, éditions Fensch-Vallée, Knutange, 2006 (épuisé)
- *La bataille du 14 juin 1940 dans la trouée de la Sarre*, avec Philippe Keuer, éditions Fensch-Vallée, Knutange, 2007
- *Le retour de la Moselle à la France 1918-1919*, éditions Sutton, St-Cyr-sur-Loire, 2007
- *Metz en guerre 1939-45*, éditions Sutton St-Cyr-sur-Loire, 2008
- *Les camps de prisonniers de guerre en Moselle 1940-1948*, éditions Sutton, St-Cyr-sur-Loire, 2009 (épuisé)
- *Les expulsés mosellans 1940-1945*, éd. Sutton, St-Cyr-sur-Loire, 2010
- *Des Mosellans dans l'enfer d'Oradour-sur-Glane*, éd. Sutton, St-Cyr-sur-Loire, 2010
- « Raus ! Avec 50 kilos de bagages et 2000 francs » *in De gré ou de force*, ouvrage collectif, éditions Libel, Lyon, 2010 (Prix René Paquet)
- *Les camps d'internement du fort de Metz-Queuleu 1943-1946*, avec Cédric Neveu, éditions Sutton, St-Cyr-sur-Loire, 2011
- *Thionville en guerre 1939-45*, éditions Sutton, St-Cyr-sur-Loire, 2011
- *Vestiges de guerre en Lorraine*, ouvrage collectif, éditions Serpenoise, Metz, 2011.

En préparation : doctorat sur *Le peuple catholique mosellan dans la seconde guerre mondiale.*

Les droits d'auteur sont reversés à l'Association pour la Conservation de la Mémoire de la Moselle en 1939-45, Espace-Mémoire, 7 rue Dr Viville 57300 Hagondange.
tél : 03 87 72 08 65
courriel : ascomemo@wanadoo.fr.
site internet :
http://www.chez.com/ascomemo/

Permanences : mercredi de 9 h à 12 h. Sur demande, visite de groupe tous les jours. Trois salles d'exposition sur la Moselle en 1939-45 et une salle de documentation.

Beaux-livres / Art / Histoire / Patrimoine
Tél. 06.07.94.30.92 - Fax 03.87.31.40.64
B.P. 10002 - 57131 Ars-sur-Moselle Cedex
courriel : sdomini@wanadoo.fr

ISBN : 978-2-35475-060-2

Mise en page et photogravure :
PMC Communication / Patricia Maurice
5 rue Saint-Vincent 57130 VAUX
Port. : 06 31 92 64 41 – Tél. : 03 87 51 92 43
courriel : pmc.communication@free.fr

Achevé d'imprimer octobre 2012
par Jean Lamour, Maxéville F-54320